变频使者

张根龙 著

百花洲文艺出版社
BAIHUAZHOU LITERATURE AND ART PRESS

图书在版编目（CIP）数据

变频使者 / 张根龙著. -- 南昌：百花洲文艺出版
社，2023.10
ISBN 978-7-5500-4892-8

Ⅰ.①变… Ⅱ.①张… Ⅲ.①幻想小说-中国-当代
Ⅳ.①I247.5

中国国家版本馆 CIP 数据核字（2023）第 003366 号

变频使者
BIANPIN SHIZHE

张根龙 / 著

出 版 人	陈 波
责任编辑	郝玮刚　蔡央扬
装帧设计	书香力扬
制　　作	书香力扬
出版发行	百花洲文艺出版社
社　　址	南昌市红谷滩区世贸路 898 号博能中心一期 A 座 20 楼
邮　　编	330038
经　　销	全国新华书店
印　　刷	四川科德彩色数码科技有限公司
开　　本	880mm×1230mm　1/32　　印张　10.375
版　　次	2023 年 10 月第 1 版
印　　次	2023 年 10 月第 1 次印刷
字　　数	236 千字
书　　号	ISBN 978-7-5500-4892-8
定　　价	55.00 元

赣版权登字　05-2023-8

网址　http://www.bhzwy.com
图书若有印装错误，影响阅读，可向承印厂联系调换。

前　言

在我们身边，有太多有趣现象的成因至今如谜。

例如：现实与梦境相吻合便是最为常见的现象之一。有些人表现为现实生活中经历的某些事件曾经在梦中出现过，更有甚者，现实生活中的情景与梦中出现过的情景几乎如出一辙，仿佛复制一般。有些人则表现为偶然遇到一些场景，感觉似曾相识。那么，这种现象产生的原因是什么呢？

对于这种现象，自古至今曾经出现过诸多理论，分别从不同角度进行过看似合理的诠释。其中，最典型、流传最广的莫过于《周公解梦》，但事实证明，《周公解梦》阐述的观点唯心、迷信的成分居多，并不能使人完全信服。而有的理论则将这种现象归于人类的"第六感觉"，乍一听似乎有一定的道理，但仔细一品，这种说法其实漏洞实在太多，根本经不起严密的推敲。还有些理论认为，这种现象只不过是一种巧合，然而，如果用心品味有些人的经历，便不难发现有的"巧合"实在过于"诡异"与"神秘"。还有的理论认为，这种现象只不过是人们的心理想象，断然否定这种现象的存在。

偶然的机会，笔者接触了英国著名物理学家和宇宙学家斯蒂芬·威廉·霍金所著的科普图书——《果壳中的宇宙》，在走马观花的浏览过程中突发奇想：现实与梦境相吻合现象莫不是与宇宙的本质及宇宙的运行状态有关？

对于这个不着边际的想法，笔者自己都觉可笑。想来也是，一个门外汉，竟然能够海阔天空地想到宇宙的本质问题，着实让自己吃了一惊。然而，不久之后，无意中看到的一则新闻报道，让笔者对这个荒诞离奇想法的兴趣又陡然攀升到了一个全新的高度。

据报道，科学家在近年的实验中，发现中微子的运行速度竟然超过了光速。这一发现显然与相对论的重要基础之一——光速是宇宙中的极限速度——相冲突。作者暗暗思忖，如若由此推论——固然迈克尔逊–莫雷实验已经证实了宇宙空间不存在"以太"，但在当代科技条件下，已经有许多科学家对该实验的实验原理、设计思路，及仪器的适用性提出了诸多质疑……如果这些新的科学发现和诸多质疑确凿的话，莫不是说明"宇宙空间不存在以太"的结论同样存在着巨大的漏洞吗？

这一假设让笔者脑洞大开。假若按照上述设想，宇宙空间是由"以太"构成的，再结合宇宙大爆炸理论和超弦理论、量子理论，不是又能够勾勒出一个不同于"多维时空"和"平行时空"的关于宇宙本质的轮廓吗？如若如此的话，不也就为合理解释现实与梦境相吻合现象奠定了一个完美的理论基础了吗？

有了这个设想，笔者兴奋不已，遂有了创作《变频使者》的想法。诚然，科幻毕竟是科幻，虽然具有科学理论，尤其是科学逻辑推理的成分，但更多的是幻想，特别是其中阐述的理论对未知谜题所做的探索和解释是否真正具有科学性，终究有别于实实在在的科学探索，若要论证其真伪，实在不是科幻小说能解决的问题，这也正是笔者敢于海阔天空、放胆"乱盖"的主要动因。不过，如果在创作的过程中能够有幸"中彩"，为真正的科学探索提供一个全新研究思路的话，无疑是作者求之不得的幸事。

《变频使者》借用"科幻"外壳，筛选、提炼了日常生活中诸多鲜活的见闻，并融入作者对现实生活中政治、经济、文化、伦理道德、意识形态，及诸多方面的认识与思考，历时近两年，最终形成了个人还算比较满意的作品，期望以此回馈长期以来给予作者无私帮助，并寄予厚望的诸多朋友和广大读者。

在此，特别需要说明的是，由于这部作品以"科幻"的面目出现，其中所涉及相关理论的论述看似合乎逻辑，但其根本的出发点是针对目前已经得到公认的某些科学理论所存在的漏洞而展开讨论，因此，其所述理论与目前公认的有关理论有着较大的冲突，并未经过严密的科学论证。同时，由于作者知识水平所限，作品中的许多观点与认识也多有浅薄之处，万望读者和朋友们批评指正。

本作品的写作过程中，先后得到赵德利、冬萍、帖乃让、颉永锋、陈新民等多位战友和朋友们的悉心指导和帮助，在此一并表示诚挚的谢意。

张根龙

2022 年 3 月

目 录 Contents

第　一　章

轰隆隆——

一道巨型闪电犹如连天接地的蛟龙横空出世，劈出的紫白色幽光似乎蕴含着无穷的煞气，骤然使天地间翻涌起无尽的诡异、浓烈、狂暴、瘆人的气氛。转瞬间，一连串震天动地的滚雷裹挟着毁天灭地的威能撕裂浓密的墨色乌云，以势不可挡之势喷薄而出，席卷天地，旷野震颤。刹那间，长时间未曾停歇的蒙蒙细雨犹如打了鸡血，连珠成线，势似瓢泼，仿若女娲的五彩补天石风化脱落导致天际开裂，致使天水犹如脱缰的野马挣脱羁绊踩碎藩篱，飞蹄扬鬃一路狂奔直扑人间。

雨雾弥漫中，红蓝光急促变换闪烁不断，呼救声、砖石碰撞声、金属器具撞击声，以及不明所以的各色声音此起彼伏，嘈杂纷乱，人们犹如身处危急情势的蚂蚁，一个个神情紧张，动作紧急，穿梭急促，来去匆匆。

救护车厉声长鸣，冲破雨幕奔驰而来，又撕扯着嗓子急驰而去。

赵明远全身湿透，单薄的衣服紧贴着躯体，活像一尊半裸雕塑。他双眼圆睁，半张着嘴，一副惊愕不已彻底怀疑人生的表情。雨水顺着额头，不断越过眉毛滑入眼中，他却像个机器人似的没有一点反应。倏忽间，赵明远的眼皮闪电般眨了两下，挤出眼中的雨水，又迅即分开给目光让开通路，让其穿透雨幕向前疾驰。

突然，赵明远扭头转身，没有做丝毫的停顿，顺势拔腿摆臂，不顾一切奔跑起来。

刹那间，倾盆大雨中，一副颇具滑稽感的动态画面映入人们的眼帘：赵明远圆睁的双眼好似两只硕大的铜铃，脖子上暴突的青筋犹如严重堵塞将要憋炸的水管，短促而粗重的呼吸恰似耕牛使出全身力气拉犁耙地的喘息，憋得涨红的面容直逼即将吹爆的气球，他耳边连续不断的风声犹如狂风肆虐引发的啸声。赵明远以这种近似疯狂的架势连续奔跑了十多分钟，脚下仍没有一点儿要慢下来的迹象。

"出现了，出现了，第九次梦境终于出现了。"赵明远内心不断呐喊。呐喊中，既充满了震惊与不安，也兼有一丝丝的兴奋。

在赵明远的记忆中，第一次目睹类似令人头皮发麻的场景时，他还是一个七八岁的懵懂孩童。

那年六月的一个晚上，赵明远做了一个可怕的梦。在梦中，一个四五岁的小女孩被渣土车撞倒，紧接着这辆车从那个小女孩身上碾了过去，场面极度骇人。赵明远当即被梦中毛骨悚然的惨状惊醒，失了魂似的大叫一声，接着撕心裂肺哇哇大哭。父母从酣睡中被突如其来撕裂般的哭叫声惊得从床上弹了起来，看到儿子深度变形的恐怖表情大惊失色，慌慌乱乱中急忙搂着赵明远好言劝慰，费了不少口舌才将他的情绪稳定下来。当了解到赵明远是被梦中的情景吓得魂出七窍时，夫妻两个哑然失笑，微笑着哄劝说梦中的情景与现实情况是相反的，一般情况下，睡梦中梦到了恐怖的情景，现实生活中往往会遇到让人愉悦的事情，而且梦中的情景越是恐怖越是吓人，现实生活中遇到的愉悦和高兴的事情就越是让人意想不到，越是让人惊喜。夫妻两个说完相视一笑，接着佯装出神秘兮兮的神情说梦中的情景那么可怕、那么恐怖，很可能不久的将来赵明远会有意外的惊喜，说着，两个人又相视一笑，说最有可能的惊喜是赵明远在期末考试的时候，会取得意想不到的好成绩。

父母两个你一言，我一语，好说歹说，连哄带劝，好不容易才将赵明远的心绪安抚下来。然而，毕竟梦中的情景太过惊骇，太过恐怖，那种让人心底发毛的惨烈情景终究还是对赵明远产生了强烈的刺激，虽说那只是瞬间一梦，但在他脑海中却留下了非常深刻的印记，让他久久不能忘怀。

秋季开学的第一天，赵明远放学回家时便遇到一起车祸：一辆奔驰的渣土车撞倒了一个小女孩并从其身上轧了过去。车祸发生的过程、事发现场，以及场面的惨烈状况，甚至周围群众的表情、语言和动作竟然与赵明远几个月前梦中的情景几乎如出一辙。当时，他就被眼前的情景惊得一屁股坐在地上，差一点儿背过气去。

赵明远第二次遇到类似的恐怖情景是在十岁那年。

那一次，他梦到一栋房屋"轰隆"一声轰然倒塌，突然响起的声音低沉、穿透力极强，刺得他耳膜隐隐作痛，吓得他双手抱着头紧闭着双眼下意识蹲在地上。稍事稳定后睁开眼睛抬头一看，吓得他又是一声惊叫：激扬起的尘土遮天蔽日，整个场面像电影电视中的战争年代，飞机上扔下的巨型炸弹在爆炸瞬间将周围一切笼罩一样逼真恐怖。人们在一番紧张的抢救之后，从废墟瓦砾中刨出一对夫妻和一个小孩共三具尸体。两个大人已经肢体破碎，小孩体形相对完整。刚发现尸体时，两个大人双臂交叉同时压在孩子身上，打眼一望，便可猜想在房屋倒塌的瞬间，夫妻二人想合力保护孩子不受损伤。无奈人力毕竟有限，无法承受水泥钢筋的巨大压力，一家三口一同被突如其来的厄运夺去了生命。

梦中的惨烈情景自然又让赵明远震撼无比，饱受刺激。几个月后，他又一次在现实生活中看到了梦中那种惨烈的情景，再次感受了那种悲惨与悲情。当时，面对与梦中几乎一模一样的情景，赵明远心中纳闷，心想老爸老妈不是说梦中的情景与现实生活是相反的吗？为什么自己梦中的情景与现实生活是一模一样的呢？难道他们对自己说的是假话吗？

那个时候，语文课的教学内容是学写日记，老师要求每个学生把每天的所见所闻、所思所想所做以日记的形式记录下来，以锻炼提高写作能力。赵明远灵机一动，随即把梦中的情景和自身经历作为日记仔仔细细写了下来。老师检查后，当着全班同学的面，表情丰富生动，语气抑扬顿挫，以极具感染力的语言对赵明远大加赞赏，表扬说赵明远想象力丰富，观察生活细致入微。听到老师的表扬，赵明远心里甜丝丝、喜滋滋。但下课后，老师将赵明远叫到办公室，和颜悦色对日记中描写惨烈场景的段落提出了委婉批评，说具体情景和细节描写过于详细，让人看了以后感觉太恐怖、太吓人，好的作文并不需要面面俱到，而是要详略得当，该详细的地方要详写，该省略的地方要略写，如此，才能写出高质量的作文。也就是从那个时候起，赵明远便逐渐养成了以日记记录睡梦的习惯，而且，在记录过程中，赵明远对那些场景惨烈、对大脑产生强烈刺激的噩梦尤为重视，每次记录时，他都会仔细回忆反复琢磨，直到把事发过程、人物表情、场景细节等等一一记录清楚才会作罢。

　　近二十年来，赵明远用于记录睡梦的笔记本摞起来将近半尺高，记载的睡梦总共有一二百个。其中，绝大多数睡梦由于没有过于震撼的场面，对大脑皮层的刺激不够，脑海中的记忆也就不是那么十分深刻，即使过一段时间后在现实生活中遇到了梦中相似的情景，他也只是感到模模糊糊，有一种似曾相识的感觉。而其中对赵明远产生过强烈震撼和刺激的噩梦，加上最开始那两次，到目前共出现了九次，前面八次噩梦的情景在现实生活中都有了对应的事件，而且，经过查验对比，现实的情景与梦境的契合度都达到了百分之八十以上。

　　第九次对赵明远产生强烈震撼和刺激、让他恐惧战栗，全身起满鸡皮疙瘩的噩梦发生在一年多以前。

　　在梦中，毫无间歇的降雨持续了好长时间，赵明远经过休闲广场时突然感到大地震颤，轰鸣声震耳，他急忙望向声源方向，目力所及瞬间让他魂飞体外、呼吸停滞：一座山体轰轰隆隆排山倒海地冲向街区，像一辆硕大无比的推土机将所到之处瞬间碾压推平，房屋、街道、车辆、行人尽数掩埋。霎时，惨叫声、惊呼声在雨幕中此起彼伏，房屋倒塌声、砖石撞击声不绝于耳……局势稍稍稳定，呼救声、挖掘声、急促的救援声便纷乱四起，搅人心扉，一辆辆救援车呼啸着奔驰而至，一辆接一辆救护车闪着刺眼的蓝色亮光鸣叫而来，又嘶鸣而去。

就在刚才，赵明远第九次目睹了自己梦中情景在现实生活中的实景再现。他望着雨幕中的一片狼藉，脑子像突然断了电似的没有了一点反应，任凭纷乱的雨点像乱箭一样射在身上，打湿了衣服，浇透了全身，活像一尊毫无生命气息的人体雕塑木呆呆地望着紧张忙乱、呼救声此起彼伏的救援场景，以及奔驰而来，又疾驰而去的各种车辆，像个木头桩子一样一动也不动。

每次赵明远讲述自己的梦，都有许多人会深有同感地纷纷点头，惊讶地瞪着眼睛附和着说道："对对对，我也有过这种经历，有时候遇到一个陌生场景，心里明确知道以前从没有见到过，但在大脑的记忆中，却似乎对眼前的场景有一定印象，有时候觉得似曾相识，有时还会感到非常熟悉。"

也有一小部分人对赵明远的说法嗤之以鼻，用鄙夷的眼神望一望赵明远，随后抬起手在面前轻轻一扇，似乎要把赵明远的呓语从面前赶走似的讥笑说："赵明远，你是不是神话小说看多了，当自己是大仙还是神灵能够预言未来？"或者说："赵明远，你是不是陷入《周公解梦》的怪圈里了，绕来绕去把自己绕进去出不来了？"那些关系非常铁的朋友干脆开玩笑似的直截了当说道："赵明远，你该不会是精神出了问题吧？"

这些莫衷一是的说法，让赵明远非常困惑，也很纳闷，他实在想不通，为什么自己梦中的情景，特别是那些令人毛骨悚然的噩梦会在现实生活中几乎原原本本地出现呢？特别令人费解的是契合度那么高，个别梦境竟然还丝毫不差？关于这个谜一样的疑问，他曾经登门请教，非常虔诚地咨询过那些所谓的"专家"。然而，"专家们"的解释有的是模棱两可、含糊其辞，有的则是神神道道装神弄鬼一番后，唾沫星子满口乱飞，天上地下乱扯一通，稍有常识的人一听就知道是不着边际的满嘴胡诌，搞得赵明远哭笑不得。

去年有一次朋友聚会，酒过三巡后大家闲聊时，赵明远又像往常一样讲起自己的几次重要经历。当他描述一番后，未等其他人开口，一个名叫解思源的人眼睛一亮、眉毛一挑，立即递上一张名片客气地对赵明远说道："兄弟，我叫解思源，希望咱们以后能够多多联系。"赵明远赶紧双手接过名片礼节性地点点头，说道："幸会幸会，咱们以后多多联系。"

当时，解思源异常的热情和主动并未引起赵明远的特别关注，心里只是把他作为一个新结交的普通朋友看待，然而，当他低头看清楚名片上一连串小号黑体字的刹那，小心脏突然失控般地加速狂跳，惊得他失了神似的表情到现在回想起来仍令人觉得滑稽可笑：全身突然僵硬，手足无措，嘴巴大张足足能塞进一只拳头，眼睛圆瞪透出怀疑一切的眼神。他一会儿看着名片，一会儿又望望对面的解思源，直到大家对他木然的表情指指点点嘲笑起来时，赵明远才从失神中反应过来。他赶快调动脸部肌肉，挤出一些明显不自然的笑容向大家尴尬地笑笑，随后又紧紧盯着解思源，脑子一片空白。

解思源递给赵明远的那张毫无个性的名片上，"空间物理研究所总工程师"十四个字虽然字号比较小，但赵明远感到，那一个个小号字犹如一座座小山压在了心头。赵明远清晰记得，当时一看到那行字，他立即感到心跳加速、血冲头顶、心慌气短。在他心里，长相和穿着没有任何突出特点，之前毫不起眼，根本没有引起他特别注意的解思源，突然像如来佛祖一样，变得高大无比，背后绽放出诱人而神秘的彩光，一种高山仰止可望而不可即的惶惶之感油然而生。

突然产生如此激烈的心理反应，是因为即使让赵明远脑洞无限大开，他也决然想象不到，这个外表看上去只有四十岁左右，文质彬彬长相普普通通，没有一点儿突出特点的人，竟然是"空间物理研究所"的总工程师！面对其貌不扬的解思源，赵明远暗暗思忖真是海水不可斗量，人不可貌相啊！

对一般人而言，"空间物理研究所"几个字所表达的含义，无外乎是一个平平常常的工作单位而已，是简单到不能再简单的事情，心里绝不会激起什么波澜。但是，对于稍有科学知识的人来讲，特别是对于那些空间物理爱好者和天体物理发烧友来讲，定会被"空间物理研究所"这个名头惊个头昏脑涨找不着北。那是因为，只有他们知道，那一连串字符所代表的机构，正是他们心目中的殿堂，是他们每个人无比向往的圣地所在。更何况，解思源名字后面还加着一个"总工程师"的头衔呢！

赵明远大学期间所学专业并不是空间物理学，但由于兴趣使然，自然而然成为天体物理学的发烧友，也成为空间物理学的衷心追捧者。通过长期学习和探索，赵明远了解、掌握、积累了空间物理学方面的许多知识，比如空间物理学作为空间科学的一个分支，是探测和研究宇宙空间物理过程的学科。研究的主要内容是太阳系特别是日地空间中的物理现象与规律，研究空间环境及其对人类空间活动和生态环境的影响，等等。当然，毕竟不是专业出身，他所了解的内容与专业人员相比，只不过是一些皮毛而已，实质性内容也不可能了解得更多。而正因为如此，赵明远深深感到，空间物理学是一门很神秘、很深奥的学科，内心对于从事空间物理学研究的专业人员有一种神一样的崇拜，基于这种原因，他自然对于"空间物理研究所"在业界的地位和作用有着很深的了解。

也正因为这样的原因，在毫无思想准备的情况下，突然有一个从事空间物理学研究的专业人员，而且还是个总工程师，对赵明远热情有加主动套近乎，的确让他倍感意外，惊得他大脑短路、心慌气短就成为必然，没有大脑出血昏厥倒地已经实是万幸。在血脉偾张地激动过后，赵明远脑子一动颇感纳闷，心想这个神秘殿堂的总工程师为什么突然会对自己产生了兴趣呢？难道是因为自己有什么特殊能力吗？他仔细想了想没有啊，除了吃饭、睡觉、上班，干好本职工作外，自己再也没有其他本事了呀。难道是因为自己有什么超出常人的魅力吗？这个想法刚刚闪了个头，赵明远便在心里狠狠给了自己一巴掌，暗暗对自己说道："呸，你还要脸不要脸，啊？难道是因为自己的业余爱好成绩上佳得到这个总工程师赏识了吗？"想到这里，赵明远的小心脏又不听使唤地突突突乱跳，然而，瞬间过后他又哑然失笑，心想人家从事专业研究的总工程师那么一个大神级人物，什么阵仗没见过，会在乎自己那么一点点皮毛的所谓"成绩"吗？真是可笑。

解思源认识赵明远后，好像一个没有职业的闲散人员一样，经常以各种借口和理由找赵明远闲聊。有时候去赵明远单位，有时候约赵明远喝茶，曾经有一段时间，搞得赵明远在单位非常尴尬，但解思源却我行我素，似乎从来没有考虑过赵明远的内心感受，也没有设身处地替赵明远想过。那段时间，赵明远的处境是真正的进退维谷、左右两难：一方面，能够与心目中大神级的人物交往，那是一种荣耀，也是多年的期盼，着实让他兴奋难抑、激动难耐；而另一方面，在工作期间，经常请假私会朋友，一次两次还说得过去，但时间久了，次数多了，同事与领导难免产生一些看法。如此一来，赵明远既不愿割舍与解思源的交往，也极不情愿面对领导和同事的白眼，进退两难中，他无可奈何。

刚开始交往的时候，赵明远对解思源身上的光环有一种无比的敬仰之情、膜拜之意，总是以一种高山仰止的心态面对解思源。在解思源面前，他心脏的跳动速率会无由头地突然加大，全身血液的流动速度也会在瞬间提高，并汇聚一起冲向头部，使他面红耳赤、眼窝发胀，搞得他心里有一种说不出的紧张，说话超不过三句就会双腿发颤、脊背渗汗，说出的话也会前言不搭后语，有了上句没有下句。

随着两个人接触次数的增多，以及交流内容与范围的不断延展，加之解思源文质彬彬、和蔼可亲，语言风趣幽默、通俗易懂，非常接地气，在他身上决然看不到大神级人物的孤傲与矫情，一定程度上正好与赵明远的脾性吻合，赵明远的紧张感才逐渐减退直至消失。面对解思源时，他的心态才逐步趋于正常，说话的胆子越来越大，到后来，甚至可以与解思源海阔天空乱侃一通。不过，与此相对应的是，解思源知识渊博、为人处世谦和礼让的形象却在赵明远心中愈加高大，赵明远对解思源的敬佩之情也愈发浓厚。

两个人的关系逐渐熟络后，解思源与赵明远闲聊的话题总会在看似无意间集中到噩梦在现实生活中几乎原原本本重现这个主题上。最初谈到这个话题时，赵明远并没有过多的想法，只当是把自己的经历作为两个人交流的调味剂一样畅所欲言，而且，在讲述过程中，他也会像往常那样添油加醋一通夸张渲染，肢体动作搭配形象的语言描述，像舞台上的滑稽演员或者评书演员一样，手舞足蹈、唾沫星子乱飞，说得活灵活现犹如亲临现场，不由得使人产生一种代入感，恍惚中似乎身临其境。随着时间的延续和两个人见面、交流次数的不断增多，解思源询问的内容随之越来越详细，甚至具体到赵明远每次做梦的大概时间、睡觉习惯、睡觉姿势，以及梦境的全部过程、总体环境、人物动作和表情、语言特点，以及与现实事件的差异和常人根本不太注意的一些细枝末节等等。直到最后，解思源将赵明远十多年来的睡梦日记仔仔细细翻看了好几遍，那认真劲儿，绝不逊色于高三学生临近高考时的突击复习，那场面和状态，无论谁见了心里都会产生一种同情和不忍的本能反应。其中，让赵明远感到特别不解的是，解思源在心无旁骛、聚精会神翻阅和查看日记的同时，还选择性地做着记录和注解，一来二去，竟然实实在在记满了两个厚厚的笔记本。直到这时，赵明远才似乎有所醒悟，心想怪不得这个神一样的总工程师主动上门热情地跟自己套近乎打交道，敢情是他对自己的睡梦感兴趣呀？同时，他又暗暗思忖，难道自己的睡梦会与空间物理研究有什么内在联系吗？想到这里，他那不听使唤的小心脏又不由自主怦怦怦地开始急跳。

　　了解到赵明远想法的一刹那，解思源神情微微一怔，随后眼睛一眨露出难以捉摸的表情，哈哈一笑说道："对呀，你猜得确实没错，我的确是因为听说了你的经历才有意识跟你接触交往的，你怎么现在才反应过来呢？按我最初的猜想，你应该很早就意识到这一点了。"接着，解思源微微摇了摇头，轻轻叹了一口气，显得有些失望地说道，"唉——现在看来，你的反应还是有些迟钝，跟我的想象有不小差距啊。"解思源又摇摇头说道，"年轻人，你的脑回路得加紧补充燃料了！"

　　话音刚落，解思源突然脸色一沉，双眼透出赵明远以前从未见过的神韵，表情极其严肃地说道："我这样做，是由于我们正在进行着一项课题研究，发生在你身上的一系列梦境重现现象与我们的研究内容有些内在联系，特别是这些现象的产生条件与我们研究的结果比较接近。不过，具体研究内容和有关细节现在还不方便告诉你。"

　　赵明远心头突然灵光一闪，瞪着眼睛紧紧盯着解思源，试探性地说道："是吗？既然这样，干脆调我到你们单位得了，那样的话，咱们配合起来不更加方便吗？"解思源神情一怔，接着哼了一声说道："这回你反应倒挺快，不过，你以为我们那里是想去就能去的地方吗？"赵明远知道自己讨了个没趣，干咳了一声，自嘲式地说："开个玩笑，没必要那么不给面子吧？我知道自己跟你们专家相比差得不是一星半点,不过,给你提个包、倒个水、打打杂的能力总还是有的吧?"解思源眯着眼静静地望了赵明远一会儿,突然诡秘一笑,明显有些夸张似的赞叹说道:"嗯——好,这个主意很不错,许多年了,我来来去去一直是孤身一人,身边确实缺少一个像你这样干具体事务的人啊!嗯——不错,你这个主意倒是给我开了好大的窍呀!"说完,他自己首先哈哈大笑起来。

几天过后,解思源一改过去和善亲切的面孔,异常严肃地对赵明远说道:"明远,我对你的日记进行了仔细研究,现在有两个问题,想再次核实确认一下,请你务必认真据实回答。一是日记中有八次重要的睡梦经历已经在现实生活中完整看到过,从日记中看,你记录得非常详尽,非常仔细。我想问的是,这八次梦境与现实那么高的吻合度,是自然发生的还是你人为刻意造成的?二是假如说这些都是自然发生的,没有任何人为因素,那么,你第九次状况惨烈的噩梦到现在为止,仍然没有在现实生活中出现,对吗?"

赵明远突然一怔,随后装腔作势学着撒泼的样子,张开两臂高举仰头长叹,像受了天大冤屈似的叫道:"哎哟!我的大神呀,你一定要为我做主呀,这可要冤枉死人了!"

解思源哪能料到赵明远会来这么一出,顿时被惊得目瞪口呆。不过,片刻间他已反应过来,脸色一沉责怪着说:"你这是干什么?好好说话。"

赵明远立即收起撒泼架势,微微一笑说道:"我心中最敬爱的大专家,放心吧,没事儿我做那个手脚干吗,难道还想通过做梦弄一顶莫名其妙的顶戴花翎吗？有些荒唐了吧？再说了，即使我要作假，也绝不可能在你这尊大神面前弄虚作假的，请放一百二十条心吧。"

说完，赵明远四处望了望，随后指着窗户，装腔作势表情严肃，信誓旦旦地说："我对着窗户向你发誓，日记内容全部为真实记录，绝无弄虚作假之嫌，否则，我愿承担由此而产生的一切法律后果。另外，我确认，最后一次噩梦中的情景在现实生活中确实没有出现，这一点我可以用脑袋担保。"

"嘁，哪儿有那么严重，你也太夸张了。"解思源微笑着调侃了一句，同时在赵明远肩上轻轻拍了拍，脸色突然一变又一次严肃地对赵明远说，"明远，你记着，我们正在进行着一项前无古人的研究，你身上发生的这些状况对这项研究至关重要，千万马虎不得。"

赵明远望着解思源严肃的神情微微一怔，心脏随之不听指挥怦怦狂跳，脸色发红结结巴巴说："解总，你千万别吓唬我啊，我的小心脏可经不起太大的考验，你这样说话保不定我会出意外的。"

解思源仍旧严肃地盯着赵明远说道："我可没跟你开玩笑！现在，我郑重其事提醒你，从现在起要十分认真对待这件事情，其重要性目前我还不便说明，不过，你千万千万记着，当日记本上第九次噩梦中的情景在现实生活中出现的时候，一定要在第一时间通知我。"

赵明远听着听着突然感到脑子一片空白，他无论如何也搞不明白，自己的睡梦，竟然真的会跟空间物理研究所的顶尖科学研究联系起来。听到解思源真诚而严肃的嘱咐，望着解思源极度认真的神情，赵明远木然地点了点头。

　　就在刚才，赵明远像木头桩子一样傻呆呆地望着雨幕中的救援场景，突然想起解思源异常郑重的叮嘱，刹那间像一台处于休眠状态的电脑瞬间被激活一样，开足马力飞速运转，转身拔腿没命似的奔向"空间物理研究所"。

第 二 章

"咣当——"一声脆亮巨大的撞击声急促响过，房门突然被撞开，赵明远呼哧呼哧喘着粗气出现在解思源办公室门口。

解思源心里一惊，全身一抖，手中的笔"吧嗒"一声掉在办公桌上。当看到赵明远弯着腰，双手扶着膝盖呼哧呼哧喘着粗气，吃力地扭着脖子抬着头，费劲地瞪着眼睛紧紧盯着他时，解思源的表情立即舒缓下来，长长舒了一口气调侃着说道："哟，年轻人，躲雨也不需要这么急呀，怎么跟狗撵着似的，需要那么夸张吗?"说完，突然注意到赵明远全身湿漉漉的狼狈相，立即打开柜子，取出一身衣服递给赵明远，说道，"什么事把咱们的赵大少爷惊成这样子了? 来，可能不适合你们年轻人的胃口，凑合着换一换吧。"

"别……别……别急，让……让……让我缓缓……再说，急……急……急着催命呢!"赵明远干咽了几口唾沫，顺了顺气，抬手软绵绵地晃了晃。

"嘿嘿，你这样子可够狼狈的，究竟遇到什么事了?"解思源一边倒水一边问道。

"咳咳咳，什么事？还不是你交代的事!"赵明远被呛了一口，急促咳了几声，望着解思源眼睛一斜，嘴角一抽，做出"我的狼狈都是你造成的"表情。

"我交代的事？"解思源莫名其妙，瞪着眼睛望望赵明远调侃说道："开玩笑吧，你淋得跟落汤鸡似的能跟我扯上关系吗？八竿子打也打不着呀。该不会是让大雨浇了一场给你浇出毛病了吧？"

"哼，不是你还有谁？难道不是你让我在第九次噩梦情景出现的第一时间通知你吗？"赵明远一边换衣服，一边斜着眼睛望望解思源有些抱怨似的说道。

"这么这么说这么说……"解思源全身一个战栗，吃惊地瞪大双眼，脸部肌肉有些微微抽动，嘴唇哆嗦着说道，"来来来，慢慢说，慢点儿说。"说着，动作十分夸张地拉过赵明远摁在凳子上，急不可耐地望着赵明远，脸上的表情极像小孩子等着大人发糖似的充满渴望。

"这个——这个——啊……"赵明远像煞有介事地望望解思源，哼哼哈哈装腔作势摆起谱来。

"你小子欠揍是不是？信不信我一巴掌能让你的鼻子从脸上消失？"解思源看到赵明远假模假样磨磨蹭蹭，脸色突然一变，一边装腔作势瞪眼厉呵，一边举着手掌在赵明远眼前乱晃。

"别别别，你可别急眼，我说还不行吗？"赵明远急忙举起双手，脸上堆起微笑。

赵明远简单介绍了事发时间、地点、大概经过，话音未落，解思源已经抓起笔记本，"唰"的一下冲出办公室，扔下一句："你先待在这儿，千万不能走，一定要等我回来。"紧接着一溜烟消失得无影无踪。

"哎——"赵明远急忙大喊，但为时已晚。望着轻轻叫了一声缓缓关闭的房门，赵明远微微一笑摇了摇头，嘴角翘了翘自言自语说道："喊，还总工程师呢，你这见风就是雨，像屁股着了火似的哪里还有半点儿总工程师的样子，太不注意形象了。"

解思源像火烧了屁股似的急匆匆离去，将赵明远形单影只留在了办公室。赵明远环顾四周倏忽间有一种被冷落的感觉，想到解思源临走时说的"一定要等我回来"那句话，陡然从心底浮上一股淡淡的怨气，心想有什么事情不能预先说明一下呢，哪怕简单地提点一下也行啊，可现在把我干晾在这儿算哪门子事呢？唉，这个人做事儿也太不讲究了。然而，怨气归怨气，牢骚归牢骚，赵明远的内心活动不过是简单的自我调节和解脱释放而已，实际上并没有真正怨天尤人牢骚满腹，在具体行动上依然按照解思源的吩咐乖乖待在办公室，耐着性子等候着解思源。

赵明远低头纳闷绕着办公室巴掌大的地方百无聊赖慢慢腾腾转悠了两圈，无意间抬头忽然看到墙上悬挂的"上善若水"书法作品，一时心血来潮，随即移步上前仰着头聚精会神欣赏起来。实际上，赵明远对书法是个门外汉，墙上的书法作品之所以能够引起他的注意——一方面是由于一个人独处一室实在无聊，偌大黝黑的毛笔字显得格外醒目，自然而然吸引了他的注意力；另一方面，平常司空见惯，几乎没有引起他真正注意过，也从未深刻进入过脑髓的"上善若水"四个字，突然间像幻化出不可思议的魔力一样，以无法想象的力度洞穿赵明远的眼球直达神经，对大脑产生了强烈的冲击，进而引发大脑皮层产生了前所未有的大强度蠕动。

　　赵明远虽然是个外行，但凭着直觉观感，他仍然能够感受到四个苍劲有力的大字所展露的威武雄浑之力，行云流水般的运笔所展现的灵动流畅之美，构思独特的整体布局所表现的和谐融洽之意。非常遗憾的是，落款处的二十多个小字极具个性，很像特工传递情报时书写的特殊符号，更像远古人类的留存、含有丰富内涵等待后人破解的神秘印记，显得晦涩难辨高深莫测。赵明远睁大眼睛开动脑筋仔细辨认，最终只认出不到十个字。他轻轻叹了一口气，自嘲似的摇摇头暗自笑笑，心想这些书法家真不知道是怎么想的，书法作品是让人们欣赏的，再怎么着也得让人们认识才行，即便为了展现书法的艺术魅力，以不同的个性和品位充分表现也未尝不可，但前提是得让人们认识，如果人们不认识，或者认识的人不多，显得高高在上傲气十足不接地气，失去了广泛的大众基础，即便有再高的"造诣"和"水准"，那种艺术还有什么意义呢？

　　望着"上善若水"四个苍劲有力的大字，赵明远暗暗思忖后面不是还有"厚德载物"四个字吗？他忽然想起来，通常见到的书法作品要么是"上善若水"，要么是"厚德载物"，鲜有一幅作品会完整出现八个字。赵明远心想，这是为什么呢？难道仅仅是出于对书法艺术表现形式的考虑吗？赵明远深吸了一口气，心想，不应该呀，书法作品摘录名言警句的目的也是对人们起到提示警醒作用，表达意思应当完整才对，否则，东一榔头、西一棒子能起到什么作用呢？他又暗暗思忖，是因为它们出自不同时代，有不同的渊源吗？这个疑问刚一闪现，赵明远随即又否定了这个想法。他心想实事求是讲，"上善若水"出自老子的《道德经》，"厚德载物"出自《易经》，虽然二者的渊源有别，出处有异，但将其联系起来，才能完整地反映我们中华民族的传统美德，也才能使人们全面参悟其中的真谛和哲理，真正理解自古以来仁人志士崇尚的道德境界，真不知道这些书法家是怎么考虑的。想到这里，赵明远微微低着头，自言自语说道："唉，当初在学校时，学习囫囵吞枣、死记硬背、不求甚解，还自我感觉良好，出了校门又心浮气躁、不思进取、好高骛远，与我们中华民族历代弘扬的传统美德相差得实在太远了。"

恍惚间，赵明远突然想到了解思源。他暗暗思忖，解思源那么一个大专家，真正的大神级人物，绝对是国家的栋梁之材，但说起话来却是那么亲切，做起事来是那么认真，交往起来是那么随和，相处起来是那么暖心，没有一点儿架子，没有一点高高在上的优越感，可不就是"上善若水、厚德载物"的现实典范吗？

赵明远暗暗将自己与解思源比对，突然自嘲地扑哧轻声一笑，又轻轻摇了摇头。无意中看到办公桌上摆放着一张照片，立即好奇地凑了上去。照片上总共五个人。中间凳子上坐着一对老夫妻，身着耀眼的红色唐装，嘴角上翘，笑容满面；后排站着解思源夫妻，身穿红色情侣唐装，神情自然，面露微笑；前排站着解思源的儿子，夹在爷爷奶奶中间，斜着上体，做着搞怪的姿势：舌头外吐，睁着一只眼，闭着一只眼，双手微举，食指与中指做出"V"的形状。照片上方显著位置用金色宋体字题写着

"贺父亲七十寿辰全家福"。

望着充满温馨、甜蜜、暖意的全家福，特别是像刚刚吃过蜜糖一样，满脸洋溢着幸福笑容的老夫妻，赵明远触景生情，不由自主融入其中，心里充满了幸福感，甜丝丝喜滋滋。恍惚间，温馨、舒心、难以忘怀的生活画面像电影一样在心头一一回放。

赵明远出身书香门第，是家里的独子。爷爷奶奶同是秦京大学教授，父亲是一所科研机构的权威专家，母亲是一家省级医院的医生。家境虽说不能与那些"土豪"相提并论，但绝对算得上高于小康水平。自打赵明远记事的时候起，他便从未缺衣少穿，更没有忍饥挨饿的经历体验。在有些同学眼里，他是一个真真正正衣来伸手饭来张口的富家子弟。然而——辣子辣不辣，只有嘴知道；鞋子夹脚不夹脚，只有脚知道。其实，别的同学所看到的，只不过是光鲜艳丽的外在表象，他们绝不可能想到，赵明远虽然出生在一个家境殷实的家庭，但在日常生活习惯的养成，以及个人修养等方面的"修炼"却历尽"磨难"，吃了不少苦头。

如果按照小孩子活泼程度分类，赵明远小时候，绝对是名符其实"南山核桃要砸着吃"的那种类型，用时髦一点儿的话讲，他是典型的"给点儿颜色就灿烂、给点表扬就上墙"性格，经常"三天不打上房揭瓦"，特别费事。那个时候，赵明远闯了不少祸惹了不少乱子，经常搅得左邻右舍鸡犬不宁。无奈，小孩子做事都是好奇心驱使，人生观、价值观根本没有形成，善恶标准也不是那么明晰，绝不可能有意识去干那些扰乱邻里安宁的"坏事"，他们所作所为唯一的出发点就是"好玩儿"。每当赵明远"犯浑"的时候，邻居们大都抱着理解宽容的态度或一笑了之，或吹胡子瞪眼吓唬一番，没有哪个人过多深究。不过，也有极少数邻居在与赵明远父母闲谈过程中会无意间将赵明远的"罪行"抖搂一些出来。

赵明远父母对赵明远的"罪过"可不像邻居那样一笑了之、吓唬一番了事，他们通常的做法是一个唱红脸一个唱白脸，将赵明远"折腾"得精疲力竭诚心认错才会鸣金收兵。有时候，爷爷奶奶也会在一旁鼓动帮腔，明着听起来，他们要求赵明远父母对赵明远严加管教，但实际上，心疼孙子的言外之意是当年小小年纪的赵明远根本听不出来的。那个时候，赵明远一直在想，别人家爷爷奶奶只要看到孙子被父母训斥受罚就会挺身而出、出手相助，将父母的"万炮齐鸣"引向自身而不会让孙子受到一点点委屈，为什么自己有了过错，爷爷奶奶总会给父母加油打气竭力鼓劲儿，要求父母更加严厉地责罚自己呢？为此，他还曾经怀疑过自己不是爷爷奶奶的亲孙子，现在回想起来觉得可笑至极。

其中，最让赵明远心存忌惮的是父亲的单独谈话。每当赵明远有了较大的过错时，父亲便会找赵明远"促膝谈心"，而大多数的"谈心"往往会持续很长时间。在赵明远的记忆中，最长一次谈话的结束时间是凌晨一点半，到现在回想起来他仍然心有余悸。那次谈话，父亲要求赵明远像军人一样立正站好，静心聆听、用心思考他所说的一字一句，最可怕的是父亲会时不时地抽查提问，检查"谈心"效果，搞得赵明远非常紧张，开谈不久他便汗水涔涔，湿透的衬衣像橡皮衣一样紧紧粘在身上，几乎让他喘不上气儿。那一次，父亲从赵明远犯的过错对个人产生的危害引申到对社会的危害，从对当前产生的影响引申到对未来的影响，同时还引用了许多经典例证来说明赵明远所犯过错的本质。让赵明远大感困惑无法理解的是，那次父亲竟然从他所犯的、在他看来只有芝麻粒大的过错，上升到了道德与品质的高度来分析和说明过错的本质。那是赵明远记事以来，第一次在严肃场合听到这两个既神圣又神秘的字眼。虽然那时赵明远并不真正理解"道德"与"品质"的真正含义，但他突然灵光一闪，下意识觉得，如果自己一直浑浑噩噩，"三天不打上房揭瓦"，屡教不改，将来的后果一定会十分严重。所以，父亲一番话下来，把当时已经有些昏昏沉沉、睡意渐浓的赵明远惊出一身冷汗。

实际上，当年懵懂无知少不更事的赵明远，根本不可能对"道德"与"品质"理解得那么透彻深入，他之所以被父亲所讲的"道德"与"品质"惊得冒出一身冷汗，是因为在灵光一闪间突然意识到，自己一直以来所犯的过错并不能一笑了之那么简单，如此下去，很可能会对自己、对父母、对爷爷奶奶、对其他人产生很不好的影响，因而，自从那次以后，赵明远像脱胎换骨一样，摇身一变，成为一个人见人爱一心向学的乖孩子，平日里再也见不到他扰乱邻里的身影。

一次偶然机会，赵明远忽然想起这件事，诚心询问父亲："当年你给我讲那么多大道理的时候，有没有想过我年龄那么小，理解能力那么差，谈话的实际效果会怎么样?"父亲微微一怔，伸手抚了抚他的寸头，长舒一口气，随后低头微微一笑说道："你以为我不知道当年你年龄小，理解能力差吗? 那个时候，我压根就没有希望你能够完全理解我讲的道理，实话告诉你，我压根就没有那么想过。我之所以反复给你讲那么多道理，目的是结合你犯的过错给你灌耳音。就像小学生背诵课文一样，他们刚开始背诵课文的时候有几个人理解其中的深意？有几个人能够领悟其中的道理？但时间长了，经验多了，理解能力强了，心灵开窍了自然就会理解。我当时唯一的想法，是将我几十年来做人做事的体会和教训告诉你，反复给你灌耳音，希望将我经历过的成功和失败，以及经验和教训深深地镌刻在你的脑海中。而你脑瓜子什么时间开窍，全面而深刻地理解其中的哲理，汲取经验领悟教训就完全是你自己的事了，当然，这一切的一切还得看你的造化。"父亲说着，深情地望了望赵明远，脸上显出十分欣慰的表情微微一笑，继续说道，"嗯——还好，目前看来，你并没有让我们失望。"

在赵明远的记忆中，虽然父母对他的教育异常严厉，甚至有些苛刻，但从来没有拳脚相加。自从那次令赵明远终生难忘的谈话之后，父亲再也没有找过赵明远"交流谈心"，反倒是赵明远时不时主动找父亲汇报思想、交流心得，当然，交流的内容与之前已经有了天壤之别。也就是从那次谈话以后，赵明远的学习成绩一路飙升，在初中二年级的时候，还全票通过被选为班长。中考时，以全市第十名的成绩被市里排名第一的重点高中录取，最终以优异成绩考上了一所心仪的全国知名大学。

在赵明远的脑海中，温馨、甜蜜、和谐的生活画面更是数不胜数。记得有一次，赵明远一连吃了四只冰激凌，在准备吞掉第五只时被母亲发现，母亲不容分说从他手中夺下冰激凌放入冰箱。晚上睡觉前，他神不知鬼不觉偷偷拿出冰激凌，躺在被窝中三下五除二吞进了肚里。凌晨两点多，一阵剧烈的腹痛将赵明远搅醒，他迷迷糊糊失声大叫。父母看到赵明远神志昏迷、瑟瑟发抖、全身冷汗涔涔后大惊失色。父亲顾不及穿外衣，急忙背起赵明远没命似的向医院狂奔。家里七层楼加上两千多米路程，父亲不可思议地没有任何停歇，冲刺般到达医院将赵明远交给急诊医生时，已经上气不接下气一下子瘫倒在地，几乎休克过去。诊断结果出来，了解到是肠胃痉挛时，父母紧张得已经失了色变了形的脸才稍稍舒缓。待赵明远检查结束输完液，一家三口离开医院时，已经是艳阳高照了。望着活蹦乱跳的赵明远，陪护了半个晚上没合过眼的父母，已经略显疲惫的脸上像雨过天晴一样，露出灿烂舒心的笑容。赵明远每每想到这些情景，心里便不由得会暗暗生出一份愧疚，同时也会泛起无尽的暖意。

赵明远望着照片看了好长时间，心里想着爷爷、奶奶、父亲和母亲，幻想着照片是自己的全家福，想着想着不由得嘿嘿笑出了声。听到自己的笑声，赵明远急忙捂住嘴巴探头探脑四下望了望，伸出舌头做了个鬼脸自嘲着说道："幸好这里没人，如果被人看到的话，不把我当神经病才怪呢。"说完，他和衣躺在沙发上，顺手拿起一本杂志，漫无目的地翻看起来。

不多时，赵明远感到杂志上的字迹渐渐模糊，翻看杂志的动作也同时慢了下来。紧接着，他觉得上下眼皮间的吸引力不断增强，逐渐发展到无法自控的地步。透过上下眼皮间宽窄不定、变化不断的缝隙，赵明远恍惚感到杂志页面上蝇子头大小的黑色字体渐渐放大，幻化为一幅偌大的黑色幕布轻轻移向面庞，使眼前的光线逐步转暗。随之，本来已经贴近脸颊的杂志，随着那块幕布轻轻"噗"了一声，覆盖在赵明远脸上，严严实实遮住了脸庞。

恍惚间，那块幕布透出一丝亮光，并逐渐放大，最后幻化为温暖和煦的阳光。阳光下，春意正浓，草木翠绿，幼童时期的赵明远蹒跚学步兴致正酣，他一走一摇，一步一跌，在绿地毯似的草地上咯咯咯大笑不止。赵明远无意间抬头四望，突然发现天色昏暗狂风怒吼，四周空旷没有一个人影。顿时，他惊慌失措，一屁股坐在地上双手捂着眼睛哇哇大哭。哭着哭着，透过指缝看到前方不远处有一团神秘亮光，五彩斑斓，非常诱人。赵明远立即止住哭泣，急忙爬起身摇摇晃晃向那团亮光奔去。倏忽间，爷爷、奶奶、爸爸、妈妈面带微笑，从那团亮光中缓步走了出来。几乎在同一时刻，四个人同时蹲下身，伸出手，争先恐后向赵明远喊道："儿子，到爸爸妈妈这儿来。""我的乖孙子，快过来，快到爷爷奶奶这儿来。"

赵明远怔了怔，傻呆呆地逐一望望笑容满面的四个亲人，突然嘴一咧咯咯笑着，摇摇晃晃奔向爷爷奶奶。爷爷奶奶大笑着兴奋地说道："看到了吧，乖孙子还是跟我们老人家亲吧。"说完，爷爷奶奶轻轻地牵起赵明远的小手，父母跟随在爷爷奶奶身后，一同走进那团诱人的亮光之中。

"明远，明远，快醒醒，咱们得办正事儿了。"一阵儿急促的呼声传来。

赵明远心头一紧，长舒了一口气，温馨甜蜜的梦境刹那间消失无踪。

他急忙拨开脸上的杂志睁开眼睛，房顶中央炫亮的灯光立即射入眼中。赵明远闭上眼睛缓了缓，随后望着解思源说道："你火急火燎干什么去啦，咋这么长时间？"他眯着眼睛望望房顶中央的顶灯，又望望窗外，回头说道，"看看，已经晚上了。"

赵明远说完，眯着一只眼斜望着解思源，当看到解思源兴奋得有些失态的表情时心头一紧，紧接着问道："怎么了？看你兴奋得跟打了鸡血似的，发生什么事儿了？"

"快，跟我走。"赵明远没有来得及做出更多反应，已经被解思源拉着急匆匆向办公室外冲去。

第 三 章

没有给赵明远留下过多反应时间，解思源已经拽着赵明远冲出办公室。房门在他们身后轻轻响了一声，又缓缓关闭得严严实实。

"哟，这——这是什么东西呀？"刚出办公室，一辆悬停在办公室门口，平时只有在科幻电影中才能看到，像一只大型失去尾巴蝌蚪形状的机械立即吸引了赵明远的目光，他圆瞪双眼，惊奇地向解思源问道。

"哼，没见过吧，好奇吧？"解思源斜眼望望赵明远，嘴角一撇，轻哼了一声，炫耀味十足，说道："你权且当它是超级小汽车就行了。"

"哎，你还别说，这个新鲜玩意儿我还真是头一次见。"赵明远说着，无意中看到解思源炫耀的表情，不屑地哼了一声，说道，"得得得，能不能把你那嘚瑟劲儿收敛收敛？注意点儿形象好吧？"

不等解思源回话，他又转过头，轻轻甩了甩手，挣脱解思源的拉扯，快速跑向那个"没有尾巴的蝌蚪"，自言自语说道："这个神奇的东西是从哪里弄来的？太科幻了，是不是有点太夸张了？"

"没有尾巴的蝌蚪"呈淡淡的银灰色，在路灯照射下闪着诱人的亮光。这辆怪异的"小汽车"从侧面看上去总体轮廓是一个变异的纺锤形，前部高约一米二，向后呈流线型收缩，更确切地说其侧面形状更像一个特大的水滴水平悬浮在空中，长度大约一米五。从正面看，它的整体形状为前部大而凸出，向后延伸也呈自然的流线型收缩。观察了一圈下来，赵明远最突出的感受是这辆"车"线条特别流畅、自然，让人一看就会爱不释手，非常诱人。它前后、左右面全部由特殊的半透明材料构成，透出一层淡淡的银灰色。这个被解思源称为"超级小汽车"的机械，最大的特点是既没有车轮也没有支撑架，却稳稳当当水平悬浮在距离地面三十多厘米的空中，没有一丝晃动。

"啧啧啧，稀罕东西呀，没想到只有在科幻电影中才能看到的东西，你们这里已经用上了。"赵明远一边轻轻抚摸着"小汽车"，一边羡慕地点点头说道，"也是，我心想着像你们这么神秘的单位肯定有一些古灵精怪的东西，看看，让我猜着了吧？"说话间，赵明远突然转过头半真半假对解思源说道，"哎，解总，要不，调我到你们单位得了，这里吸引力太强大了。"

"嘿嘿嘿，"解思源嘴角一翘，诡秘地笑了几声，叹声说道，"唉——可惜呀，你的好奇心也太容易满足了。如果再看到更加神秘、更加不可思议、更加科幻的东西，那是不是就得口吐鲜血了？"

"咦——"赵明远再次吃惊地瞪大眼睛，表情愕然地说道，"难道，难道还有……"

"别废话了，上车再说。"不等赵明远说完，解思源催促着。

随着解思源的口令，"没有尾巴的蝌蚪"发出轻轻的"咝咝"声，左右两侧随之显出两个椭圆形开口。赵明远急忙钻了进去，像刘姥姥进入大观园一样，好奇地东张西望，兴奋得双眼放光。随着轻轻的"咝咝"声，刚才打开的车门在不知不觉间又严严实实封闭了起来。

"请说目的地。"温柔得乍一听就会让人浮想联翩的女声说道。

"废品仓库。"解思源随口说道。

突然响起的女声让赵明远心里一惊，当听到解思源回答说废品仓库时他更加惊奇，暗暗思忖解总这么火急火燎去废品仓库干什么？在他满腹狐疑时，"超级小汽车"已经发出轻微的"嗡嗡"声平稳启动。

"真是太漂亮了！"赵明远望着窗外色彩斑斓、不断下降，紧接着向后疾飞的灯光，感叹着说道，"可惜雾有些大，否则的话，会更漂亮的。"

"告诉你吧，这辆车名叫龙影，源于神龙见首不见尾这句话。寓意是咱们国家科技独树一帜，外界只闻其名，不见其形。而实际上，龙影的确是隐形的，是真正意义上的隐形，即使在白天，人们在外面也看不到它的影子，咱们却可以清楚地观察到外面。"解思源解释道。

"这我当然相信。"赵明远兴奋地瞪大眼睛四处张望，一会儿摸摸这儿，一会儿摸摸那儿。他看来看去，发现龙影内部除了两个闪着荧光的仪表盘比较新奇外，再也没有更加吸引眼球之处，心想这么高端的设备应该复杂得令人难以置信才对，怎么看起来比日常的汽车还要简单还要"傻瓜"呢？

赵明远鼻子里哼了一声，说道："我还以为这辆龙影有多么'高大上'，没想到所谓的高科技汽车就是一个'傻瓜'呀。"

"你说什么？"解思源微微一怔，以为听错了，不过，瞬间反应过来后，笑着说道，"噢，对了，可不就是'傻瓜'嘛，跟你一样。"

"喊。"赵明远嘴角一翘，眼角一挑，不屑地望了望解思源，回答道，"如果我是这样的'傻瓜'就好了，假如我能设计，而且能够造出这样的'傻瓜'就更好了。"他突然侧身靠近解思源，压低声音，神秘兮兮地对解思源说，"哎，解总，究竟有什么十万火急的事情啊，像火烧了眉毛似的有些太过夸张了吧。再说了，这种做事风格也不符合你的身份呀，反正我今天领教了，你稳健持重的形象在我心里已经打了很大很大的折扣了。"

解思源诡秘一笑，说道："哼哼，什么形象不形象，你还好意思埋怨，实话告诉你吧，今天之所以匆匆忙忙火急火燎全都是为了你呀，年轻人。"

"为了我？开玩笑吧，我哪有什么能够让你这么上心的事情？"赵明远本来望着解思源满脸调侃的表情，听到解思源的话，突然瞪圆眼睛，瞬间转换成了懵懂表情。

"没有吗？你确定？拍拍脑袋仔细想想。"解思源调侃着说道。

赵明远惊讶地摸了摸脑袋，轻轻"咦"了一声，使劲想了想也没有想出个所以然来，最后干脆说道："行了，你就别卖关子了，我这个人可经不起诱惑，吊我胃口的话，我可能会搞个天翻地覆的。"实际上，赵明远的好奇心已经完全被解思源挑逗起来，然而，他说完后却佯装出一副事不关己漠不关心的神情。

"我看还是算了，现在还为时尚早，不过，可以肯定地讲，对你来说，绝对会是意想不到的惊喜。"解思源突然严肃起来，说话的语气已经没有了调侃的意味。

"哦。是吗？"解思源几句话使赵明远的好奇心陡增，但同时意识到解思源的语气突然发生了明显变化，赵明远暗暗觉得意外，更感到奇怪，立即用余光扫了扫解思源，发现解思源的表情确实有些严肃，不由得悄悄吐了吐舌头，随口问了一句。

说话间，龙影已经无声无息降落在一处闪着零星灯光，明显空旷的区域，停在一栋外表看上去很普通或者说有些老旧的建筑物前。建筑物依山而建，大门与墙壁颜色相近，一侧悬挂的条形牌上，"废品仓库"几个大字在灯光下赫然在目。

"哎，对了，解总，这么晚带我到废品仓库干吗？不会是带我来捡破烂吧？"赵明远望了望那个条形牌，疑惑顿生，回头对解思源调侃道。

"你说呢？你不至于觉得捡破烂是你最感兴趣的事情吧？"解思源停下脚步，低头暗笑一声，转头对赵明远回了一句。

"喊——"赵明远讨了个没趣，举手随意在空中画了个弧，紧跟着解思源向仓库大门走去。

"请验证身份。"刚接近大门，大门中央一人多高的位置突然亮起一块闪着荧光的方形小屏幕，下方两侧同时显出两个横向的小长方形孔槽，同时传出"验证身份"的指令。

解思源立即靠了上去，面部对着小屏幕，两只手伸进侧面的孔槽之中。霎时，小屏幕下方射出淡蓝色光线罩着解思源面部缓缓转动，上方射出一条横向的淡红色光线从解思源额头到下巴一扫而过，下方两侧的孔槽中也各有一条淡红色光线从手腕到指尖扫描了一遍。

"身份，解思源，验证通过，请进。"一两秒后，声音再次响起。与此同时，大门在微微的"嗞嗞"声中自动打开一条仅能通过一个人的缝隙，解思源迅速带领赵明远闪身进入"仓库"。

望着解思源按照语音提示一丝不苟完成相应动作，赵明远刚开始还不屑一顾，心想搞什么鬼，不就是个废品仓库嘛，需要这么小题大做故弄玄虚吗？太夸张了吧。然而，当解思源做完最后一个动作的一刹那，赵明远脑袋灵光一闪，突然意识到这里可能根本不是"废品仓库"那么简单。按照影视剧的套路，结合突然出现的龙影，他推测这里完全有可能是自己向往已久的"空间物理研究所"不被外人所知的神秘基地，如果不是，那也应当非常非常接近了，否则，如此严密的安保措施根本没有必要。这个想法刚一闪现，赵明远又有些纳闷，心想那么神秘那么高科技的单位，为什么会建在远离市区甚至有些荒凉的地方呢？不过一瞬间，他又突然自嘲似的拍拍脑袋会心一笑，心想自己也太笨了，这明显是出于保密和安全考虑嘛，电影电视上那些神秘基地不都是人迹罕至、外表普通毫不起眼吗？

心想着有可能马上将要一睹久闻其名的"空间物理研究所"

真容，赵明远心里不由得扑通扑通狂跳，同时，一种不明来由的压抑感油然而生，使他呼吸急促，几乎喘不过气儿。随着解思源蹑手蹑脚进入仓库，赵明远紧闭双唇不再言语，生怕一不小心就会踩着地雷似的，亦步亦趋紧跟在解思源身后，新奇地瞪着双眼一刻不眨地观察着周围。

灯光稍显昏暗。废旧器材的堆放与赵明远的想象相去甚远。在他的惯性思维中，废旧器材通常情况下无疑是乱七八糟胡乱堆放，但映入眼帘的"废旧器材"，均是按照一定的规则分区域整整齐齐码在一起。同时，每个区域的大小均有明显区别，平面形状也不尽相同，目所能及的有三角形、方形、圆形、不规则形状等等。每个区域"废旧器材"堆砌成的立体形状也有比较大的差别，比较明显的有柱形、锥形等等。在每个区域的显眼位置都立着一个标志牌，标明废旧器材的名称、性质、数量、种类等等。不同区域堆放的器材数量和累积高度各不相同，相邻区域之间的通道宽度也有差别。一段时间过后，赵明远的突出感受是各个通道的走向和形状没有任何相似之处，直观的有曲线形、直线形、弧形、直角形、波浪形，穿梭于其中，仿佛置身八卦迷宫之中。然而，越是如此，赵明远越是坚定了自己的判断，他暗暗思量：我的个亲娘耶，这不是要人命的节奏吗？

赵明远跟着解思源沿着宽窄不同、方向不一的通道七转八拐走了十多分钟，前方一个由淡色荧光幻化的小门若隐若现。解思源迎面上前，小门的光线随之明亮，轮廓也随之显现，原本若隐若现、明暗不定的幻影此时实实在在清晰可见。他抬手一挥，立即有一道红色光线横着从解思源面部开始向下扫过全身，紧接着，那扇小门无声无息自动开启。解思源一招手，与赵明远一同进入那扇小门。

跨入小门，眼前的景象立即将赵明远惊得目瞪口呆：面积四五平方米的空间，四面侧壁、顶面和地面都是由白色光线聚合而成，整个空间亮如白昼，光线柔和，没有一点儿刺眼之感。转头四望，找不到一处确定的光源，但直接的观感却似乎处处都是光源。身处其中，突然间感到神清气爽，精神倍增，不由得让赵明远联想到神话传说中的仙境。

"有不明人员进入，请再次确认身份。"赵明远刚刚站定，突然从多个方向射出无数红色光线将赵明远紧紧包围，原本亮如白昼的狭小空间立即明暗交替，闪烁不断，并伴着要求再次确认身份的女声。

"请连接一号确认。"解思源说道。

霎时，明暗不定的空间光线保持着既有的亮度，不再闪烁。

"身份确认，解思源，赵明远。"三四秒之后，女声再次响起。

女声响起的同时，射向赵明远的红色光线也随之消失，空间的一面侧壁跟着失去了踪影。紧接着，一种无形的力量将解思源和赵明远平移进了另一处更大的空间。

进入另一处空间，映入眼帘的景象更加让赵明远惊奇：除了空间由白色的光线聚合而成外，内部所有器物和构件也由不同颜色的光线聚合而成，其中最多的是乳白色光线，顶面、地面、侧壁、座椅等都泛着乳白色荧光，其他则泛着蓝色、红色、橙色等不同颜色。打眼一望，便可发现所见景物都是由各种颜色的光线聚合而成，它们有着透明的质感，但都清晰可见，实实在在，没有一点儿模糊和虚幻之感。

赵明远惊得不知所措，傻呆呆地站着，心里暗暗惊叹科幻世界，这是真正的科幻世界呀！

"怎么样，明远，是不是有一种进入科幻世界的感觉？"解思源望着被惊得不知所措的赵明远说道。

"啊哈，你还别说，还真是有那么一点儿小感觉。"赵明远强压着内心的震惊，故作镇定。

"有一点儿？别嘴硬了，我刚来的时候也被这种场面惊得够呛，绝不是你说的一点儿小感觉。"解思源望望赵明远抿嘴一笑，"别紧张兮兮的啦，坐下放松放松。"说着，他就近坐在一把座椅上。

"哼，笑话，谁紧张啦？你是你，我是我，咋能一样呢？"赵明远装腔作势，学着解思源大方地坐在座椅上，但在坐上去的瞬间，禁不住伸手试了试，感觉结实牢固，才实实在在坐了下去。

解思源嘴角一翘，暗笑一声，说道："这是一部高速量子快车，通往基地的，运行时间大约五分钟。"解思源说话的同时，望着神情紧张但强装作若无其事的赵明远。

"量子，高速，有多高？"赵明远问。

"理论上，时速可以达到一万千米以上。"解思源若无其事地回答后，又斜眼望着赵明远。

赵明远倒吸一口凉气，吃惊得站了起来，瞪大眼睛望着解思源狐疑地问道："一万以上？你不是逗我玩儿吧？"

"逗你玩？开什么玩笑。"解思源轻轻一扭头，说道，"你没看到这些特殊材料吗？告诉你吧，这些材料，也包括那辆'龙影'，都是由高能量子波聚合而成的，需要时，可以按照预先设计的方案组合成各种形状、各种硬度的设备，不需要时，它们可以随时消失，不会留下任何痕迹。如果是咱们日常使用的普通材料，绝不可能具有这种性能，也根本不可能达到这种效果。如果再以超乎人们想象的速度运行，肯定会灰飞烟灭的。"解思源说着，拍了拍座椅靠背，没有发出任何声响，他接着说道，"不过，通常情况下，量子快车肯定不会以一万千米的时速运行，否则的话，会冲出太阳系的。"

"我的个神耶，我只知道你们这里神秘，可没想到这么神秘呀，更没有想到这么神奇，简直比科幻还科幻，今天的确是长见识了。不愧是仰望已久的'大雷音寺'呀。"赵明远无比感叹。

"什么意思？"解思源没有听明白，疑惑地望着赵明远。

赵明远斜眼望望解思源："这你都不明白？"接着，他拉长声音说道，"我——的——意——思是非常羡慕，佩服得五体投地，明白了？"

"哼哼，这才哪跟哪儿呀？我劝你呀，先别忙着发感叹，如果现在把感叹用完了，后面再看到更加神奇的场面就没法儿发感叹了，到时候，你只剩下吐血的份儿了可怎么办？"解思源由鼻孔发出两次短促的哼声，眉毛一挑，嘴角一翘望望赵明远。

出乎解思源预料，赵明远只是很随意地转头望向一边，同样从鼻子传出轻微的哼声："哼，还用你提醒？我留着呢，足够后面发感叹用的。"刚说完，他突然压低声音神秘兮兮地对解思源说，"哎，解总，能不能考虑考虑，我真的很想来你们研究所，这里吸引力太强了。"

"哦？是吗？"解思源用戏谑的眼神盯着赵明远，片刻过后，突然夸张地大声说道，"好啊，我举双手热烈欢迎。"说着，他嘴角一翘微微一笑"啪啪"鼓起掌来。

"你这人咋这样呢？我的态度是非常非常认真的。"赵明远有些气恼，轻轻地哼了一声，低头，沉默，做出一副"刚才你对我讽言讽语，现在我要让你高攀不起"的神情。

之前还相谈甚欢、气氛热烈的量子快车内，转而陷入了静默之中。

然而，看似平淡无奇、波澜不惊的表象下，赵明远和解思源却各怀心思，暗暗酝酿着一场激烈的心理较量。

对赵明远来说，基于对空间物理研究所的向往，当意识到解思源即将带他进入空间物理研究所基地的时候，像一名朝圣者将要到达期盼已久的圣地殿堂一样，心中充满了无限的期待。由此，他曾几次开玩笑说希望能够调入"空间物理研究所"工作，应当说那是他内心的真实想法，但却半真半假。真，是长期以来空间物理研究所的神秘对他强大的吸引力。从内心讲，他的的确确是想加入到这一群体当中，从事自己感兴趣的工作，探寻宇宙时空的奥秘。假，是因为他了解自己所掌握的知识，根本不可能满足研究所专业工作需要，所谓隔行如隔山，自己距离专业研究实在太远，故而，他只当开个玩笑，自娱自乐而已。

然而，从"没有尾巴的蝌蚪"，到两次验明正身，再到"高速量子快车"，虽然进入研究所时间不长，见到的高科技设备种类和数量也不算多，甚至还远远没有见识到空间物理研究所真正的高科技实力，但赵明远内心已经受到无与伦比的震撼。他实在无法想象，"空间物理研究所"的科技水平竟如此"大胆"、如此匪夷所思，已经远远超出他们这些发烧友对研究所科技水平的想象，使得他心中对"空间物理研究所"原有的"崇拜"无限放大，促使他暗暗下定决心一定要努力争取进入这个"神圣殿堂"。哪知，他刚一开口，便被解思源当作玩笑糊弄过去，致使他第一轮的努力还没有真正开始便化于无形，让他颇感挫折。

"解总，咱们什么时间回去呀？今天出门这么久，也没有给家里人说一声，而且，不知道进入基地之后还得多长时间，如果时间太久的话他们会担心的。"过了一会儿，赵明远突然问道。

"哦？这，那什么，好吧，不会太久的。"解思源迟疑着说道。

赵明远所问完全出乎解思源预料，将他打了个措手不及。

从解思源的角度而言，赵明远所思所想他一清二楚。但是，这么重要决定的正式答复不属于他的职权范围，否则，就是越俎代庖，是行政工作的大忌。即便如此，解思源之前曾对赵明远做过侧面提示，无奈，赵明远当作玩笑话没有到心里去，根本没有当回事。而这个时候，赵明远却将这个问题十分清晰地摆上了桌面，想得到明确的答复，解思源当然不可能明着违反规定，满足赵明远的要求。

一般而言，应对这种两难的局面，最好的招数无疑是偷梁换柱、瞒天过海，让对方似是而非、摸不着头脑，并且，为了应对赵明远后续的软磨硬泡，解思源还得按照这一原则思路，考虑各种各样的可能性，思考应对策略和方法。然而，在他一门心思寻思着怎样应对赵明远的死缠烂打时，却万万没想到赵明远没有按照常理出牌，询问内容与之毫无关联，突然打乱了他的既定思路，致使他乱了阵脚，仓促应对。

无厘头地回答完赵明远的提问，解思源才从闪断的思路中厘清了头绪，心想，是啊，赵明远大白天出门，直到晚上还没有回家，也没有给家里一点儿消息，家里人不担心才怪呢。他暗暗想着过一会儿一定要找个机会，让赵明远跟家里联系联系，报个平安。

"你刚才说今天是为了我的事，什么事？"赵明远又问道。

"噢——这个——啊——"解思源又是晕头转向，找不着北，不知道怎么回答，嘴里胡乱支吾。同时，他心里暗暗思忖，赵明远东一榔头西一棒子，跳跃性也太大了，简直是要人命的节奏啊。

"不是说咱们要到基地去嘛，怎么还不走？"解思源还没有来得及回答前面的问题，赵明远后面的问题接着又蹦了出来。

"啊，那个，什么，咳咳……"解思源有些崩溃。

赵明远东拉西扯一通无厘头的提问，看似不着边际毫无头绪，实际上经过了一番深思熟虑。就在刚才，第一轮的努力被解思源化于无形后，赵明远突然想起解思源之前说过今天如此匆忙与自己有关，顿时，他心头灵光一闪，心想莫非解思源已经有意邀请自己入伙？想到这儿，他暗自得意，心想那岂不是与自己的想法不谋而合？然而，心里突然冒出的这个想法，他是万万不敢确定的。因此，他暗暗思忖，不行，无论如何也要把解思源的真实想法套出来。主意既定，赵明远决定采取乱中取胜的策略，先搞乱解思源的思路，然后乘胜追击，得到自己想要的答案。这才有了东一榔头西一棒子、毫无关联的问题像下饺子一样的这出戏，让解思源只有招架之功，没有还手之力。

然而，人算不如天算，就在赵明远提出最后一个问题的刹那间，警示灯突然闪烁不定。

解思源像遇到救星一样长长舒了一口气，如释重负地微微一笑："到了。"

"什么到了？"赵明远神情一怔，感到一头雾水。

"基地到了。"解思源一副神秘的样子，贴近赵明远耳朵，悄声说道，"我们已经在距离地面二百千米的地下了。"

赵明远只觉脑袋"嗡"的一声，心想搞什么鬼，这是什么状况？没有感到量子快车启动怎么就到了，竟然还跑出了二百千米？最重要的还是在地下！

他未来得及发问，车厢一侧已经消失，一种无形的力量将解思源和赵明远平移出量子快车。解思源迅速抬脚迈步，带着赵明远按照之前的相似程序，再次进行了身份确认。

赵明远默默跟随解思源，按照声音提示的程序做完身份确认，进入到一个全新的空间。刹那间，一种新奇、独特的景象，使赵明远的视觉和内心再次感受到前所未有的冲击和震撼。

第　四　章

　　新的空间开朗、空旷，亮如白昼，同样是看不到确定的光源，恍惚中似乎又处处都是光源。光线既柔和又舒适，没有一点儿刺眼的感觉。

　　整个空间的颜色是清一色的乳白，用裸眼很难判断其形状和大小。举目四望，最直接的观感，是无比的深邃和空旷。顺着量子快车出口，向前延伸出一条宽约三米、恍惚中望不到尽头，而且极易让人产生幻觉的走廊。

　　走廊两侧整整齐齐排列着一扇接一扇同样白色的房门，墙壁和房门的白色中均有一种半透明的质感，打眼一望便可知绝不是我们日常生活中使用的建筑材料。放眼望去，偌大的空间空空荡荡，既没有一个人影也没有任何声音，既让人感到神秘又让人浮想联翩，无形中让人产生一种莫名的忐忑。

　　赵明远默默跟着解思源沿着走廊缓步前行，偌大的空间只有他们两个人的脚步声在"吧嗒——吧嗒——"回响。听着不断回响的脚步声，再望望令人浮想联翩的深邃空间，赵明远心里的感受极其复杂：一方面，空间物理研究所的神秘对他有着无穷的吸引力，而此时面对眼前的肃穆、寂静和隐秘场景，一种从未有过的庄严感和神圣感油然而生；另一方面，即将面临的未知又使他无比兴奋，这种过度的兴奋又逐渐演化为莫名的惶恐与紧张，而这种莫名的惶恐与紧张一经产生，便迅速扩散至全身每一块肌肉，直达神经末梢。几乎同一时刻，全身每个组成系统、每一个神经元、每一个细胞也都无一例外地产生了异乎寻常的共鸣。这种共鸣使他突然有一种恍惚、一种错觉、一种心惊胆战，他每听到自己的脚步声在深邃的空间中回响一次，心头便不由自主紧缩一次，那种莫名的惶恐也会陡然增加一分。

"明远，放松点儿，别那么紧张兮兮的。"解思源侧头望了望赵明远，轻轻笑了两声，同时伸手在赵明远的后肩轻轻拍了两下。

"嗨，说……说得容易，这……这阵仗，我还能放松得了吗？你知道我现在是什么感受吗？我感觉咱们像是进了阴曹地府，脚底和后背直蹿凉气，腿肚子都要软了，吁——"赵明远嘴角一撇苦笑一下，说完长吁了一口气。

"胡说什么呢，哪儿有这么亮堂的阴曹地府？你是亲眼见过还是听说的？"解思源装腔作势双眼微瞪，语气中斥责意味甚浓。

赵明远一怔，稍一回神儿马上堆起笑容，轻轻在嘴巴上拍了一下，赔笑着说："啊——呸，我这是口误，真的是口误，您大人不计小人过。解总您想想，咱们现在是一条绳上的蚂蚱，那是同病相怜呀，我哪能有那个意思呢？"赵明远伸出手指换了几个方向，发现没有明确的目标后在空中画了一圈，接着十分夸张地说道："我……我发誓，我绝不是……"

"哼，行了，行了，你那毒誓还是少发点儿吧。哎，对了，你除了发一些毒誓表明心迹之外，还有别的更好的办法吗？"解思源哼了一声调侃着。

"嗨，你这话说得，我表达心迹的办法可多了去了……"赵明远本来是紧张、惶恐和亢奋兼而有之，默默不语是因为心情紧张、复杂，满肚子的话像山涧的洪水，被突然垮塌的土石堵塞成堰塞湖一样无处发泄，大脑短路一片空白不知道该从哪儿说起。解思源的话头儿一起，随即像给堰塞湖的洪水突然开启了疏泄渠道一样，使赵明远的激情、亢奋一下子迸发出来。顿时，赵明远云里雾里、天南地北、东拉西扯滔滔不绝起来。

望着面色微红、滔滔不绝、唾沫星子乱飞的赵明远，解思源心里暗暗发笑。恍惚间，他心神微微一颤，感到眼前的情景是那样似曾相识。刹那间，难以忘怀，至今仍记忆犹新的一幕立即浮上心头。

当年，解思源从全国一所著名大学取得博士学位后，被分配到"空间物理研究所"工作。第一次进入基地时，他也像如今的赵明远一样，被眼前如梦如幻的景象惊得目瞪口呆，恍惚中有一种身处仙境的幻觉，兴奋、惊愕、怀疑、惶恐交织在一起，内心的感受无法用语言描述。曾经有一瞬间，他甚至心慌意乱，驻足不前，失去了迈步行走的意识。当年的导师，如今的所长轻轻拍了拍他的肩膀，微微一笑说："没错，你看到的不是梦幻，也不是科幻，更不是玄幻，而是实实在在的事实，不要怀疑自己的眼睛，也不要怀疑自己的感受。这些神话般的技术之所以还止步于我们这些高科技场所，没有推广应用到实际生活当中——一方面是因为成本太高，不利于技术和成果的推广及应用；另一方面，这些技术一旦应用到实际生活当中，会对现实生活产生无法估量的影响，人们的生活方式和生存方式必然会发生革命性的、翻天覆地的变化，人们的思想观念和思维方式也将会发生颠覆性的变革。但是，就目前情况而言，人们在思想、物质等方面还没有做好足够的、充分的准备。未来，我们要走的路还很长，这些高科技技术的研发和应用，将来造福于人类，需要我们的共同奋斗，更需要你们这些年轻人不懈的努力才能完成啊。"

导师的话虽然不多，却让解思源在刹那间心中豁然开朗，内心的惶恐、忐忑不安瞬间烟消云散，积压在心头、无法用语言描述的压力犹如闪爆一样得到完全释放。与此同时，一种神圣的使命感、责任感，也在他内心酝酿、形成、发展，成为他为之奋斗、努力的精神支柱。

虽然赵明远与解思源知识基础不同，年龄、家庭出身不同，生活阅历和工作经验也不相同，但在相同的地点，面对相同的境况，他们有着几乎一模一样的神情，无疑也有着相似的心理活动。看到赵明远心神不定、默默无语、内心复杂的窘态，解思源立即回想起当年的自己，便以开玩笑的方式打算调节调节气氛，以缓解赵明远内心的压力。

然而，人性百态。解思源万万没有想到，赵明远释放压力的方式与他迥然不同，话匣子一经打开，犹如神经质似的滔滔不绝狂泻不止。对于赵明远过于夸张的反应，解思源微微皱了皱眉头，随即报以会心的微笑，任由他海阔天空唾沫星子乱飞地尽情发挥。

当年，解思源进入研究所不久，便根据多年的知识积累，结合宇宙大爆炸理论、波的形成与传播理论、超弦理论等科学理论综合分析，大胆假设，合理推测，精细论证，对多维时空理论和平行时空理论去伪存真，修正了其存在的不足，剔除了其中的谬误，创立了"波态时空理论"，并经过实践检验，取得了巨大成功。高层获悉后，对他的研究成果异常重视，国家几个部委的主要领导亲自出面，协调有关部门，根据他的理论成立了一个专门机构，用于研究不同时空之间的"穿梭"技术。经过多年的研究和实验，这项技术已经日臻成熟和完善，机构依据"波态时空理论"，结合实验结果，反复论证，精心筹划，制定了一项不同时空间穿梭的"变频计划"。几经波折，这项计划的筹备工作已经进入了"变频使者"的选拔阶段，待人员确定，培训结束，具体实施工作将很快展开。

偌大的空间空旷依然，放眼望去，仍然无法判断其形状和大小。与之前相比，解思源与赵明远的脚步声依旧在深邃的空间回响，唯一不同的是，赵明远滔滔不绝之声突然掺杂其中。虽然，这声音打破了之前在短时间内形成的某种平衡，稍感嘈杂扰耳，但却无意中打破了之前的单调，平添了几许生机与活力。

解思源不时回头望一望兴奋得脸色有些发红的赵明远，颇感欣慰。赵明远滔滔不绝，甚至于有些神经质的神态，让他边回想着当年自己初到"空间物理研究所"的一幕幕情景，边逐渐加快了步伐，带领赵明远快速向更深处行进。

二十多分钟后，一个偌大的穹顶式建筑逐渐映入眼帘。眼前的一幕，犹如人们在逐次冲破层层云雾后，终于见到隐身于云雾之中，令人遐想无限的神的真身一般。

赵明远停下脚步，惊奇地圆瞪双眼，心里不由得暗叫一声，天哪！解思源却未做丝毫停留，径直快步迎向穹顶。

"哎，解总……你……"赵明远见状，惊讶地瞪大眼睛，不解地喊了一声。

穹顶式建筑为半透明结构，同样乳白色。打眼一望，整个建筑浑然一体，封闭得严严实实，根本看不到进出口的痕迹。赵明远眼见着解思源径直走了过去，心想难道解总是要铤而走险，以身"碰壁"吗？

解思源走近穹壁，伸手轻轻一点，半透明的穹壁突然闪出一道微微的绿光，随即像卷闸门一样向两侧分开，无声无息显露出门一样的开口。赵明远惊奇地"咦"了一声，紧追几步跟上解思源，在进门的瞬间，好奇地伸手向穹壁摸了过去。

"哎哟——"赵明远一声惨叫。将要触碰到穹壁的一刹那，穹壁"噗"的一声发出一道亮光，赵明远手臂一麻，全身像触电一样酥软，几乎摔倒，不由得惨叫了一声。

"哼，你胆子倒不小，敢随便乱动。实话告诉你，穹壁是有自动识别和记忆功能的，没有得到授权，它会立刻给你颜色看，这下尝到苦头了吧？"解思源用力一拉，差点将赵明远拉个趔趄，同时白了赵明远一眼。

"有点意思，我记住你了，看我以后怎么收拾你。"赵明远恶狠狠地瞪了发光的穹壁处一眼，阿Q式地自我安慰了一句，转身跟着解思源继续向穹顶里面走去。

解思源和赵明远以相同的方式，通过了三道同样乳白色的半透明"墙壁"，迎面看到一人多高的平台，两个人拾级而上，走进一间亮如白昼，同样是全白色的宽敞房间。

　　房间内的长条形沙发上，一位满头银发的老者和一位身着戎装的军人屈膝而坐，面带笑意你一言我一语，像遇到了令人激动的事情一样一刻不停地抒发着内心的感慨。说话间，看到解思源和赵明远，两个人几乎同时起身迎了上去。

　　"所长，这就是赵明远。"满头银发的老者笑容满满，快要走近赵明远时，解思源迅速做了介绍。

　　"欢迎、欢迎，小赵同志。"所长热情地握住赵明远的手，爽朗地说道。

　　"这是军代表李将军。"随着解思源的介绍，身着笔挺戎装的军人微笑着向赵明远伸出手。

　　最初看到所长和军代表，赵明远心里一喜，暗暗思忖："嘿，这下终于见到活人了。"未承想，解思源介绍说是所长和军代表，他心里随即一百八十度急转弯，脑袋"嗡"的一声差点短路。

　　以前，刚认识解思源的时候，赵明远感到解思源已经是很了不起的超级大神。曾经有一度，他在解思源面前会全身发颤腿肚子抽筋，大气儿也不敢出。后来之所以能够与解思源谈天说地无拘无束，是由于长时间接触熟悉后，解思源身上的"光环"不再成为赵明远内心的压力，也不再成为两个人交流的阻碍。但眼下，一下子突然出现了两个比解思源级别还高的超级大神，特别是那个身材魁梧、全身笔挺戎装的军代表，乍一见面，赵明远便立即感受到一种无法描述的威武之气。这对于第一次步入"圣地殿堂"，内心本来已经忐忑不安的赵明远来说，在无形中产生了更大的压力，而且，几乎在瞬间便达到了心理承受极限，刹那间，他蒙了，呆了，也傻了。虽然所长和军代表对他笑容可掬热情问候，他却像听着天际边传来的梵音一样，仅凭着本能反应下意识地伸手、握手，对所长和军代表报以机械性的微笑，与此同时，涔涔汗水眨眼间便从额头渗了出来，形成滴滴汗珠顺着脸颊不停滴落。

"欢迎啊，小赵同志。"礼节性的见面后，所长笑眯眯地望着赵明远。

"噢——噢。"赵明远对所长的问候不知所措，胡乱"噢"了两声，然后尴尬地笑笑，算是回答。

"小赵同志，不要那么紧张嘛，咱们又不是头一次见面，放松一点儿。"所长呵呵笑着，话语中饱含一种无法抗拒的亲切。

"哦？"赵明远突然瞪大眼睛疑惑地望着所长。

"怎么，忘啦？你好好想想，大约三个月前，在你们领导的办公室，咱们还一起喝过茶呢。当时，我喝的那杯茶还是你递到我手上的。这说起来，实际上咱们是老熟人了嘛，没有必要那么紧张，放松点儿。"所长和颜悦色地说道。

赵明远出神地望着所长突然想起来，那天在领导办公室，确实见过一位慈眉善目满头银发的老人家，说起话来充满磁性，乍一接触便会让人由心底产生一种亲近感。赵明远在确认了眼前的所长就是那天见过的老人家后心里暗暗思忖：这搞的都是什么鬼？领导不是说老人家是他的亲戚吗？眼下怎么变成所长了呢？

"你的个人情况我们已经详细了解过了，而且，就在今天，我们对有关的情况进行了最终核实确认。从各方面情况看，无论是你的知识基础，还是家庭背景，以及实际表现，特别是身体状况，完全符合我们选拔人员的条件。因此，经过研究，准备选调你到我们研究所来工作。当然了，你个人的想法之前我们已经有所了解，但是，按照规定的程序，我们仍然必须代表研究所和你进行一次交流谈话，正式征求一下你的意见。怎么样，你个人是什么意见啊？"所长始终面露微笑，目光中充满慈祥。他顿了顿，继续说道："你还有什么意见和想法尽管说，不要拘束，也不要有压力，想到什么就说什么，我们会尽力满足你的要求。"

面对以前根本无法想象的"超级大神"，赵明远内心惶恐，神情紧张，大脑一片空白。从外表上看，他在三位"超级大神"面前面带微笑，瞪着眼睛竖着耳朵似乎在虚心接受着"大神"的教诲，实则魂游体外，身不由己。所长的话对他来说像是界外飘来的禅语，他似乎在听又似乎没有在听，一番话表达的意思他似懂而又非懂。然而，其中"准备选调你到我们研究所来工作"这句话，他却像打了清醒剂一样听得清清楚楚明明白白。在所长的话音刚刚落下之际，赵明远一个激灵，像木偶突然有了生命似的眨了眨眼，更像从睡梦中突然苏醒过来一样，急忙回答说："我……我……我没有同意，不，不对，我同意。"

听了赵明远前言不搭后语的回答，所长和军代表相互望了一眼，会心地一笑后两个人几乎同时点了点头。

"小赵同志，真诚欢迎你成为我们队伍中的一员，成为我们的战友和同事，我们三个人代表研究所全体同人对你的到来表示热烈欢迎。"军代表说着，表情突然严肃起来，目光如炬地说道，

"不过，由于咱们工作的特殊性，从今天开始，你在研究所看到的一切，以及你今后将要从事的工作，对任何人，其中也包括你的父母和亲戚、朋友都要严加保密，你能做到吗？"

"能，我能。"赵明远急忙点了点头回答着。

"正式进入工作岗位之前，首先要进行《保密守则》以及相关规章制度的学习，这些内容会有专人给你讲解和辅导，希望你能够按照规章制度严格规范和约束自己的言行。"军代表说完望了望所长。

"其他的生活细节和工作要求给小赵同志讲了没有？"所长望着解思源问道。

"还没有，所里的决定还没有正式宣布，我哪能给他讲具体的细节呢？"解思源回答。

"现在可以讲了，讲解的时候，要尽量详细一些，尽量全面一些，必须让小赵同志及早熟悉这里的工作环境和生活环境。"所长说完，向军代表问道："你还有什么要讲的吗？"看到军代表轻轻摇了摇头，摆了摆手，所长又对赵明远继续说道，"那——这样吧，小赵同志，从今天起，你就是研究所的正式工作人员了，解思源是你的直接领导，无论是工作方面的事情，还是生活方面的事情，都要服从他的安排。记住了，要从基础做起，尽快熟悉环境，了解工作规程，掌握相关技能，尽快进入角色。至于工作调动的事情，你就不用过多操心了，研究所会把一切协调好的，到时候你直接去拿手续就行。"说完，回头又望向解思源，"以后，赵明远的工作就由你负责，千万记住，一定要先从基础理论开始，稳扎稳打，一步一个脚印，绝不能拔苗助长。当然，既不要心急冒进，也要注意工作节奏，在确保打牢基础的前提下，尽量加快工作进度，明白吗？"

"行，我记住了，请所长放心。"

"那你们先忙着吧。"所长说完挥了挥手，临转身时在赵明远肩膀上轻轻拍了拍，笑呵呵地说道，"小赵同志今天太紧张了，咱们是熟人嘛，有什么好紧张的。看看你现在的这种状态，咱们只能交流到这儿了，继续谈下去也没有实际效果，你说呢？对了，目前你不要太着急，等熟悉了情况之后咱们再详谈，好不好？到时候可不许这么紧张了啊。现在，我们把空间和时间都留给你们，你跟解总工程师好好交流交流。"

军代表随声紧接着说："是啊，你看小赵同志的衣服已经被汗水浸湿了，看来的确是够紧张的。所长说得对，咱们还真是得赶快离开了，让小赵同志放松放松。"军代表说着，将目光移向所长继续说，"不过，说实在话，在你这个大所长面前，任何人心里都会紧张的。哎，对了，不知道你有没有发现，咱们所里有些人在你面前比小赵还紧张呢。"军代表又望望赵明远，嘴角一翘，微微笑了笑说道，"其实，比起有些人，小赵同志的表现要好多了。"

"吁——解总，我今天算真正领教了，什么叫作没心没肺，什么叫不够意思，什么叫落井下石，什么叫冷眼旁观，什么叫作……哼！今天我在你身上第一次见识得这么淋漓尽致。"所长和军代表刚一离开，赵明远便长长吁了一口气，突然又眉角一翘嘴角一斜对着解思源像连珠炮似的一顿抱怨。

"哈哈哈……怎么啦？"望着赵明远气急败坏的样子，解思源不由得哈哈大笑，同时反问道。

"怎么啦？还好意思问。其实你早知道研究所要调我过来工作，对不对？但你却捂得严严实实，还装模作样吊我胃口，你什么意思？"赵明远圆瞪双眼，做出兴师问罪的架势对解思源一通炮轰。

其实，赵明远嘴上不说，他看似双眼圆瞪、气势汹汹，实际上心里已经乐不可支。他暗暗思忖：怪不得解总匆匆忙忙，像火烧了屁股似的一刻不停，原来是为了调我到研究所的事情呀！嗯，解总还真够意思。他想着想着，不由得在心里给解思源竖起了大拇指。然而，激动之余，赵明远心里猛地一紧，想到解思源自始至终，没有透露过一丝一毫信息，而且，当自己受到研究所高科技设备和匪夷所思的环境诱惑，暗暗下定决心要使出浑身解数进入空间物理研究所后，三番五次低三下四请解思源帮忙，而解思源愣是装腔作势故作姿态，把一切包得严严实实，不肯透露半点风声的一系列"劣迹"，刹那间又气不打一处来，回头便将矛头指向了解思源，拉起架势向解思源发起了总攻，想把丢失的面子找回来，把所受的窝囊气撒出来。

"哎，哎，哎，你这可就冤枉我了，之前我是不是告诉过你今天与你的事情有关，对你来说是天大的惊喜？你没反应过来怨谁来着？能怨着我吗？"解思源装出一副委屈相，看似软绵绵的几句话，便将赵明远呛得只有吐血的份儿。

赵明远微微一怔，突然回过神来。他清晰记得，解思源确实讲过今天匆匆忙忙与他有关。当时，他以为是玩笑话，全然没有当回事。后来，他想起这句话，曾进行过这方面的猜测，但又依据自身各方面条件，很快否定了这一猜想。现在回想起来，赵明远突然觉得如果当时相信自己的第六感觉，坚信自己的直觉判断，肯定会比当下心气儿顺得多。

"那也不行，得让我把怨气出了才行，否则，把我憋出病来可不是闹着玩儿的，到时候说不定我会大闹天宫，搅得天翻地覆，昏天黑地，直到玉皇大帝跪地求饶为止。你看着办吧。"赵明远玩起了强词夺理胡搅蛮缠的把戏。

"哼，还大闹天宫，你以为你是谁呀，把自己当孙悟空了咋的？"解思源诡秘一笑，紧接着说，"嗯，要不这么着吧，我看你确实有些毛毛糙糙，靠不住事儿，压根儿不适合研究所严谨细致的工作，何况现在调动手续反正也没有办，回头我向所里建议建议，你还是回家吧。"

"哎哟，这可万万使不得呀。"赵明远见风使舵，极其夸张地向解思源又是作揖，又是求情，嘴里不停念叨，"行行好，我给你烧香作揖，马上给你重塑金身，给你做金牌位……"

"呸，你这是求我呢，还是咒我呢？"解思源也非常夸张地拉住赵明远说道，"看来你确实留不得，走，我现在就送你回家。"

人常道，说者无心，听者有意。解思源"送你回家"一句话无意中提醒了赵明远。他突然想起来，从早上出门到现在，既没有回家，也没有给家里一点儿消息，估计家里人得急疯了吧？想到这里，赵明远嘴角一翘，笑了笑，说道："哎，解总，不闹了，我是该回家了，刚才不是说要送我回家吗？"

解思源微微一怔，望着嘴角仍然挂着笑意的赵明远疑惑地说道："怎么啦？大小伙子平时嘻嘻哈哈大大咧咧，没想到还这么矫情？开个玩笑怎么还当真了呢？"

赵明远同样微微一怔，回过神儿后知道解思源曲解了自己的意思，随后看似十分认真，慢慢腾腾一字一句说道："我——是——说——我——一——天——没——回——家，家——里——人——该——着——急——了，听懂了吗？"

"噢，那是应该的、应该的。"解思源恍然大悟连声说着。他突然想起来，之前他还想着要找时间让赵明远跟家里联系一下，给家人报个平安，没想到事情一忙，把这茬忘得一干二净。

第 五 章

一个星期之后，赵明远顺利办理了离职手续，并按照相关规定程序，与原单位完成了工作交接。

按照研究所的要求，赵明远告诉同事和家人说自己辞职了，新找的单位工作环境比原单位好了不少，薪资待遇也增加了许多。同事们听说后吵着闹着要给赵明远饯行，闹哄哄一起去了二十多人。刚开始的时候，大家的头脑还都比较清醒，举止优雅，行为也比较得体，一个个显得文质彬彬谈吐不俗，说话的时候，基本上口齿流利、吐字清晰，表达的内容大都结合饯行的主题，纷纷说一些前途似锦、大展宏图、财源滚滚、苟富贵无相忘之类的勉励话和祝福话。而后，随着胃里酒精浓度的不断增加，一些人的酒劲慢慢冲上头顶，行为举止开始失态，渐渐变得不再那么得体和文雅，吐字也开始变得模糊，前言与后语的衔接逐渐出现断档现象。然而，显出这种状态的人虽然行为动作有些怪异和夸张，口齿也不再那么流利，但字里行间表达出来的意境却能够令人热血沸腾，比如：

"向赵明远学习，抛掉一切负担，勇于跳槽，不计后果。"

"闭着眼睛只管做事，不要纠结于对和错。"

"人生的第一个小目标是要在三年内成为全市全省乃至全国的首富。"

"最成功的人生是要下五洋捉一次鳖，上九天揽一次月。"

"在三十岁之前，要干世界上最大的工程——给太平洋安装护栏，给月亮安装一部电梯，也要干世界上最小的工程——为跳蚤做一副眼镜。"

可遗憾的是，这些人在激情满怀信誓旦旦向众人立下那些雄心壮志、发出那些高谈阔论后，一转眼便失去了实现那些人生理想的英雄气概，一个个或趴在桌子上眯起眼睛开始打盹，或低头不吭不哈独自沉默，或瞪着反应迟钝的双眼四处观望默默不语，像按照相同的规范程序流水作业似的逐一变成了一言不发、沉默寡言的"无语英雄"。纵观这些人的精神状态演变过程，酒桌上的三部曲：和声细语、豪言壮语、不言不语在饯行宴上表现得淋漓尽致。这样一来，少数几个没有喝酒、头脑清醒的同事可就遭了罪，他们当仁不让地担负起了打扫"战场"、护送"无语英雄"撤离"火线"的任务。当大家把一众"英雄"连架带扛、连搂带抱塞上车送回家时，已经过了次日凌晨三点。

赵明远自然喝得酩酊大醉，成为"无语英雄"的成员之一。第二天睡醒后，他抚摸着难受至极的腹肚，拍一拍昏沉沉木呆呆、沉甸甸晕乎乎的脑袋，回想着前一天晚上的情景追悔莫及，暗自埋怨自己不该喝那么多的酒受那份洋罪，并暗暗发下毒誓从此以后一定要远离酒精，不再做酒精的傀儡。与此同时，他在大脑记忆库中反复搜索，试图检索出饯行宴的全部过程和细节。然而，让他极度失望的是，经过长时间的检索和比对，残留在脑海中的情景只有饯行宴上"和声细语"和"豪言壮语"阶段的部分碎片化信息，而"不言不语"阶段以及之后的信息完全是一片空白，特别是饯行宴结束后的回家过程、回家方式、回家时间、哪位同事陪同护送等等更是没有丝毫印象。按理讲，从开始到结束的一系列记忆本来应当连贯得严丝合缝，但检索结果却像电影胶片被哪个蟊贼狠心地裁剪了一段，成为无法弥补的断片。

爷爷奶奶和父母了解到赵明远想要辞职的打算后，反复劝说一定要慎重考虑，理由是赵明远目前所在的单位总体情况还不错，而且赵明远也适应了目前的工作环境、熟悉了周围的人事关系，这些对于赵明远未来的个人发展有很大好处，特别是会省去许多麻烦，只要坚持不懈，努力工作，个人的前途发展很快就会有新的起色。如果换一个新单位，工作环境和人事关系势必得从头开始，特别让人担忧的是在新的工作岗位和新的工作环境中，将会遇到哪些困难和麻烦谁都难以预料，而且，要完全适应新的工作环境和新的人事关系，奠定良好的工作基础需要多长时间，谁也没有办法给出准确的答案。两相比较，如果辞职的话，新的工作单位存在太多不确定因素，于赵明远个人能力发挥和事业发展非常不利。

当赵明远不顾全家人反对，毅然决然辞掉工作后，爷爷奶奶父亲母亲立即转变了态度，要求赵明远在新的单位一定要尊敬领导、团结同事、谦虚做人、努力工作。并谆谆告诫赵明远，一定要把单位当作自己的家庭一样去爱护、去经营。同时，反复提醒赵明远：单位在，自己的工作、经济来源、荣誉就在；单位没了，自己的荣誉、事业等等之前的一切努力又会重归于零。虽说以后还会找到新的工作，但一切又得从基础开始，重新努力积累。如果长此以往，反复不断跳槽，个人的事业、前途等等，就会无休止一直在低水平、低层次徘徊，永远不可能上升到更高层次和水平。

对于爷爷奶奶和父母的苦口婆心，赵明远打心底理解。听着长辈们不厌其烦的告诫，他头点得跟鸡啄食似的不断答应着说："记住了，记住了，你们全都放心吧。"但与此同时，他却在心里暗自得意偷着乐个不停，暗暗思忖，我敬爱的爷爷奶奶，还有我亲爱的父亲母亲大人，你们只知其一，不知其二，假如你们知道了我辞职的真相，还不知道会为我多么高兴、多么自豪呢。

对于赵明远离职后的去向，只有单位的主要领导大概了解一些。不过，也只知道赵明远将要去的是个相对保密的单位，根本不知道，也绝不可能想到赵明远会去空间物理研究所。为此，他们把赵明远叫进办公室，急忙紧闭门窗、拉上窗帘，瞬间营造出一个神秘味十足的相对保密的场所，压低声音、表情严肃与赵明远进行了一次长谈。谈话的大概内容是说赵明远到新的工作单位以后，代表的已经不仅仅是他个人，同时也代表着原单位的形象，个人修养和工作作风更体现着原单位的管理水平、员工素质和企业文化，希望赵明远到新的工作岗位后，一定要遵守保密纪律和工作纪律，特别是政治纪律，不该问的不问，不该看的不看，不该说的不说，坚决贯彻组织及领导的决定和指示，恪尽职守，认真履行职责，努力创造新的业绩，在新单位充分展示原单位的良好传统和精神风貌云云。

　　再次来到研究所，赵明远的内心感受与初到研究所的时候相比已经发生了很大变化。与初次相比，重返研究所虽然内心仍然有些紧张、惶恐和新奇，但更多的是神圣、责任与担当。他在心里长长舒了一口气，暗暗思忖：终于如愿以偿了，看来祖先说的"只要心中有梦想，老天爷终究会眷顾"这句话确实是金玉良言千真万确。能够得到如今的结果，首先得感谢上苍的眷顾，其次是感谢爷爷奶奶和父母的生养之恩，也感谢同事、领导的培养，感谢所有人的关心和支持，更得感谢空间物理研究所为自己提供这个独一无二的平台。赵明远心想既然老天爷给了自己这个来之不易的机会，就一定要付出百倍的努力，绝不辜负这个天赐良机。

　　在一番激动过后，赵明远心里突然一个激灵，倏忽间一个疑惑从心底慢慢浮了上来。他想，为什么空间物理研究所会选中自己呢？从专业知识方面来讲，自己所学的专业与空间物理研究相去甚远，工作经验更是无从谈起，虽说自己对空间物理研究具有浓厚的兴趣，并且一直坚持不懈，但那纯粹是个人爱好，与真正的专业研究差得可太远了，那研究所为什么会偏偏看中自己、挑选了自己呢？虽然所长说过是因为自己的条件符合相应要求，但那究竟是什么样的条件呢？不会是什么冠冕堂皇的借口吧？对于这个疑惑，他也曾猜测过是因为解思源的缘故，但回头一想，自己与解思源相识的时间并不算很长，既非亲非故，又非同事朋友，更谈不上同学挚友，充其量勉强算个能够胡说乱侃的忘年交而已，被空间物理研究所这个神秘殿堂选中这么大的事情，他会为自己竭尽全力不顾一切不计后果吗？这种可能性太小了。因此，赵明远又暗暗否定了这一想法。那么，还有哪种可能呢？赵明远冥思苦想，最终也没有想出个所以然来。

有一句俗语，叫作好奇心害死猫。按照通常的理解，这句话是告诫人们对任何事情都要保持一种良好的平常心态，不要遇事不分青红皂白总要探听个一二，否则，眼睛看到了不该看的东西，大脑装进了不该装的信息，说不准就会在糊里糊涂中吃了亏上了当，甚至赔掉了卿卿性命却不自知。不过，从另外角度讲，这句话却反映出动物大多都具有强烈的好奇心这个事实。人类概莫能外，我们每个人自从在娘胎中形成生命的那一刻起，基因中就会根植一种叫作"求索"的因子，从而使每个人都会具有强烈的探索欲，那是与生俱来的本能。比如对那些无解或者难解的谜题，人们通常并不会弃之不顾绕道而走，相反，往往会绞尽脑汁穷尽精力去探寻最终的结果，努力使难解的谜题大白于天下而后快。而且，越是难以破解的谜题，越能激发人们的兴趣和欲望，这一与生俱来的本能正是人类社会和科技进步的主要动力与源泉之一。

赵明远自然逃脱不了这种本能所决定的思维定式，何况，就他的思维习惯而言，求索欲本来就比一般人强烈得多。因此，虽然他对自己为什么会被研究所选中一时想不出个所以然，但这个疑团却成为他挥之不去的谜题深嵌于脑海之中，使他纠结难耐茶饭不思。

解思源了解到赵明远的想法后呵呵一笑，半开玩笑着说道："你是不是太无聊了？所长不是说过了嘛，你能来到研究所，全靠的是你自己。"他说着，脸色一变，突然显现出恍然大悟的表情接着说道，"噢——我明白了，你以为研究所是拉关系走后门就能来的地方吗？真是太幼稚、太可笑了。"

"我自己？"赵明远仍是一头雾水找不着北，眼一瞪、嘴角一撇说道，"哼，开玩笑，如果我有那个本事的话早就上月球了，还至于在你面前低三下四地求情？我有病啊？"

"不错，你还别说，依我看，你确实有那个本事，而且，比那个本事还要强百倍、千倍。"解思源表现出一副极度肯定的表情。

"得得得，你是逗我逗习惯了怎么着？咋说着说着又跑调了呢？你没有看到我是认真的吗？真是的。"赵明远嘴角一歪，摆出一副不屑一顾的架势扭头便走，说道，"不跟你说了。"

其实，解思源说的是大实话，只不过，由于赵明远与解思源之间平时胡说乱侃的时候比较多，如果不细心领会一时很难判断出真假。在这种思维惯性的作用下，赵明远对解思源的说法几乎是条件反射似的当作了玩笑话不屑一顾。但在转身的刹那间，赵明远突然灵机一动，暗暗思忖解总这么做不至于是出于保密需要吧？然而，他转眼又想，即使是出于保密的需要，现在已然木已成舟，自己也已经成为圈内人士，还有保密的必要吗？绝密文件到了解密期还得解密呢！这个念头刚从脑海滑过，赵明远再一想不对呀，所长和解思源都说自己有能力、有条件，难不成自己真有什么神奇的能力吗？如此一来，赵明远在不断疑惑中犹如陷入一团乱麻的怪圈不能自拔。心里越想，就越感到好奇，越感到好奇，就越想知道真相，如此往复，像一头扎进了迷宫，看不到任何希望找不到任何出路，蒙头乱撞而不得法。

赵明远的思路陷入怪圈中不能自拔。其原因之一是犯了经验主义错误，他完全没有料到，解思源看起来在开玩笑，但说的绝对是大实话；原因之二是不能用联系的观点和全面的观点分析问题和判断问题。想当初，解思源与赵明远认识的时候，是解思源主动与赵明远套近乎，两个人才开始有了交集，当时，赵明远曾感到诚惶诚恐惴惴不安。其后，又是解思源主动出击，要么到单位找赵明远聊天，要么邀请赵明远喝茶。在相互熟悉、关系建立起来之后，解思源与赵明远交流的主要内容，始终围绕着赵明远的噩梦情景会在现实生活中出现这个话题而展开。直到最后，解思源将赵明远的睡梦笔记像翻阅圣经一样，仔仔细细通读了好几遍，用于注解和摘抄主要内容的笔记本足足用了两个，等等。如果把这一系列细节联系起来全盘考虑综合判断，赵明远一定会对自己进入"空间物理研究所"的原因有个系统的了解，即使做不出具体的判断，最起码也会有一个基本思路。

然而，这个时候的赵明远像钻进了牛角尖跑进了死胡同一样，全然没有回过神来，根本没有全面和系统思考这个问题，当然也不可能得出正确结论。故而，听了解思源看似调侃的回答后，当即认定解思源是在拿自己开涮，逗自己玩，不由得气不打一处来，无奈地甩了甩手，不屑地哼了一声，气呼呼地扭头便走。

此后一个多月，解思源按照研究所既定的工作计划和部署，带领赵明远对基地的总体情况和工作环境进行了全方位的熟悉和了解。

有一句俗语，叫作"不看不知道，一看吓一跳"。赵明远万万没有想到，原本感到神秘莫测的基地，与其说是"空间物理研究所"的组成部分，还不如说基地是"空间物理研究所"的"太上皇"。赵明远发现，研究所的人员、设备、工作总体是以基地为中心而布局、安排和展开的。在一定意义上讲，研究所只是基地的外衣和旗号，基地才是其中的绝对核心。特别值得一提的是，从表面看，似乎两者联系紧密，但基地的实际运转却独立于研究所之外，是绝对保密的，外围机构和人员根本接触不到基地的核心；就基地的科研内容来讲，虽然与"空间物理"有关，但研究深度实际上远比一般意义的研究深得多，深的程度远远不是常人所能想象的，研究的广度也不是常人所能够想象的。最让赵明远感到不可思议的是基地的规模。之前，他绝没有想到，在距离地面200千米的地下，竟然有一座能够容纳50万人至80万人居住的建筑群，而实际"居民"和从业人员却只有区区400人左右。

在熟悉环境的过程中，最先让赵明远感慨的是，想要观察基地的全貌，需要乘坐龙影。当时，赵明远深深地不以为然，心里暗笑，不就是一个建在地下200千米的基地嘛，建设难度那么大，规模再大能有多大呀，需要那么夸张吗？随便走走看看不就完了，那能费多少劲流多少汗，有必要扎那个势、摆那个谱吗？哪知道，他的这个想法，不偏不倚应验了一句俗语——情况不明胆子大，心中无数点子多。当参观结束，走出龙影的那一刻，赵明远深深吸了一口气，暗自庆幸自己在"敌"情不明的情况下，不切实际的想法没有说出口，一旦说出口，即使解思源不说什么，他自己可能也会调侃自己一辈子。因为，乘坐龙影，解思源一边介绍，赵明远一边看，走马观花一圈下来，竟然用了四五个小时，将赵明远惊得只有噎气的份儿。

让赵明远产生强烈震撼、让他由衷感叹的是基地恢宏的建筑。从整体上看，基地总体形状为圆形穹顶式结构，中心最大高度1000多米，底部直径大约20千米，通体泛着一样的乳白色，又朦朦胧胧泛着透明的质感。偶尔见到的工作人员，都身着同样的白色长衫、白色帽子、白色鞋子。纵观整个基地，要说显得有些另类的，当然非赵明远莫属，他浓密黑色的头发、深色的衣服在偌大的乳白色区域中尤为显眼突出。巨大的区域中，建筑林立，高低参差不齐，少部分建筑与穹顶的顶面相接，绝大部分与顶面有着长度不等的距离；建筑的外观形状有方形、圆形、不规则形；顶部有弧形、锥形、平面形、多边形和不规则形；直径有大有小，侧面有宽有窄，底面各不相同。从远处看，这些建筑与巨大的区域背景融为一体，像隐身于巨大的屏障之中，粗看之下全然发现不了其真实面目，似乎都在极力彰显着"小隐隐于野，大隐隐于市"蕴含的深刻哲理。只有在解思源的介绍引导下，借助相应设备，或者距离非常接近，才能发现其神秘的真身。穿梭其中，像是游走于形态各异的城市建筑群当中。望着眼前高低不同、形状不一的建筑，赵明远觉得像是在领略着人生百态、洞悉着不同的人生。赵明远发现，第一次进入基地时所在的建筑，其实是基地中高度最低，也是建设规模最小的建筑。

赵明远印象最为深刻，也最令他叹为观止的是处于基地中心位置的圆柱形建筑。这座建筑顶部直接与基地的穹顶相接，直径大约 3000 米。内部有一部硕大无比的设备，可以说是赵明远记事以来见过的最壮观、最宏伟的机械设施。其体积几乎占据了这座建筑的十分之九，高度几乎与柱形建筑相同，侧面用未知的透明材料密封得严严实实，密封层厚度无法目测估算。在其外围远距离观察，能够清晰地看到其内部复杂结构。宏大的机械设备内部，无数形态各异、体积不一的设备环绕着中间处于高台之上的环形底座。底座向上，是由深色、同样无法目测估算其厚度的透明材料包裹，高度一直向上延伸。设备最内部有烈焰般的物质流自下而上高速喷射，充满了其内部空间，并发出强烈但眼睛可以承受的光亮。

"哇，这家伙好大呀，太壮观了，这可是我活了半辈子见过的最最最宏伟、最宏大的家伙了。"赵明远眼睛发亮，眼珠子映射的烈焰影像清晰可见。

"开什么玩笑？我都不敢说已经活了半辈子了，你倒好意思说，胆子真是够壮的。"解思源斜着眼睛望望赵明远，调侃着说道。紧接着，他表情突然一变，郑重其事地介绍说道："你可别小看了眼前的这尊摩天大神，它可是咱们基地核心中的核心。没有它，偌大的基地将消失得点滴不存。"

"哦？"赵明远心里一惊，张口问道，"有那么夸张吗？"

"一点儿也不夸张。"解思源望着高速喷射的烈焰若有所思，缓缓地介绍说道，"这是基地的能源中心，它所产生的能量可以供全人类使用五百年以上。基地全部的高能量子波所需的能量全部由它提供。可以说，它停止工作之日，就是基地消失之时。如果真到了那个时候，整个基地将会在十五分钟之内消失得无影无踪，不会留下任何痕迹，偌大的地下建筑群将会还原为地幔最原始的实体结构。"解思源说完，脸上闪过一丝难以觉察的愁容，语气中也明显带有一丝丝伤感和担忧。

"哇！这也太夸张、太唬人了吧？"赵明远夸张地惊叫一声。

"有唬你的必要吗？不要太自作多情了。"解思源轻轻拍了拍赵明远的肩膀，小声说道，"走吧，感兴趣的话，以后有的是时间和机会。"

"这么恢宏浩大的工程，恐怕用了很长时间吧？十年，二十年，还是五十年？"赵明远突然抬头望着解思源问道。在低头的瞬间，赵明远从基地的建设联想到了万里长城。他暗暗思忖万里长城从秦朝开始，历朝历代修修补补，建建停停，一直到明朝，前后用了两千多年，才最终达到如今的规模。虽然基地的规模与长城不可同日而语，科学技术手段也今非昔比，但难度之大却是相同的。

解思源神情一怔，但瞬间便明白过来，他呵呵一笑说道："你这个问题可把我难住了。说实话，基地什么时间建的，用了多长时间我还真不知道，反正我刚到研究所的时候，基地就是这个样子。"

"你作为总工程师，研究所的高层领导，难道对基地的历史不了解，怎么可能？"赵明远狐疑地望着解思源，习惯性地像以前那样准备胡说乱侃东拉西扯一番，但话说到一半，脑袋瓜子突然灵光一闪，暗暗思忖：人常讲祸从口出，我这不就差点闯出个大祸，惹个大乱子出来吗？

赵明远一闪念间，突然意识到，自己与解思源的关系已经发生了质的变化，再也不能像以前那样随随便便没大没小了。以前，他们是认识时间不很久的忘年交，两个人之间没有直接的工作关系，说起话来随心所欲无所顾忌。有的时候甚至在语气上对对方也有点儿不是那么特别尊重，甚至还稍微有些失礼，对方也不会在意和计较。但现在，两个人之间有了明确的上下级关系，如果说话办事仍像以前那样随心所欲不计后果，对方计较起来，相处可就有些尴尬了。因此，赵明远话说到一半儿，后半句就被嘴唇硬生生挡了回去。

赵明远的心理活动解思源自然不了解，他非常认真地想了想，最后轻轻拍了拍脑袋说道："这，我真的不了解，一般情况下，对于那些杂七杂八的事情，我是不大过问的，说实在话，我也不愿意去打听，你问的这件事儿，还确实难为我了。如果你感兴趣的话，以后有机会，我替你详细了解一下。"

"是吗?"赵明远用怀疑的眼光望了望解思源，嘴角一翘微微一笑点了点头，说道，"那行吧。"

赵明远随意地应答了解思源一句，但其实对解思源的话没放在心上，他绝不相信一个堂堂的总工程师对基地的历史不了解。在赵明远想来，解思源的一切解释都是搪塞，都是敷衍，绝对没有说实话。

但解思源说的确实是实情。进入研究所十多年来，解思源心无旁骛，专心致力于科学研究，正所谓两耳不闻窗外事，凝心聚力在本职。对那些无关紧要的事情，他从不上心，更是压根儿不愿意去打听，自始至终以一颗虔诚之心全力以赴投入他视之为最神圣的事业，这才有了在较短时间内，创立"波态时空理论"，并经过实践验证，取得巨大成功的傲人佳绩。

相比于解思源，"心无杂念，持之以恒"这句话任何人都耳熟能详，说起来也都朗朗上口，但要真正落实起来差别却在十万八千里。对有些人来说，称之为难于上青天也不为过。仔细想一想，似乎每个人身边都不缺乏这类人的存在。他们人在职场，身在岗位，心却在酒场、关系场，热衷于拉关系、赶场子，而且乐此不疲，表面上八面玲珑、左右逢源，实则胸无点墨、腹中空空，说起拉关系走后门眉飞色舞唾沫星子乱飞，但谈起工作要么东拉西扯顾左右而言他，要么低头沉默不吭不哈。事实证明，无论这类人当初蹦跳得多么欢实，花子玩得多么花哨，到头来必定两手空空一事无成。如若说这类人能够取得优异的成绩，那还真是天大的笑话。

不可思议的是，这类人从不认为自己腹中空空愚昧无知，反而自认为聪明绝顶无所不能。当面对一事无成的结果时，他们往往不会"束手就擒"，惯用伎俩是寻找一些八竿子打不着的客观原因搪塞，而其中最终极的手段是找别人当"背锅侠"。不过，群众的眼睛清澈雪亮，绝非那些人认为的"傻瓜"和"脑残"。君不见，在芸芸众生面前，有哪一个"聪明人"能够鱼目混珠蒙混过关？

"不对呀，不会是出于保密的原因，解总不愿说吧?"赵明远心头微微一颤，一个以前他从未产生过的想法无意间蹦了出来，他突然觉得自己刚才问的有些多余，虽然刚才是好奇心作祟，但好奇心害死猫的教训自古有之。赵明远不禁打了个寒战。

"吁——"赵明远深吸一口气，又长长地呼了出来，心想看来自己真的要时刻牢记《保密守则》条款，有点规矩意识了，不该看的不看，不该问的不问，不该说的不说，否则，像以前那样说话办事随着性子来，惹出乱子来麻烦可就大了。这样想来，赵明远内心彻底静了下来。他又深深吸了一口气，长长地呼了出来，重新回顾着规模宏大、令人震撼的地下建筑群，刹那间，一种从未有过的责任感和使命感在心底萌生，几乎在瞬间，便形成一股强大的激流，仿佛携带着无穷的伟力，在内心喷涌迸发。

赵明远边回顾边思考，这个恢宏浩大的基地无论是什么时间建的，也不管出自谁的大手笔，它都是先辈们智慧的结晶，是科技先驱们对科学探索的伟大贡献，凝结着先辈们对我们后来人的殷切希望。如果我们不充分利用好先辈们遗留的宝贵财富为 H 国、为人类竭尽所能贡献自己的聪明才智，还有何颜面面对先辈，还有何颜面面对世人。

想到这里，赵明远心头又是一颤，心想自己已经来这么长时间了，整天像游山玩水一样瞎转悠，而且，还搭上解思源这样一个高级技术人员作陪，研究所不是蚀大本了吗？

第 六 章

　　赵明远心里生出这样的想法，毫无疑问，既是人之常情，又是事之常理的本能反应。试想，如果研究所千挑万选大费周折调他来只是为了让他吃喝赏景，游玩散心，消遣休闲，再倒贴一个高级专家作陪，这本儿蚀得也就忒大了点。天下真有那么便宜的事吗？显然不可能。

　　然而，赵明远所不了解的是，看似没有任何实际意义的安排，其实是研究所周密筹划、慎重决定的"热身"计划。其中，最主要的因素有三个方面：一是基地环境需要熟悉。对赵明远来讲，进入到一个全新的环境当中，特别是完全颠覆于日常生活习惯和常识的环境当中，将要从事一项从工作性质到工作内容，再到工作程序和方法此前从未接触过，甚至从未听说过的全新工作，无论心理还是生理都需要有一个适应过程，只有在全面适应了新的工作环境和工作条件的前提下，才能确保稳妥、顺利履职。因此，研究所安排解思源陪同赵明远全面熟悉基地环境，了解相关工作流程和方法，以及相关工作规程，使赵明远心理上自发产生一种融入感，对其顺利履行工作职责会有莫大的帮助。二是相关知识的前期预热。在进入研究所前，赵明远只是基于对"空间探索"的兴趣和爱好，了解了一些粗浅的理论知识，专业理论功底非常薄弱，对前沿专业理论知识了解得更是少之又少，特别是对于基地所处的超现实科技水平根本无从谈起，原有的知识储备和技术水平远远不能满足研究所工作的需要。故而，研究所安排解思源为赵明远做"专职向导"，其目的在于通过两个人近距离接触，使赵明远对研究所的工作环境、超现实科技水平、前沿科学理论进行全方位的了解，不但可以使赵明远对基地科研技术水平和环境有一种感性认识，而且又可以为下一步即将展开的专业研究工作进行前期铺垫，使赵明远不至于在介入实际工作后，由于准备工作不足而产生较大的思想波动，进而对工作造成一定影响。三是建立真正的信任感。赵明远进入研究所之前，解思源与赵明远的接触具有明确的目的性，两个人的关系相对来讲具有单一性和不对称性。在相互接触的过程中——解思源代表研究所对赵明远进行了全方位的考察和了解，比如赵明远的知识基础、兴趣爱好、人际关系、人品性格等等，解思源掌握得一清二楚；而赵明远对解思源的了解，仅仅局限于对"空间物理研究所总工程师"光环的崇拜，以及对解思源为人谦虚和善等外在表象的敬重。从心理上讲，他更多是对解思源为人方面的尊重与敬仰，而对其专业技术、学术理论水平等等真正的工作能力和知识水平知之甚少。进入研究所后，两个人的关系发生了质的变化，他们之间不再局限于以前的忘年交，而是有了工作上的直接隶属关系，特别是在后续工作中，赵明远要完全按照解思源的思路和意图履行相应职责、完成相应工作，这就要求解思源与赵明远之间必须建立全方位、绝对的信任，相互之间心理上不得有丝毫嫌隙和心结。如果没有绝对信任作为基础，两个人的相互配合将很难达到心灵相通步调一致，工作必然容易出现纰漏，稍有不慎，将会导致难以预料的后果。因此，研究所安排解思源做赵明远的"专职向导"，形影不离整日陪伴，其根本目的在于进一步增进两个人的互信，建立牢固的信任感，使他们在以后的工作中能够密切协同紧密配合。

一个多月转眼即逝。赵明远在兴奋、忐忑、焦急中度过了一天又一天。其间，他既感到时间匆匆，又感到度日如年。兴奋，是进入研究所初期感到一切都是那样新奇，一切都是那样新鲜，内心对未来充满了美好的憧憬；忐忑，是即将在全新的环境中从事以前从未接触过，甚至从未听说过的工作，他既感到神秘，又担心力有不逮出现纰漏，心中惶恐忐忑不安；焦急，是急切盼望未知的一切及早到来，尽早开启自己新的人生，踏上新的人生征程。在这种复杂和矛盾心理的作用下，赵明远恍惚中既感到时间匆匆飞快如梭，觉得还没有反应过来，一天又一天便匆匆而过，又在急切的盼望中感到时间特别漫长，内心焦急得像有一团炽热的烈焰不断炙烤着他的灵魂，一天比一天难熬。

也许是内心真诚的祈祷得到了应有的回报。在赵明远忐忑难熬，心理防线即将崩溃之际，所长和军代表如神兵天降一般毫无征兆地出现在赵明远面前。刹那间，赵明远的双眼犹如黑暗中的探照灯一样闪出耀人的亮光，尘封内心多日的雾霾似乎突然间被疾风一扫而光，碧空如洗，艳阳高照。

"小赵同志，近一阶段适应得怎么样，感觉如何啊？"乍一见面，所长便满面笑容，轻轻拍了拍赵明远的肩头，柔声问道。

"那还用问，太让人震撼了。"赵明远早已将初到基地时的惶恐不安和羞怯生涩抛到了九霄云外，心情急迫，语速急促地汇报着自己的感受："刚来的时候，我有着强烈的好奇心。"赵明远咽了口唾沫，喘了一口气缓了缓，接着继续说道，"那个时候，我总感到基地非常神秘，心里有着与众多朝圣者对圣地殿堂一样的崇拜，幻想着无数种神秘模式。通过近一段时间的了解和学习，虽然神秘感现在没有之前那么强烈，但总体情况却比我之前的想象还要震撼得多，直白说，我所看到的一切，已经远远超乎我的想象。"

"哦？"所长眉毛一挑，嘴角一翘，脸上露出微微的笑容，显出非常感兴趣的神情说道："是吗？哪些方面出乎了你的想象？举些例子说来听听。"

"咳咳咳——"赵明远捂着嘴轻轻干咳了几声，低头想了想，说道，"比如，基地的建设规模，我没有想到，我估计也不会有人想到，在距离地面200千米的地下，竟然会有规模如此恢宏的建筑群，太不可思议了。再比如，建筑材料——我不知道这样称呼对不对，竟然全部是高能量子波，真没有想到，高能量子波聚合可以形成实物，还可以在不留任何痕迹的情况下消失得无影无踪，这些对于常人来说不要说想象了，我估计即便是实物摆在面前，他们也不会相信、不会理解的。还有，各种设备、仪器等等，全部是真正意义上的高、精、尖，与日常生活中我们常见的所谓高、精、尖相比，那可真正称得上是大巫与小巫之别了。"

赵明远感叹着说道。

"呵呵呵——"所长爽朗地笑了起来，同时望了望军代表和解思源说道："你们看看，小赵同志是一边看一边在思考问题呢，这太难得了，干工作就得有这种劲头儿，好！"所长说着，向赵明远举了举大拇指继续说道，"无论干什么事情，就是要勤于思考，善于用头脑做事，尤其是咱们这些搞科学研究的人，一定要学会用巧劲儿干工作，坚决防止蛮干，坚决防止钻牛角尖，否则，欲速则不达，严重的情况下还会出大问题的。"

所长说到这里顿了顿，双眼露出赞许的目光望了望赵明远，继续说道："小赵同志说得对，无论从哪个方面讲，咱们这里都是真正的高、精、尖聚集的地方，其他地方根本没有办法相比。但是，从另外一个角度讲，这也意味着咱们肩上的担子也是其他地方无法比拟的。否则的话，国家在咱们这里集中那么多高、精、尖设备还有什么用，要咱们这些人还有什么用？你说对吗？"所长双眼放着亮光紧紧盯着赵明远，没有做丝毫停顿继续说道，"所以呀，咱们一定要充分利用好这些高技术平台，让它发挥最大的功效，完成最尖端的科研任务，才能对得起国家，对得起为我们研究设计和建造这些高、精、尖平台的科学先驱们，你说对不对？"

"对对，所长说得对，请所长放心，我一定不辜负前辈们的希望。"赵明远说道。所长一番话下来，赵明远已经热血沸腾，跃跃欲试。

"好，这就好，看到你的精神状态，我们非常高兴，我确信，咱们一定会打一个漂亮仗。"话音刚落，所长又睁大眼睛，紧紧盯着赵明远关切地问道，"目前准备工作做得怎么样？下一步，你很有可能就是咱们的主角喽，无论从思想方面、理论方面，还是技术方面，都要做好充分的准备，明白吗？"

"是，是，明白。"赵明远只觉得脑袋"嗡"的一声轰鸣作响，语无伦次地回答着所长的问话。实际上，从看到所长和军代表的第一眼起，赵明远便隐约感到两位领导可能会透露一些重要信息，而且很有可能与自己有关。在这种心理的支配下，他曾经暗暗在心里不断进行着各种可能性猜测。但是，没有想到所长透露的消息，竟然说他可能是下一步的主角，这是让赵明远放开胆子天马行空猜测也不可能想到的结果，一下子将他惊得目瞪口呆。

"小赵同志，心情放松点儿嘛，我可不是老虎狮子，难道就那么让人紧张吗？哈哈哈——你这样子可不利于下一步工作哟。"所长看到赵明远紧张的表情开了一句玩笑，回头对军代表说道，"李将军，还是你来说吧。"

"咳咳。"军代表李将军干咳了两声，一脸威严、目光炯炯望着赵明远说道，"赵明远同志，目前，咱们正在执行着一项非常重要的任务，也可以说正在完成着一项特殊使命。之所以特殊，是因为它将会对国家乃至世界的政治、经济、文化、社会等等各个方面产生深远的影响，甚至会对世界格局和民众的生活产生颠覆性的影响。当然，要完成这项特殊使命，也必须由特殊人员才能完成。经过我们长期的、全面的考察和层层选拔，你的身体条件完全符合履行这项特殊使命的要求。所以，经过研究决定，你将作为完成这项特殊使命的主要人选之一……不过呀，我要特别强调的是，你是完成这项特殊使命的主要人选，并不是唯一人选，最终是不是由你来完成，还要视你对相关知识和技术的掌握情况及身体状况而定，这一点你要有思想准备。"

军代表的话还没说完，所长插话说道："当然，不瞒你说，从目前的情况来看，你是最佳人选。所以，我们希望，这项任务最终能够以你为主去完成。"所长说完望了望军代表。

"所长说得对，我们的确希望这项任务将来能够由你负责完成。在这里我强调两点：一是要绝对保密。我相信，保密规定解总工程师已经给你讲过了，我要强调的是落实问题，一定要把相关规定牢记在心里，切实落实在行动上。二是要加强学习，尽快掌握相关的知识和技能，为完成这项特殊使命奠定坚实的基础，具体的学习内容和要求解总工程师会进一步给你明确和讲解，同时还要进行针对性的身体素质训练。我们今天来的目的，除了明确你下一步的工作内容之外，还想征求你个人的意见和建议，请你好好想一想，工作、学习和生活方面还有什么想法和要求，尽管说，不要有任何顾虑。"军代表郑重地说完，望望赵明远，接着又望望所长和解思源。

"没——没——我没有。"赵明远说道。

"哈哈哈——"所长笑了笑，望着赵明远说道，"看来，小赵同志可能还没想好，没关系，等你想好了，有什么意见和要求再给我们说也不迟。"

在赵明远的猜想中，第一种设想便是所长和军代表可能要明确下一步的工作内容和任务。只不过，他所想象的工作任务可能是给解思源打打下手，做一些辅助性的工作，配合解思源的研究而已。毫不夸张地说，这样的工作内容和任务已经是赵明远基于自身专业知识基础和技术水平做出的非常大胆的设想了。在他想来，解思源是总工程师，在专业知识和技术能力方面肯定是出类拔萃的，能给他打下手的人，自然也是业务能力精通技术水平超强的人。人贵有自知之明。如果一个人对自己的轻重拿捏不准，不知天高地厚，无疑会留下笑柄，贻笑大方。赵明远当然不致如此，所以，他根据自身的理论基础和专业能力做出了在他看来已经是奢望的设想。然而，令赵明远万万没有想到的是，所长给他明确的工作内容和任务比他自己设想的还要大胆，竟然有可能是"主角"，远远超出了他能够想象的范畴。

赵明远的第二种猜想是所长和军代表可能要了解他对研究所环境的适应情况。在赵明远想来，这种可能性最大。因为，他调入研究所时间不久，对新的生活环境和工作环境适应与否，会直接影响他的情绪，进而影响下一步工作。作为单位领导，及时了解和掌握新同事对新环境的适应情况，及时解决存在问题，将一切消极因素消灭在萌芽状态，既是工作的需要，也是体恤下属、体现单位人文关怀的需要，更是创造拴心留人良好工作环境的需要，这是作为称职的领导必须具备的常识和应有的意识。

赵明远的第三种猜想是所长和军代表可能要进一步了解他的学习进度。赵明远想来，这种可能性也相当大。毕竟，研究所选拔他不是为了请客吃饭，也不是消遣休闲。作为单位领导，适时检查了解和掌握新下属的工作学习情况，于情、于理、于工作是正常得不能再正常的事情，更是他们的职责所系。

赵明远的第四种猜想有些荒诞不经。他暗暗思忖如果所长和军代表的目的不在于前面几种可能，那还有哪种可能呢？总不至于让自己当领导吧？而这个念头刚一产生，他就在心里对自己啐了一口，暗笑一声说道："呸，还要脸不？刚来研究所才几天哪，什么工作都没有做，什么贡献都没有，什么业务都不懂，还让研究所一个总工程师从早到晚作陪，竟然还异想天开想着升官当领导，做梦也不会有那么好的事情吧？"

其实，赵明远还是太年轻，想法自然有些单纯。在他天马行空的猜想中，把所长和军代表的工作和此行的目的按照零和思维模式进行了单一化处理，非此即彼。然而，作为领导，统筹全面工作是基本的素质之一，在考虑安排工作时，绝不可能将一项工作与其他工作简单割裂开来。事实上，赵明远暗暗猜测了、设想了许多可能性，但就最终结果来看，无论赵明远想到的，还是没有想到的，都在所长和军代表的行程计划之列。其中最让赵明远感到意外的，当然要数把他作为将来的"主角"安排，竟然与他荒诞不经的猜想有些类似，让他激动万分，彻夜难眠。

自从所长和军代表明确了赵明远的工作内容和任务之后，陡然间感到肩上的担子异常沉重，心理上也产生了从未体验过的巨大压力。而这些负担和压力很大程度源于所长和军代表那一番模棱两可的表述：从现有条件看，赵明远是最合适的人选，但最终的"主角"未必是他。

本来，赵明远进入研究所几个月，没有参与任何工作，更谈不上任何贡献，反倒让研究所贴上了一个总工程师整日陪伴，这本身就让赵明远很不自在，心理上本就产生了非常大的压力，因而，他一直希望尽早投入工作，脱离这种非常尴尬的处境。好不容易等来所长和军代表明确了任务，而且也清清楚楚明明白白说他具有完成特殊使命的优势，但又说最终的"主角"不一定是他，这种模棱两可的说法让赵明远犹如经历了一次过山车似的激荡起伏，既给赵明远狠狠地浇了一盆冷水，同时又无形中激发了他争强好胜永不服输的潜能。他暗下决心，所长和军代表的意思无外乎就是竞争上岗嘛，行，现在世上谁怕谁，咱们走着瞧。

这样一来，每当赵明远想到特殊使命，想到"主角"，脑海里便会浮现出科幻电影中那一幕幕神秘实验的情景，浮现出一系列飞越太空、穿梭时空的场景，经常搅得他心神不宁，夜不能寐。他也曾暗暗告诫自己一定要镇定，目前加倍努力苦练技能才是首要任务。但越是这样想，他脑海中那些神秘的情景蹦出的频率便越高，画面也越清晰，搞得他苦恼不堪。

赵明远在这样的煎熬中度日如年，心急如焚地等待着担当"主角"，完成"特殊使命"。然而，一段时间过去，不但没有接到进一步的"指示"，明确"特殊使命"的具体内容、方法、步骤、要求，以及目标，就连解思源突然间也失去了踪影。

赵明远不由得怨气丛生，他想，解总！不带这么玩的吧？所长和军代表已经明确让我做好完成特殊使命的前期准备，你不但不给我介绍"特殊使命"的内容和要求，反而玩起了失踪的把戏，这都是什么情况？做事也太不讲究了吧？

殊不知，在赵明远对解思源的"失踪"心生埋怨的同时，解思源正在与研究所领导和相关人员一起对"特殊使命"的理论、数据、过程、结果等等进行着一次又一次的复核和论证。经过两个多星期昼夜奋战，并经过研究所专家组的最终确认，解思源才欣欣然返回基地。

"解总，不带这么玩儿的啊，所长和军代表已经说过让我做好执行'特殊使命'的准备，你不但不给我明确工作，反而还玩起了失踪的把戏，是不是有点儿太不讲究了？"见到解思源，赵明远圆瞪双眼，牢骚像连珠炮似的向解思源射了过去。

"呵呵呵——"看到赵明远气急败坏的样子，解思源感到有些滑稽，呵呵笑了起来，说道："怎么了？还真急红眼了？"他装腔作势地叹了一口气，接着说道，"唉，年轻人，太耐不住性子了，该你上场的时候自然会让你上场，不该你上场的时候，再急也没有用，否则，嗯，你懂的。"说到这里，解思源又笑笑说道，"当然，你的心情可以理解，但要注意沉住气，拿捏住火候，明白吗？"

解思源对赵明远的心情有着十二分的理解，但作为总工程师和总负责人，确保"特殊使命"任务的顺利完成和人员安全是他的首要职责。他心里比谁都明白，如果出了差错，没有了安全，说再多的话、做再多的工作也是枉然。不过，在其位，谋其政。与解思源相比，赵明远考虑问题的角度显然与解思源有明显的不同，他抱着莫大的梦想进入研究所，急切地希望尽快实现自己的抱负和理想，但是，长时间来，一直没有明确的工作任务，挂着空档无所事事，好不容易盼来了即将执行"特殊使命"的任务通知，却在他充满憧憬和幻想、内心极度兴奋之后又归于以前无所事事的状态，你说这种事情搁谁身上能不发急？不发急才怪。

"哼，火候、火候，说得轻巧，放你身上试试，让你不挂挡来回空转，整天无所事事，我就不信你不着急！"赵明远轻轻哼了一声，眼角一斜，嘴角一撇，显出一副你是站着说话不腰疼的神情。

"年轻人，先消消气儿，有道是耐得住一时的寂寞，曙光就在前方。"解思源抿嘴笑笑，说道，"这样吧，我先考你几个简单问题，只要回答正确，后面的事情我绝对满足你的要求，保证不会拖泥带水。"

"哟，怎么突然这么痛快？该不会又准备拿我逗乐吧？"赵明远狐疑地望望解思源，手轻轻在空中画了一个弧，明显不相信。

"赵明远——"解思源突然脸色一板，厉声叫道。

"到——"赵明远条件反射似的应了一声。

"难道我这个领导说话就那么没有权威、那么不可信吗？"解思源问道。

赵明远心里一惊，表情微微一怔，随后自嘲似的说道："噢，对了，你现在是我的领导，怎么把这茬忘了。"

解思源扑哧笑了一声，说道："对嘛，领导怎么会拿你开涮逗乐呢？是吧？我问你，多维空间理论，知道吗？"

赵明远微微一怔，随后说道："你这跳跃性也太大了点儿吧？多维空间能不知道吗？还有平行空间呢。"

"波的传播、干涉还记得吧？"解思源又问。

"哇，那是高中就已经学过的知识，能不知道吗？"赵明远嘴角一撇，不屑地说道。

"宇宙大爆炸理论呢？"解思源再问道。

"当然知道。"赵明远回答说道。

"超弦理论呢？"解思源问道。

"了解一些。"赵明远说道。

"那这样吧，接下来，请你观看几段全息示意影像，麻烦你解释一下其中示意的相关知识。"解思源说道。

解思源话音刚落，两个人头顶上方突然出现一个疾速旋转的红色小圆点。赵明远好奇地"咦"了一声，伸手向那个小圆点摸去，不料却摸了个空。他立即自嘲地轻轻笑了笑，心想对了，全息影像哪能摸得着呢，自己也不至于笨到这种程度吧。

正当赵明远在心里暗暗自嘲的时候，那个小圆点轰然爆裂。刹那间，浓烈的白色光芒持续闪耀，沉闷、空旷、深邃的轰鸣声在头顶炸响，看似高温炽热的烈焰闪耀着炽白色亮光爆裂四散，呼啸着喷向解思源和赵明远，瞬间将两个人淹没。紧接着，炽白色逐渐变换，不久便转为红色，视觉上看似极热的高温也随之逐渐冷却。

"干什么你？"赵明远大吃一惊，惊慌中下意识双手捂着头，侧身做着自保动作，同时大声呼喊。

"哈哈哈——"解思源笑着说道，"这就紧张了？胆子也忒小了点吧，给你说过是全息示意影像，还那么紧张？看来，你这个年轻人终究还是缺乏锻炼啊。对了，我问你，这个全息示意影像演示的是什么内容？"

"你倒是来个预热呀，突然来这么一下子，简直是要人命的节奏嘛。"赵明远说道，"这显然是宇宙大爆炸嘛，恐怕小孩子都知道，这么简单的问题，你还真能问得出来。"

"你继续往下看。"解思源说道。

话音刚落宇宙大爆炸的全息示意影像突然消失，紧接着出现的是从一个原点出发，连续不断向四面八方扩散的一个连一个的球面。每个球面均从原点发源，球面与球面之间保持着一定距离逐步扩大并不断向外扩展。解思源和赵明远被一个个球面连续冲击，身上的亮度忽亮忽暗，像按照一定规律闪烁的霓虹灯。

"这是波在空间传播的立体示意影像。"赵明远不等解思源发问，嘴角一翘，表情非常不屑地说道，"你能不能出几个高年级的题目？"

解思源望望赵明远，说道："你再看看这个。"

话音刚落，波的传播立体示意影像中一小块区域球面距离在逐渐缩小。刚开始时显现得并不非常明显，但随着球面距离的不断缩小，到最后与大区域有了非常明显的区别。随后，那块小区域的球面距离又逐渐增大，当与大区域的球面距离相同时，那块小区域便融入大区域之中，成为一个整体。但随着球面距离逐渐增大，那一小块区域又凸现出来。

"这是波的干涉现象示意影像。如果小区域频率与大区域频率相同，二者就会融为一体不分彼此；当频率不同时，二者就会发生差异而分离。假若是两列波，发源点相同，频率相同，相位相同，就会融为一列波，否则，就会分离而独立存在。"赵明远又不屑地说道。

解思源望望赵明远，微微一笑，说道："嗯——还行，基础知识都在。"

第 七 章

　　解思源清了清嗓子，低头思考了片刻，说道："其实，我要讲的波态时空理论非常简单，运用经典理论便可以完全理解。今天我首先做一个框架性的概括介绍，以便你有一个总体印象，详细的内容，咱们以后再分步逐一学习。"他紧紧盯着赵明远说道，"不过，在介绍波态时空理论之前，你脑海中要树立一个前提，而这个前提，与目前公认的理论有些出入，否则，波态时空理论便不成立，也就无从谈起。"

　　随着解思源的话音，赵明远脑海中突然灵光一闪，随即兴奋地圆睁双眼，竖起了耳朵，紧紧盯着解思源，聚精会神。

　　"我们所在的宇宙中充满了一种基本物质，它是宇宙存在的最基本条件，没有它，宇宙是不可能存在的。从分布情况看，在宇宙中呈不均匀分布，有浓密，也有稀疏，如果把宇宙比作一间房屋的话，就像房屋里面充满了空气，而空气在屋内的分布不十分均匀一样。"解思源语速平和，吐字清晰，声音透着磁性，他接着说道，"最早以前，科学家们也认为宇宙太空中充满了物质，他们称之为'以太'，但经过多年的实验论证，由于没有确切的实验数据和结果支撑，便否定了这种理论，认为宇宙太空是没有任何物质存在的真空。但是现在，我要强调的是，这个观念从今天开始你要彻底纠正。"

"事实上，宇宙太空处于真空状态这个理论本身就存在许多明显的漏洞。"解思源接着说道，"比如，假如宇宙太空是没有任何物质的真空，那就说明宇宙太空的真空状态是它的稳定状态，那么，其中的星球、星际、星云何以存在于宇宙太空之中呢，那不是破坏了宇宙的真空平衡了吗？"

"道理是这个道理，说得没毛病，但是，经过那么多科学家这么多年实验观察，宇宙中确实没有物质存在呀，这个结论已经经过实验论证和理论推导两个方面的确认，难道实验仪器还会骗人吗？理论推导还不够严密吗？"赵明远疑惑地说道。

解思源看到赵明远的认真劲儿，不由得呵呵笑了几声，赞许地说道："那是两回事。实验中没有发现，并不是不存在，其主要原因，是因为我们的技术手段和设备存在问题，满足不了发现这种物质的条件，就像我们用裸眼看不到空气分子，更看不到原子、电子，用电子显微镜看不到比电子更小的粒子道理一样。当然，科学先驱们的理论推导本身也没有问题，推导过程也足够严密，但是，理论推导所使用的基本数据和运用的实验依据是错误的，也就是前提本身就是错的，那推导出来的结果还能正确吗？"

解思源接着说："再说了，有关的理论指出，光速是宇宙中的极限速度，但近些年来，科学家在实验中陆续发现了几种超光速的微粒，比如中微子等等，这样一来，你还能说我们以前所学的理论都是完全正确的吗？"

解思源望了望满脸疑惑的赵明远，看到赵明远默默点了点头，接着说道："告诉你吧，我所说的这种基本物质是宇宙大爆炸的时候所产生的，它们是宇宙时空存在的前提，支撑着宇宙时空的存在。同时，它们也是构成星球、星系、星云，以及我们宇宙时空中所有物质的最基本物质，又滋养着我们宇宙时空中的所有物质，就像鱼与水的关系一样。可以说，没有这些物质，也就没有宇宙时空，所以，我们称之为'基本物质'。"

"哎哎哎，解总，你先暂停一下，别急着往下说，我这会儿有点乱。"赵明远突然轻轻摆着手，紧蹙双眉着急地说道，"你这几句话下来，有一种要颠覆我'三观'的节奏，直接把我二十多年所学的知识基础完全捣毁了，我现在搞不清楚你是在给我长知识，还是在给我洗脑。"

解思源笑笑，迈着小步转了一小圈，举手轻轻摇了摇，说道："你说得有点儿玄乎，哪儿有那么严重。不过，如果说要颠覆的话，确实是有那么点儿意思，只不过需要颠覆的只是知识体系中那么一小部分而已，其他方面还涉及不到，更不会到伤筋动骨的程度。"

"哼，不会伤筋动骨？"赵明远轻轻哼了一声，嘴角一翘说道，"关于'以太'的问题，多少科学家争论了好几百年，最后终于统一了认识，你现在却要翻案，还说不会伤筋动骨？你以为哄小孩玩呢？"

"哈哈哈——"解思源大笑起来，随后说道，"关于知识基础的问题，你暂时先将我讲的这个概念记住就行，孰是孰非咱们先不做进一步的争论，待我把相关的理论讲完，如果还有什么问题，咱们再做深入的讨论。"

看到赵明远轻轻点了点头，解思源接着说道："宇宙大爆炸的时候，抛射出了大量的物质，同时产生了无穷的能量波，而传播能量波的介质和载体便是宇宙大爆炸时抛射出的这种物质。我们称这种物质为宇宙的基本物质，并将基本物质和其承载的能量波一起称为宇宙波。其实，宇宙波分为两种类型，第一种类型是与声波相似的宇宙波。宇宙大爆炸时，抛射出的大量基本物质微粒发生群体效应，携带能量由近及远向外传播形成宇宙波，与我们所观察到的声波有些相似，但又不完全相同，因为声波在传播的过程中，空气分子的空间位置是不会移动的，但基本物质微粒在传播宇宙波的过程中空间位置是移动的，这种宇宙波为群体效应宇宙波。第二种宇宙波，是基本物质微粒携带着宇宙大爆炸产生的巨大能量，其自身发生振动形成的宇宙波，称之为个体效应宇宙波。这两种宇宙波之间的振动频率是相互匹配的，有着牢固的、不可分割的对应关系，由于这种一一对应的关系，我们提到某一种宇宙波时，一般也就包含了群体效应宇宙波和个体效应宇宙波两个方面。"

赵明远疑惑地望着解思源，狐疑地说道："这听起来也没有什么神秘的，也不是那么晦涩难懂。不过，我惦记的还是你说的基本物质。如果真像你所说，宇宙中确实存在那种基本物质，那你的理论当然是正确的，这没毛病。"

"我刚才已经说过，今天只是介绍总体的理论框架，目的是让你产生一些概略印象，具体的理论依据和实验数据，咱们以后再详细学习和讨论。"解思源微微笑了笑，轻轻舒了一口气，说道，"我知道，这种说法与你目前掌握的理论有冲突，不过，你得暂时认为这种说法是正确的，如果有什么想不通，咱们后面再说，好不好？现在咱们说说宇宙时空问题。"

"噢，这个我知道一些。"赵明远抢着说道，"关于宇宙时空问题，目前的意见还没有得到最终统一，几种认可度比较高的时空理论各说各有理，而且听起来都有一定的道理，但是，也都没有实实在在的证据证明其正确性，比如多维时空、平行时空等等。"赵明远摇头晃脑地说着，突然瞪大眼睛望望解思源，说，"你要说的不会又是一套新的时空理论吧？"

"如果跟那些理论一样，我还需要费那么大的劲，浪费那么多口舌吗？"解思源抿嘴笑笑，接着说道，"就两种认可度比较高的时空理论来讲，多维时空理论是建立在数学模型之上的，没有实验的支撑和佐证，而且，在那种理论指导下，一直发展下去最终会导致不可知论，在实践中根本不可取。不过，平行时空理论还有一定的可取之处。"

"我想也是，从名称上我就应该想到，你要讲的理论肯定有别于其他时空理论，说吧，我洗耳恭听。"赵明远的表情非常认真。他话音还未落，突然又举起手说道："不过，解总，我非常认真地提醒你，我这个人特别爱插话，稍有不明白就会截话，而且语言比较直接，希望你一定要做好充分的思想准备。"

解思源抿嘴笑笑，说道："那样最好，我诚心欢迎你的提问，还有，你的质询。"

"好啦，废话少说，咱们言归正传。"解思源反手轻轻一挥，接着说道，"明远，你想过没有，宇宙大爆炸时，产生的宇宙波是一个还是多个？"

赵明远低头想了想，说道："这个，说不准。"

解思源提示性地说道："你想一想，我们说话的时候，发出的声波是单一频率还是多个频率的声波复合而成的。"

"那还用问？说话声当然是由多个频率的声波复合而成的，这样才能体现出一个人的声音特点，不然的话，单一频率的声波不但听起来单调刺耳，而且也显示不出一个人的声音特点。"说到这里，赵明远若有所思，突然恍然大悟似的说道："噢，我懂了，你的意思是说宇宙大爆炸与我们说话的道理一样，产生了多个频率的宇宙波？"

"对了。"解思源长舒一口气，说道，"宇宙大爆炸时，产生的宇宙波并不是一个，而是多个，并且，这些宇宙波的频率各不相同，这一点你一定要记牢、吃透，只要这一点理解到位了，我后面讲的就会迎刃而解，势如破竹。"

"哼，什么势如破竹，只要不被你的迷魂汤灌得晕晕忽忽就行了。"赵明远笑了笑，望着解思源说道，"放心讲吧，感觉我的理解能力还相当可以的。"赵明远眨了眨眼，紧接着说道，"谦虚一点说——还行吧。"

解思源搓了搓鼻子，翘了翘嘴角，斜了斜眼睛，接着说道："前面咱们已经说过，由于宇宙大爆炸时释放了巨大的能量，不但使抛射出的基本物质微粒产生了群体效应的宇宙波，而且基本物质微粒本身也在振动形成了个体效应的宇宙波。这两种形式的宇宙波之间是一一对应关系，也就是说，组成特定频率宇宙波的基本物质微粒也在以统一的、一定的频率振动。这样一来——一列宇宙波在大的范围来讲，是具有特定频率的群体性波动；在小的范围来讲，每个物质微粒也以固定统一的频率在振动，能理解吧？"解思源一口气说完，望着赵明远。

赵明远点点头，眨了眨眼睛，说道："嘁，前面已经说过了，再说就有些啰唆了。当然，也没什么毛病。"

"你还别说，我再说一遍是有目的的。"解思源微微一笑，说道，"我现在要告诉你的是，这种两面性特殊结构的宇宙波，实际上就是我们所说的宇宙时空，而其中以固定频率振动的基本物质其实就是超弦理论中说到的'弦'。"

"慢着——"解思源的话音未落，赵明远突然插话说道，"你刚才说过，宇宙大爆炸产生了多个频率的宇宙波。那么，按照你现在的说法，岂不是说明宇宙大爆炸时产生了多个频率的宇宙时空吗？那为什么我们至今还发现不了其他的宇宙时空呢？"

"问得好。"解思源赞许地望了望赵明远，说道，"我的意思正是如此。宇宙大爆炸时，的确催生了多个频率的宇宙时空。我们之所以发现不了其他的宇宙时空，原因我想你应该能够根据我前面的介绍想到一些，最起码会想到一些蛛丝马迹。"解思源说完，笑眯眯地望着赵明远。

"这——"赵明远紧蹙眉头想了想，说道，"相关的理论基础有偏差，我可以肯定；设备不能满足需要，这一点我也可以肯定。其他的原因嘛，我还真想不出来。"他满脸疑惑，一边思考，一边轻轻地摇着头。

"波——"解思源提示性地说道，后音拉得比较长。

"知道了。"赵明远恍然大悟,轻轻一拍脑袋,说道,"波的干涉。"

"对了!"解思源欣然说道,"其实,波的干涉原理正确的名称应当叫作波的互不干扰原理,因为,在同一空间中,不同频率的波可以和平共处,而互不影响其他波的特质和性能。比如,在我们的日常生活中,空中充满了各种频率的电磁波,但每个频率的电磁波都会保持各自的特性而不受到其他电磁波的干扰,我们打开收音机,就可以听到特定频率广播电台原汁原味的播音。"

"现在回到你刚才的问题,既然有多个宇宙时空,那我们为什么却看不到,而且至今没有发现呢?"解思源望了望赵明远,接着说道,"对了,这正是宇宙波的互不干扰特性决定的。因为,在我们所在的宇宙时空中,基本物质微粒的振动频率是相同的,进一步来说,构成我们所在的宇宙时空中所有星球、星际、星云,当然也包括我们人体的基本物质微粒都有着相同的振动频率,他们之间能够发生共振,引起共鸣,共处于同一个宇宙波形成的宇宙时空之中,所以,我们就可以发现他们、看到他们。如果构成他们的基本物质微粒振动频率与我们所在宇宙时空的基本物质微粒振动频率不同,那么,两者之间便不可能发生共振、引不起共鸣,根据波的不干扰原理,用通俗一点儿的话讲,二者根本不在同一个频道上,怎么会共同存在于同一个频率的宇宙波形成的宇宙时空中呢?想想看,既然其他的宇宙时空与我们根本就不在同一个宇宙时空之中,我们怎么可能会发现他们呢?当然发现不了了,更看不到。"

解思源喝了一口水,然后说道:"关于这一点,超弦理论的基本观点就可以说明一切。"说到这里,他停顿了片刻,望望赵明远,接着问道,"超弦理论你总了解一些吧?"

"开玩笑,那还用怀疑吗?"赵明远说道,"超弦理论最伟大之处就是将广义相对论与量子理论统一了起来,认为每种基本粒子所表现的性质都源自它内部弦的不同振动模式。每个基本粒子都由一根弦组成,而所有的弦都是绝对相同的。不同的基本粒子实际上是在相同的弦上弹奏着不同的'音调'。宇宙是由无数振动着的弦组成的。"

"对了,一点儿没错,完全正确。"不容赵明远喘口气儿,解思源已经接着话茬继续说道,"正如你所说的,宇宙是由无数振动着的弦组成的,而这些弦是完全相同的,也就是说,组成我们所在宇宙时空的所有弦的振动频率是完全一样的,那么我问你,你有没有想过,为什么这些弦的振动频率是完全一样的,是什么原因造成了这种现象?"

"我明白了。"赵明远恍然大悟,说道,"这些具有相同频率的弦就是宇宙时空的基本物质,因为他们在宇宙大爆炸时具有了相同的振动频率,共同形成了同一频率的宇宙波,而这些物质微粒又以不同形式进行组合,形成了不同大小、形状各异的物体,所以,我们才能发现他们,看到他们。换句话说,我们之所以能够处于同一个宇宙之中,是因为构成我们的基本物质都具有相同的振动频率。从另外一个角度讲,具有相同振动频率的宇宙基本物质才能共存于同一个宇宙时空之中,否则,将会存在于其他宇宙时空之中。"

"回答正确,可以加 10 分。"解思源欣然说道。

"嘁，你也太吝啬了，加个100分还差不多。"赵明远轻轻摇了摇头，说道，"不过，我还有一个疑问。"

"说吧。"解思源说。

"既然宇宙大爆炸所产生的能量能够使宇宙基本物质产生振动，产生宇宙波，形成宇宙时空，那我们目前已经发现了许多超新星在爆炸的过程中也产生了无尽的能量，为什么他们没有形成新的宇宙呢？"赵明远问道。

"那还不简单？"解思源说道，"前面已经说过，宇宙波包括两个方面，一是基本物质微粒的群体性波动，二是基本物质微粒本身的振动。因为超新星爆炸只是在咱们这个宇宙时空中能量的释放，并没有产生新的物质，而且，所释放的能量相对宇宙大爆炸产生的能量来说可以忽略不计，根本不足以使宇宙基本物质微粒的振动频率发生变化，只能使他们产生类似于声波一样的振动波，发生引力波现象。"

"其实呢，目前科学家们经过计算，我们所在的宇宙时空所有物质和能量综合起来，只能占到宇宙大爆炸时的百分之十到百分之三十，那么，其余百分之七十到百分之九十哪里去了呢？在没有其他办法的情况下，他们提出了暗物质的概念，认为其余百分之七十到百分之九十的物质就是所谓的暗物质，但是，到现在为止，也没有任何实验证据证明暗物质的存在。而实际上，这其余百分之七十到百分之九十的物质和能量被其他频率的宇宙时空所占有，因为这些宇宙时空的振动频率与我们所在时空的振动频率不同，根本不可能存在于我们所在的宇宙时空之中，所以，我们不可能发现他们。"

"明白了。说实在话，你讲的这一套理论听起来确实能够自圆其说，理解起来也没有什么难度，偶然一听还觉得挺有道理，我心里基本上能够接受。"赵明远说得非常认真，随后低头深思起来。

"自圆其说，什么意思？"解思源盯着赵明远看了片刻，说道，"表情不对呀！看来你还是有些疑问，放开胆子说来听听。"

赵明远长出了一口气，说道："听了你的波态时空理论，听起来确实比较新颖，让我眼界大开。不过，我简单捋了捋，觉得有五个方面的问题，还需要你做进一步的解释。一是你刚才讲，在宇宙之中，有多少个频率的宇宙波，就有多少个宇宙时空。那么，我就在想，是否在宇宙的某个空间位置，同时存在多个宇宙时空，也就是说，在宇宙空间的某一点上，同时有许多宇宙时空是重叠在一起的，对吗？"

"呵，年轻人的脑袋瓜子真是灵活，反应也挺快。"解思源眉角一挑，嘴角一翘，说道，"是的，你想的没错，如果宇宙空间有一个点，那么，在这一点上有可能同时存在着多个宇宙时空，只不过因为每个时空的频率不同，他们之间互不干扰而独立存在。"

"第二个问题。"赵明远说道，"我们知道，一个人发出的所有频率的声波并不是齐头并进的，而是有着先后顺序。我想问的是，宇宙大爆炸产生那么多频率的宇宙波，形成那么多的宇宙时空，它们在传播发展过程中是齐头并进的，还是有先后顺序的。"

"当然是有先后顺序的。"解思源说道，"只不过声波之间相差的时间非常短，而宇宙时空的时间差放在整个宇宙大宏观角度来讲也非常短，但以处在微观世界的我们看来却非常长，相邻时空之间相差为几十天，或者几个月，甚至几十年，不相邻的时空之间相距则是几年、几十年、几百年，或者更长。"

"明白了。"赵明远点点头，接着说道，"第三个问题，不同的宇宙时空在发展传播的过程中，所遵循的规律是相同的还是有区别的？"

"应当说他们遵循的主要规律是相同的。"解思源说道，"由于他们的原点相同，起因相同，构成物质相同，传播与发展的路径和方向相同，性质相同，所以，传播与发展所遵循的规律自然相同，但具体到某一微观事物上也有一些微小的差别。"解思源缓了缓，想了想说道，"比如，前面的宇宙时空发展到某一时空点位，发生了某一重要变化，其后的宇宙时空发展到这一时空点位一定会发生同样的变化，但变化程度也会有细小的差别。以人的出生和死亡来说，人体的产生与死亡关系到实体的产生与消亡问题，是重大事件和关键事件，前后宇宙时空一定会遵循同一规律。当前面的宇宙时空在某一时空点位出生或死亡了一个人，其后的宇宙时空发展到这一时空点位时，必然也会有一个人出生或死亡，这是规律，无可更改。但是，后续宇宙时空中出生的人肢体是否完整，是否残疾或者健康，那就是另一回事，因为这不会关系到实体的产生与消亡，对于宇宙时空的实体结构不会产生较大程度的影响。"

"明白了，现在说第四个问题。"赵明远说道，"前面已经说到了，宇宙大爆炸时产生了多个宇宙时空，对吧？我在想，假如宇宙空间存在某一个点，在这个位置上，会有多个宇宙时空出现重叠、交叉，我的问题是，如果一个宇宙时空在这个点位有一个实体，那么，在其他宇宙时空也会是同样的实体吗?"

解思源笑笑，说道："你认为会是一样的吗?"

"我想应当是不一样的。"赵明远边想边说，"因为从时间点上来说，那么多的宇宙时空不是同时到达的，有先后顺序，所以——"

"对，肯定不一样，具体原因你已经说得非常明确了。"

"我还有最后一个问题，噢，对了，你不会心烦了吧?"赵明远问完，不好意思地笑了笑。

"说什么呢?"解思源也笑笑，说道，"我高兴还来不及呢，没想到我只是简单讲了讲波态时空理论的总体框架，你竟然能够触类旁通，想到那么多，如果我是老师，最大的愿望就是能够遇到你这样的学生，怎么会心烦呢?"

"我知道，我的话比较多，也太较真。"赵明远偷偷瞄了瞄解思源，小声说道，"哼，你嘴上说得好听，可心里怎么想的，谁知道?!"

"少废话，说正题。"解思源突然脸一板，说道。

"你已经说过，不同的宇宙时空是因为构成宇宙时空基本物质的振动频率不同而形成的，假如我们能够改变基本物质的振动频率，使其与其他宇宙时空的频率一致，是不是就可以出现在另外一个时空呢? 噢，对了，就是实现了时空穿梭了呢?"

"哈哈哈——"解思源蹙了蹙眉头，突然大声笑了起来，有些兴奋地说道，"年轻人，你是怎么想到这个问题的? 要知道，我是准备过一段时间才跟你谈这个问题的，聪明，实在是太聪明了。"

第 八 章

赵明远慢慢转过身缓步走近窗户，静静地望着窗外。

辛苦了一天的太阳似乎意犹未尽，临近收工仍然是那样尽心敬业，毫无疲惫地将光和热源源不断撒向大地，滋养着山川、河流、森林，使世间一切尽数沐浴在一望无际的金黄色之中，显出无尽的生机与活力。

大街上，绿树成荫，树叶泛着诱人的葱葱绿色，显得生机盎然，活力四射。微风拂过，枝丫摇头晃脑，不断点头致意，树叶沙沙作响，仿佛悄声细语，又似轻柔的笑声。漂亮的少女迈着轻盈的步伐，展示着婀娜的身姿，似一朵朵彩云轻轻飘过，散发着浓郁的青春气息；健硕的青年步伐矫健，质地轻而薄的衣衫下，朦朦胧胧透射出无尽的阳刚与脸上洋溢的自信相互映衬，彰显出令人羡慕的坚毅与刚强；年长的男男女女面带笑容，步履悠闲，显示出无尽的恬静与舒适；活泼的孩童边跑边跳，在大人们中间穿梭往来，打趣逗乐笑声不断，银铃般的笑声在上空悠扬回荡。来来往往的小汽车似乎也应着周围的景色，发动机声音柔和甜美，像是在唱着一首首优美的流行歌曲，轻柔、悦耳，刹那间又似害羞的小姑娘，在人们没有看清眉目时，又远遁消失。

几个月的时间一晃而过。

在解思源的悉心指导下，赵明远对波态时空理论进行了系统的学习。虽然内容不是很多，难度也不是很大，但由于波态时空理论基础与固有的知识结构相互冲突，个别地方甚至是颠覆性的，因而，在初步学习阶段，赵明远心理上曾一度难以接受，也难以理解。学习过程中，固有的知识理论与新的知识理论经常在内心交织、碰撞，有时前面已经厘清了思路，后面运用时又出现了反复，搞得他非常狼狈。随着学习的进一步深入和理论基础的进一步巩固，这些难点和疑点才逐步得以克服和化解。当他回望之前那些看似难以理解的难点和疑点时，才发现波态时空理论并没有特别深奥和难以理解的知识点，其核心的要点也是从已知的知识理论中总结归纳而来的，只不过进行了综合运用，再加上一些前瞻性的大胆创新而已。然而，这些前瞻性的创新看似容易，却并非重新排列组合那么简单，而是突破了公认的知识理论体系，指出了部分已知理论基础可能存在的谬误，另辟蹊径，对未知领域进行了新的探索与总结。比如：宇宙中究竟有没有物质存在？公认的理论观点认为宇宙中没有任何物质，处于真空状态。而波态时空理论认为是有物质的，而且是支撑宇宙存在的基本条件。波态时空理论的另外一个观点是宇宙时空是以波的形态存在的，它遵守波的互不干扰原理，不同频率的宇宙时空之间是互不相容的。虽然公认的时空理论对于宇宙时空的存在状态没有确切的定论和结论，但从一些并不十分确切的表述中可以看出，二者对于宇宙时空存在状态的结论存在明显的矛盾。

赵明远静静地站在窗前，望着窗外令人陶醉的和谐美景，却没有一点欣赏美景的心思。他紧蹙着眉头，默默咀嚼着几个月来已经熟记于心的波态时空理论，仔细回味着解思源教授的每一个知识点。长时间的思索之后，他长长舒了一口气，转过身随意甩了甩胳膊向门口走去。

忽然间，曾经多次询问过解思源，但至今仍没有得到确切答案的两个疑问从心底蹦了出来：一是为什么会选中自己调入研究所的问题。这个问题在进入研究所之初，赵明远便询问过解思源，但到目前为止，答案一直局限于身体条件、个人品质、工作能力符合人员选拔的条件等等，当询问到详细内容时，解思源总是以各种借口掩饰而过，没有任何解释。二是能否改变物体基本物质微粒的振动频率，实现宇宙时空的穿梭问题。这个问题是在最初的学习过程中，赵明远突发奇想提出的。严格来说，按照保密规定，不该问的不问是最基本要求。但是，在赵明远想来，这两个问题不可能属于《保密守则》规定的保密范畴，特别是第二个方面的问题，为了这两个疑问，赵明远曾千方百计采取了诸多办法，对解思源穷追猛打，想要刨根问底搞个水落石出，但都无果而终。

随后几个月，由于赵明远的主要精力更多专注于波态时空理论、更深入内容的学习和身体素质的锻炼，没有过多的心思继续追问而将之前的想法暂时搁置。眼下处于休假阶段，紧绷的神经终于有了稍许的放松，暂时搁置于内心深处的想法又不自觉地蹦了出来。

"哼，解总的套路玩得也太深沉了。"赵明远在心里愤愤不平。

赵明远突然想起来，关于这两点疑问，解思源之前要么三缄其口，避而不谈，要么装聋作哑置若罔闻。逼得急了，他就会装腔作势摆出一副唬人的架势说："急什么，该给你说的时候自然会说。"这种含含糊糊模棱两可的说法，无形中将赵明远的胃口吊得高高的，让他浮想联翩无法自抑，但同时又将赵明远堵得死死的，差点儿噎个半死。

随着疑问的浮现，赵明远的步伐也慢了下来，已经舒展开的眉头再次紧蹙起来。这两个问题再简单不过了，是还是不是，行还是不行，就一句话的事儿，甚至是几个字的事儿，可解总为什么遮遮掩掩不来个痛快的呢？他越想越觉得其中可能有更加值得深究的事。

"明远，吃饭啦。"一声呼唤突然将赵明远从沉思中拽了回来。随着喊声，房门"嘭"的一声轻响，贺彩菊的身影紧接着出现在门口。

"哟，儿子，怎么啦？是不是病了？"看到赵明远眉头紧蹙，贺彩菊急跑了几步，伸手在赵明远的额头摸了摸，说道，"不发烧哇，是不是单位遇到不顺心的事儿了呀？乖儿子，好不容易休个假，就不要想单位那些烦心事儿了。今天晚饭老妈做了你最爱吃的鱼香肉丝，犒劳犒劳你，快走。"

"妈，你就别乱猜了，我身体好着呢，单位上也挺顺心的。"赵明远向母亲微微一笑，弯起胳膊做着健美动作向母亲展示着肌肉，说道，"你看，我的身体棒棒的。"

一番叮叮当当的碗筷声响过后，趁着赵明远离开餐桌的机会，贺彩菊悄悄对赵挺俊说道："哎，注意到了没有，儿子情绪有些低落。"

赵挺俊望了望赵明远的背影，又疑惑地望着贺彩菊说："胡说什么呢，我看儿子情绪挺好的嘛。"

贺彩菊嘴一噘，故作神秘地说道："你知道什么呀，我刚才喊他吃饭的时候，看见他正在低头生闷气呢。"说着，她凑近赵挺俊说道，"我猜，儿子可能在单位有些不顺心呢。"

赵挺俊斜眼望一望贺彩菊，用筷子指着碟子，说道："先吃饭吧，吃完饭我找他谈谈。"

赵国生突然放下筷子，望着赵挺俊和贺彩菊，说道："这事儿你们两口子别操心了，我跟孙子谈谈。"

"爸，你就别管了，说不定你越管越乱。"赵挺俊一脸的无奈。

"胡说。"赵国生脸一沉，望着赵挺俊说道，"是我跟孙子有共同语言，还是你跟我孙子有共同语言？别争了，就这样吧。"

"唉——"赵挺俊苦笑了一声，说道，"现在的年轻人跟我们那个时候的区别可大了去了，他们心里想什么你可能听都没听说过，摸不清他们的思路，谈话不具有针对性，取得不了应有的效果嘛。"

"对，我看还是让他们父子谈一谈比较好，年轻人的事儿你不懂。"赵明远奶奶说道。

赵国生白了老伴一眼，说道："你就别掺和了。哼，让他去谈，我的孙子从小到大他谈的话还少吗？这一次孙子休假回来轮也该轮到我了，凡是有意见的，都给我住嘴。"

贺彩菊吐了吐舌头，望望婆婆，又望望丈夫，悄悄做了个鬼脸，急忙低头吃起饭来。

吃过饭，赵明远刚坐在书桌前，赵国生便蹑手蹑脚出现在赵明远身后。

"哎哟，爷爷，你怎么不吭一声啊？"赵明远扭头突然看到赵国生吃了一惊，急忙站了起来扶着爷爷说道，"吓了我一跳，来来来，快坐，快坐。"

赵国生笑了笑，说道："什么时间跳了？我怎么没看见？"

"爷爷你别逗了。"赵明远也笑了笑，说道，"我说我吓了一跳，还真要跳一跳呀？"

"嗯——也对，不跳就不跳吧。"赵国生稳稳地坐在床边，望着赵明远说道，"几个月没见，想爷爷没？"

赵明远夸张地说道："看你说的，怎么能不想呢？我简直都快想疯了，要不，我把心掏出来让爷爷看看？"

"胡说。"赵国生装腔作势瞪着眼，说道，"想就想，怎么能疯呢？"赵国生满意地说道，"嗯——想就好，不愧是爷爷的乖孙子。"

"哎，乖孙子，爷爷问你，单位的情况还满意吗？工作还顺心吗？"赵国生虽说跟孙子开着玩笑，但心里一直没有忘记此行的真正目的，几句话过后便直奔正题。

"挺顺心的，领导和同事们对我也都挺照顾，工作也都挺顺利的。"赵明远表情轻松地回答。

赵国生微微一怔，一副绝不相信的神情，问道："真的吗？"

"呵呵呵——"赵明远突然笑起来，望着爷爷说道，"这还有假呀？怎么，你不相信？"

"相信，相信，我孙子说的话我怎么能不相信呢？"望着赵明远一脸的真诚，显然不是在说谎。赵国生心里暗暗犯起了嘀咕，心想这是怎么搞的，不是说孙子心情不好吗？怎么不是那么回事儿呢？这是谁刺探的情报，与实际情况差得也太离谱了，真是乱弹琴。他干咳了几声，说道："跟我说说工作上的事儿呗，也让爷爷长长见识。"

赵明远以为爷爷要问研究所的具体工作内容，脑袋随即一声轰响。按照规定，与非保密人员谈论保密事项，这是保密工作的大忌，是绝对禁止的。显然，实话实说、据实奏报那是万万不可能的，这条路肯定行不通。可找个什么理由既能够顺理成章搪塞过去，又不至于让爷爷瞧出破绽呢？面对赵国生的提问，赵明远情急之中一下子慌了手脚，竟憋得面红耳赤，支支吾吾一句完整的话也说不全。无奈之下，他只有低头沉默闭口不言，但大脑却开足马力高速运转，暗暗思忖着应对之策。

赵国生是什么人？论年龄、论资历、论阅历、论学识，这些综合起来，按俗语讲，他吃的盐比赵明远吃的米还多，过的桥比赵明远走的路还多。赵明远前后神态的变化赵国生哪能视而不见呢？然而，正因为赵国生具有丰富的阅历和敏锐的洞察力，才使他对赵明远反常举动的判断产生了极大的误差。望着赵明远支支吾吾面红耳赤的神态，赵国生想，没错，看来孙子确实在单位有些苦衷啊。他稍加思索，长叹一口气，说道："明远，我不知道你们单位目前的状况如何，也不知道你们单位将来的发展前景怎么样，你不愿意说，我也不便详细过问。不过，我要说的是，你既然加入了那个团队，就要从心理上融入那个团队，把自己真正作为团队中的一分子，为团队的发展壮大出谋划策鞠躬尽瘁，绝不能身在曹营心在汉，东一榔头西一棒子，要坚决摒弃你们这一代人普遍存在的浮躁心理，心一定要真正沉下来，遇到再大的困难，也不能灰心丧气，更不能有不切实际的想法。"

听了赵国生的一番话，赵明远在心里长长舒了一口气，心想我的个天爷呀，原来爷爷要说的是这个，搞得自己紧张了半天，就差点儿尿裤子了。

"爷爷，你的话我记住了，我现在已经不是小孩子了，你说的我都懂，放心吧。"赵明远说道。

"放心?"赵国生紧紧盯着赵明远，过了片刻，摇摇头叹了一口气，说道，"说心里话，我不太放心。你们这一代人赶上了一个好时代，社会安定，物质充足，生活富裕，生活环境和生活条件是国家历史上的最好时期。但从另一个方面讲，你们对于生活的艰辛和艰难却没有任何体会，更不会有深刻的理解。人常讲穷人的孩子早当家，那是由于生活所迫，让穷人家的孩子过早体会了生活的艰难，生活逼迫他们不断去独立思考，去寻求改善生活条件和生存环境的路径和方法。所以，他们很早就具备了在逆境下全面思考判断说教气过重问题和处理问题的能力，学会了寻找最优化路径实现自己目标的方法，长大成人后在做人处事方面自然有他们的先天优势。生活在优越条件下的孩子由于不会受到那些艰苦条件的困扰，衣来伸手，饭来张口，这在一定程度上激活了人作为生物固有的惰性，当然啦，我们不断创造物质财富的目的本来就是要改善生活环境和生活条件，大家都不希望回到过去，去过那种贫苦的生活，但这两者并不矛盾。相比经过贫苦磨炼，经历过恶劣环境锻炼的那些孩子，优越环境成长起来的许多孩子就缺乏面对困难时的那种韧劲儿和克服困难的勇气。当然了，我也不是以偏概全，事情也不是那么绝对，我只是说现实中存在的比较普遍的现象。"

赵国生顿了顿，缓了一口气，又紧紧盯着赵明远说道："特别要命的是，这么多年来，由于受到外来思想和文化的干扰及影响，社会上一度盛行所谓的快餐文化，使你们这一代人出现了一批心浮气躁、好高骛远的所谓新新人类，心境沉不下来，腹中空空不说，对自身没有正确的定位也是一个突出问题，整日强调要实现个人价值，全然不顾社会的整体需要和传统道德规范，比如为了出名不择手段，方法恶劣令人厌恶，而且他们不管个人修养和文化的传承积淀，以及社会效应，尽早出名挣大钱是他们的唯一目标。比如挣钱要挣快钱，梦想着一炮走红、一夜暴富，这些都与我们传统文化注重的内敛、修养、积淀、涵养、包容等等精髓相悖得太远了。"

赵国生说到这里，喝了一口水，随手将书桌上的书简单整理了一下，然后望着赵明远说道："还有，这一部分人的唯一价值取向就是——金钱，他们思考问题始终围绕着这个核心而展开。要知道，如果一个人的思维被禁锢在这个核心点上，什么国家、社会、集体，甚至亲情在他们的眼中都会像一堆垃圾，看都懒得去看，更别说去想了。我可以明确地告诉你，他们的价值观发生了严重的扭曲，如果任由这种现象蔓延泛滥，就会动摇咱们传统的道德和文化根基，扭曲整个民族的价值观，进而毁掉民族的前途和未来，咱们的民族、咱们的国家、咱们的社会是会出严重问题的……"赵国生越说越激动，突然急促地咳了起来。

"爷爷，您慢慢说，别着急啊。"赵明远急忙在赵国生的前胸后背轻轻抚着，帮助赵国生顺着气儿，同时说道，"这些现象我也看到了，所产生的负面社会影响也亲身体会到了，不过，受到影响的毕竟是小部分人，社会主流受到的影响还不是太大，但您说的却太吓人了，让人听了毛骨悚然。"

"吓人？"赵国生眼一瞪，紧紧盯着赵明远说道，"一点儿也不吓人，说不定比我说的还严重呢。"赵国生缓了一口气说道，"目前，你们年轻人热衷于当明星，参加各类选秀比赛，各大影视学校人满为患，明星的绯闻满天飞，五花八门的神剧铺天盖地。但是，为国家做出重大贡献的比如科学家、专家学者、军人、奋战在一线的优秀基层员工，宣传他们先进事迹的报道在媒体上能占到多大比例，你数过没有？不但如此，现在，小学生的人生理想都变成了当明星，做有钱人，这些正常吗？"

望着赵国生激动得充了血的眼睛，赵明远彻底蒙了，在他的印象中，爷爷是一个大方稳重、思路敏捷的教授学者，说起话来温文尔雅幽默风趣，绝少出现今天这种情况。爷爷今天是怎么了，是不是受到什么刺激了？转眼一想不对呀，刚才吃饭的时候不是还好好的吗？

赵国生脸色凝重，慢慢转过头静静地望着窗外。

夜空中，繁星点点，不断眨着眼的星星似乎呼应着赵国生喜忧参半的心情忽明忽暗。喜，社会稳定，经济高速发展，老百姓的生活富足安康；忧，年轻一代人的成长并非完美无瑕，各类出格言论和行为层出不穷。

大街上，路灯闪烁，将夜晚的城市装点得璀璨绚丽，令人目不暇接。微风过处，树叶窃窃私语，犹如情人间的私密话，既怕外人偷听，泄露了秘密，又巴不得传进更多人的耳中，向全世界宣告他们的爱情。

过了一会儿，赵国生长舒了一口气，稳了稳情绪，回头望着赵明远说道："那些所谓的新新人类还有一个致命缺陷，他们在就业选择时，大都将待遇和工作环境的舒适度放在第一位，很少有人将自己的能力和能够创造的价值放在第一位。也就是说，他们考虑索取多，考虑贡献少。"

赵明远心里突然一个激灵，立即回想起自己辞职时爷爷的一番苦口婆心的劝说，暗暗思忖爷爷这不是在隐晦地说自己吗？他心想不行，绝不能让爷爷把战火引向自己。于是，赵明远赶紧接上话茬，说道："爷爷，我可没有哇。"说完，还装模作样撒着娇说道，"你说的那是别人，您孙子可是完全按照您多年的教育做事的。"

"没有？人常讲，出淤泥而不染。这话说起来容易，做起来可就太难了。"赵国生突然表情有些担忧地望着赵明远，说道，"当然，我不是不相信你，但处在这个大环境中，想要保持自我，非常不容易。"

赵明远突然一蹦，忽的一下站了起来，指着灯大声说道："爷爷，我对咱们头顶上的灯郑重发誓，您，是我的亲爷爷，我，是您的亲孙子，我的一言一行，一举一动一定会坚决贯彻您的指示精神，绝对不会让您老人家失望，而且，我保证，过去是这样，现在是这样，将来也是，绝不反悔。"

赵国生一怔，突然哈哈大笑，连声说道："好，好，好，不愧是爷爷的亲孙子。"

当天晚上，赵明远做了一个梦。

在梦中，赵明远无意中发现爷爷的头发已经全部变得雪白，刹那间有一种凄凉涌上心头。余晖中，虽然血红的残阳正在抓紧眨眼，但爷爷的银发却没有受到丝毫的影响，雪白中透着晶莹，让人遐想无限，浮想联翩。

梦中回到少年的赵明远望着爷爷坚挺的后背煞是羡慕，心里生出一种实实在在的安全感。突然间，他心生疑惑，心想，爷爷不是上了年纪了吗，怎么后背看起来居然像个年轻人？赵明远百思不解。

爷爷迈着稳健的步伐，一口气上了几十级台阶，转身望着还未移动半步的赵明远，鼓励着喊道："快点上啊！我的好孙子，只要迈出了第一步，你就会感觉心情舒畅信心十足，登山的羊肠小道在你眼中就会变为人间坦途，抬脚迈步就会如履平地。如果连第一步都迈不出去，你就会永远站在山脚下，看着别人的后脑勺，望着别人一步步向上攀爬轻松登顶。"

在爷爷的不断鼓励下，年少的赵明远抬腿迈步，第一道台阶，第二道台阶，第三道台阶……他越走越兴奋，不知不觉中，几十道台阶已然被赵明远抛在身后，爷爷哈哈一笑，拉着赵明远的手，一同向更高处攀爬而上。

第 九 章

短暂的假期转瞬即逝。

整个假期，赵明远除了陪伴爷爷奶奶和父母之外，还先后参加了一次同学聚会和一次朋友聚会。在这之前，他曾经参加过许多类似活动，对于聚会中出现的各种状况，赵明远早已司空见惯，每一次都抱着凑热闹的心态，从未进行过认真观察，最重要的是对聚会中出现的各种状况没有进行过深入的思考。与爷爷进行了几次深入的交流后，他偶发奇想，聚会虽然人数比较少，但毕竟人员相对集中，特别是同学间、朋友间的层次各不相同，素质高低有别。人常讲麻雀虽小，五脏俱全，小小的聚会不是同样能反映出人生百态，映射出人间的美丑冷暖吗？于是乎，在两次聚会过程中，别的人要么吆五喝六激情四射，要么海阔天空唾沫星子乱飞，要么情感四溢眉目传情，要么孤独寡言冷眼旁观，他却瞪大双眼进行了一番细致入微的观察。

会看的看门道，不会看的看热闹。赵明远以前认为，同学、朋友聚会无外乎是为同学和朋友交流感情、增进友谊、互通有无提供一个平台，为大家进一步联络创造更多的机会，但是，通过一番认真细致的观察，他发现，小小的聚会所映射的实质并不是那么纯粹和简单。夸张一点儿讲，那是一个在同学、朋友情谊主导下的人生小舞台，什么美丑好坏、人生百态都包罗其中，既包含着诸多令人感动催人奋进的积极因素，同时也掺杂着许多不和谐因素泛起的一圈圈涟漪。一番亲身经历，赵明远恍然对爷爷的经验之谈有了较为深刻的理解，姜是老的辣，酒是陈的香，祖先的概括和总结确实到位，不得不让人佩服得五体投地。

　　同学聚会开始前，提前到场的八九位男女同学，围着将近十年没有见面的原学习委员张有权谈笑不断，感情真挚朴实，场面热闹非凡，同窗之情透过一双双明眸和一张张笑脸展露得一览无遗。听说张有权就职于一家顶尖科研机构，几个女同学几乎同时发出"哟"的惊呼声，两眼放光，表现出无尽的敬佩与羡慕，其中蕴含的热辣与奔放，让人一望，就会无端生出一股淡淡的醋意。这也难怪，中学时，张有权是全年级数一数二的学习尖子，典型的"学霸"，打得一手好篮球，人又长得潇洒帅气，几乎是全校女生心目中的男神。时至今日，又能够从事尖端科研工作，被称为男神实至名归。

　　副市长公子黄武道冷坐在一旁，用不屑的眼光扫了扫张有权，嘴角一撇冷不丁冒出一句："喊，现在都什么年代了，怎么还是老观念死脑筋一点没变？搞科研，笑话，是能当官还是能发财啊？干什么不好，偏要干那些听起来高高在上，看起来风光无限，实际上没有任何出息的工作，啧啧啧，可惜了呀。"

　　突然响起的冷言冷语，犹如熊熊烈火被浇了一盆冷水，热闹、欢快的场面瞬间降温。大家不知所措，神情紧张，纷纷望向张有权。张有权微微一笑，平静地说："咱们都即将步入而立之年，究竟该走哪条路，每个人心里都有自己的想法。社会分工那么多，各行各业都需要有人去干。无论干什么工作，只要对社会有益，自己又喜欢，别人怎么看、怎么说那是别人的事。说实话，我本人没有其他能耐，更大的事情也干不来，只有凑合着干呗。不过，在我看来，科技是社会发展的主要推动力之一，能够从事目前的工作，我感到那是一份荣耀，至于当官和发财，我没有那个本事，也没有想那么多。"

张有权话音刚落，氛围立刻像炸了锅。

苏静宜是张有权的"铁杆粉丝"，当年的学习成绩虽然比不上张有权，但也是许多学生家长常说的"别人家的孩子"。她迅速将刘海向耳根一捋，嘴角一撇轻蔑地望了望黄武道说："哼，搞科研有什么不好，不靠父母不靠关系，凭着自己的本事吃饭，既撞不着谁也惹不着谁，怎么不好啦？总比那些仗着父母权势学螃蟹走路的人强吧。"

随着苏静宜的当头炮一响，其他同学立即分为两个阵营。以苏静宜为首的阵营以现实例证说明科研工作在国防建设和社会建设中的巨大作用，为张有权据理力争。以黄武道为首的阵营虽说吹胡子瞪眼，大有狐假虎威之势，但毕竟是绝对少数，加之论据实在空洞无物，仅仅一个回合，便被苏静宜阵营冲得七零八落，狼狈不堪败下阵来。

藏云虎静坐在一角，如同姜子牙钓鱼一言不发。当年，藏云虎曾是一名活跃分子，学校的大小活动都离不开他，什么歌咏比赛、球类比赛、乐器大赛、体操大赛、武术比赛等等都有他的身影。然而，上大学后，特别是毕业参加工作后，藏云虎的性情突变，像换了个人似的变得沉默寡言疏于交际，各种纷繁热闹的场合，再也见不到他激情四射青春奔放的身影。虽然如此，凡遇到同学聚会，大家仍将他视为必不可少的主要成员之一。不过，置身同学聚会的藏云虎每一次似乎都心不在焉，无论场面多么热闹，同学们的热情多么高涨，他都会保持一以贯之的状态几乎一言不发，像按照预先确定的脚本演出一样。一场激情四射青春洋溢的聚会下来，除了极少的亮相，绝大多数时间他都游离于大家的视线之外。赵明远望着藏云虎，发现他要么睁着一双大眼望望激烈辩论的这一方，又望望那一方，偶尔眉角一翘微微一笑，要么低头不语，拿着手机自娱自乐，间或嘴角一咧，自我陶醉傻笑一番，给人患有自闭症的观感。

　　黄武道阵营虽说很快败下阵来，但黄武道绝不甘于"束手就擒"，何况他本就不是省油的灯。短暂的面红耳赤过后，他双眼一瞪，神经质似的大手一挥，咆哮着说道："你们知道什么？放眼天下、放眼社会，只有官位和金钱是最实在的，当官能呼风唤雨，有钱能使鬼推磨，只有这两样东西才能体现出一个人的价值。搞科研能有什么？那只不过是一个不值钱的头衔而已！你们去打听打听，科学家能挣多少钱？实话告诉你们吧，一个科学家辛苦一辈子说不定还不如一个明星扭一扭屁股、吼一嗓子挣的多，也可能还没有那些土豪在赌场上十分钟赢的多，怎么啦？我说错了吗？"

　　刹那间，双方的激烈交锋再次拉开帷幕。

"砰"，一声巨响，激烈争辩的双方顿时偃旗息鼓，一同望向门口。

钱惟益叼着雪茄，一摇一晃派头十足出现在门口，脖子上大拇指粗的黄金项链一直垂到圆挺的肥肚上，随着身体的摇摆不断左右晃动，煞是显眼。他昂着头，眯着眼，用居高临下的目光扫视一圈，接着抬起五根手指都戴着硕大金戒指的右手，从嘴巴上夹下粗壮的雪茄，斜举在距离头部一尺左右的齐肩位置，说道："哟，同学们都来啦，我那辆法拉利有点毛病，急忙调过来一辆兰博基尼，没想到还是来晚了，对不起了，各位。"看到黄武道，钱惟益眼睛突然一亮，立即收起趾高气扬的架势，点头哈腰凑上前，谄媚地说道，"哟，黄哥也来啦。"

黄武道精神一振，指着钱惟益，面向所有人，得意扬扬大声说道："你们看看，仔细看看，钱惟益就是现成的例子，你们看他的派头、他的气势，在座的各位谁能比得上？这叫什么？这才叫牛气，这才叫自在，这才叫价值。你们说的那是什么价值？完全是空的，是虚的，哪有这样实在。"

望着钱惟益猥琐的神态，苏静宜莞尔一笑，眨了眨眼睛，说道："钱大少，我记得你比黄武道大两岁吧，怎么称起黄哥来了，你年龄再大也不至于这么健忘，分不出大小了吧？"

钱惟益立即堆起满脸笑容，从嗓子眼儿挤出两声干笑，连忙说道："客气，客气。"

现场十几位同学，敢于在公众场合这样呛钱惟益的只有黄武道和苏静宜两个人，两相比较，苏静宜的生猛程度远远胜过黄武道。

其貌不扬的钱惟益，肥头大耳满肚子流油，走起路来像沿着路面滑行的肉球滑稽可笑，但其父亲却是身价过十亿的地产大亨，在雍明市是个呼风唤雨响当当的人物。钱惟益的身价自然水涨船高，圈内圈外，提起他的大名几乎无人不晓。然而，阴差阳错，他却一心看上了苏静宜这位性格直爽善恶分明的女汉子，两年内花样百出表白了不下四十次，无一例外全部碰到了钢板。朋友圈流传最广的段子，据说苏静宜困扰于钱惟益的屡次纠缠骚扰，一气之下洋洋洒洒写了两千多字的拒绝宣言，大张旗鼓贴在钱氏集团的办公大厅，痛快淋漓将钱惟益连带钱氏集团明火执仗羞辱了一番，惹得钱大老总火冒三丈大发雷霆，狠狠将钱惟益剋了一顿并关了三天禁闭，这场闹剧曾引起社会舆论一片哗然。事情过后，钱惟益跟没事的人一样一点儿也不生气，反而对苏静宜更加恋恋不舍，要死要活发下毒誓这辈子非苏静宜不娶，让他做大老板的父亲束手无策。

　　黄家与钱家的关系，坊间传闻沸沸扬扬，版本众多。最神乎其神的是黄家与钱家是亲兄弟。当年，由于钱家没有子嗣，黄家的男丁又比较多，遂将大儿子过继给了钱家。这些无可考证的传闻，赵明远自然也听到过一些，他一笑了之。

　　上学期间，钱惟益留过两级，最终与黄武道和赵明远成为同班同学。在一起好几年时间，赵明远从未听说黄武道和钱惟益有什么亲戚关系，也没有见过两个人有什么亲密交往。赵明远印象最为深刻的是，黄武道当年从未正眼瞧过钱惟益，闲来无事总喜欢找钱惟益的碴儿，搞得钱惟益看到黄武道，就像老鼠见了猫似的躲着走，两人之间根本看不到一点儿堂兄弟之间应有的亲密。

然而，时至今日，众目睽睽之下，黄武道与钱惟益的关系显然不是一般同学关系那么简单。赵明远越看越看不懂，越想越想不通。只不过，赵明远坚信，坊间传闻两家的那种至亲关系肯定是捕风捉影绝不可信，其中的真相究竟是什么，赵明远思来想去觉得有些耐人寻味。

倏忽间，赵明远心里一闪念，暗暗思忖黄家与钱家，不会是官商之间那种说不清道不明的关系吧？转念一想，他随即否定了这个想法。心想近年来国家连出重拳，对官商之间形成的权钱交易关系进行了雷霆般的严厉整治，那些为害一方引起社会公愤的不肖之徒，已经成为惊弓之鸟人人自危，谁还会有胆量敢冒天下之大不韪，逆着大势而行呢？赵明远刚刚否定了自己的想法，抬眼却看到黄武道和钱惟益旁若无人眉来眼去，一道疑云又涌上心头，心想这两个活宝这么张扬，这么高调，想来绝不会是简单的关系吧。

苏静宜又笑笑，说道："钱惟益，你不是说要给刘小龙捐款三十万吗？过去多长时间了，我怎么听说到现在钱还没有给啊？"

钱惟益全身轻轻一颤，赶忙将目光移向苏静宜，蹙着双眉满脸无奈，干咳了两声，结结巴巴说道："这这这——捐款——捐款的事我回去就给老爷子说了，但他不同意，还差一点儿把我暴揍一顿，实——实在没有办法。"说着耸了耸双肩，两手一摊，突然转为一副暧昧相，说道，"静——静宜你——你放心，等——等掌握了大权，我一定——一定会兑现我的诺言。"

刘小龙是他们的同班同学。上中学期间，刘小龙的父亲在建筑工地打工，虽说一家人生活并不富裕，但日子还算和顺平安。

然而，天有不测风云。刘小龙父亲在一次施工过程中，不慎从脚手架上跌落，导致脑部重伤、高位截瘫，不但花光了赔偿款，而且借钱举债四处求医，跑遍了各大医院也没能保住性命。从此，家里生活一落千丈。为了供刘小龙上学，妹妹初中没有毕业便辍学在家。刘小龙以微薄之力种田打工成为家里的顶梁柱。无奈，毕竟身单力薄，收入有限，尽管全家人省吃俭用，生活仍然非常拮据。

　　刘小龙的家庭困境引起了社会各界的广泛关注。邻里乡亲伸出援手，出工投劳，帮助解决了他家中劳动力不足的问题；公益组织捐款捐物，有效缓解了生活困难；当地政府实施政策优惠减免，从生活、学习等方面给予了全方位帮助和照顾，不但妥善安排了其妹妹的生活和学习事宜，还资助刘小龙顺利完成了学业。

　　经历了艰难生活磨砺的刘小龙，不但在做人方面谦虚向善，而且在学习上刻苦用功，奋发向上，成绩一直名列前茅，高考时以优异成绩考取了一所全国著名大学攻读农学专业。上大学前，他立下誓言，将来学成毕业，一定要以自己所学回馈生他养他的故乡，回报乡亲们的关心，回报社会各界的关爱。

　　大学期间，践行铮铮誓言，刘小龙坚持自我，埋头苦读，取得了必修和选修几十门课程全优的成绩。

　　大学毕业，刘小龙婉拒许多单位令人垂涎的高薪聘请，抵挡住大城市丰富多彩生活的诱惑，践行当初诺言，毅然决然回到家乡，带领众多邻里乡亲采取一系列措施和手段，建立农业园，创办绿色农业示范基地，建成果品和农副产品加工厂，实现了农业种植产业化、农特产品牌化、农产品加工工业化。短短五年时间，使家乡的农业产业化得到全面升级，村民的收入大幅增长，生活条件和生活质量发生了翻天覆地的变化。

正当刘小龙的事业风生水起，乡亲们的生活蒸蒸日上的时候，一场突如其来的不明疾病导致他突然双目失明。一时间，村民们如遇晴天霹雳，心急如焚，自主发起成立了众多寻医小组四面出击。在当地政府和社会各界的共同参与下，经过近两年的努力，刘小龙的病情终于得到有效控制，近期已经有了明显好转。

去年一次聚会上，同学们了解到刘小龙的情况后，惊诧之余纷纷慷慨解囊，希望能够为刘小龙早日康复贡献微薄之力。当时，钱惟益使劲咽下一大块儿肥肉，顾不得擦拭悬在下巴上的油滴，上身一倾，屁股一抬，猛地一站，偌大的肚子差点将餐桌带翻，桌上的碗筷餐具一阵急响，下巴上的油滴顺势掉下，渗入胸前的衣服中，瞬间不见了踪影。他大手一挥，大喊着要为刘小龙捐款三十万元，惊得所有同学一阵疾呼。然而，一年多时间过去，刘小龙的病情已经有了明显好转，钱惟益的捐款却至今仍无影无踪。

苏静宜静静地望着钱惟益，鼻孔中轻轻哼了一声，眼神中透出不屑，说道："听你的意思，助困基金会的事情也同样泡汤了呗？"

"别急嘛。"钱惟益满脸尴尬，傻傻地望着苏静宜。看到苏静宜表情越来越冷，顿时不知所措，傻傻地笑了笑，求救似的望向黄武道。

同样是去年那次聚会，同学们商议应当设立一个助困基金会，用以帮助生活困难家庭解决生活急需。钱惟益一拍胸脯，沉闷的声音震得大家耳膜嗡嗡作响，大嘴一张，食物碎末横冲直撞飞出油乎乎的嘴唇，慷慨激昂向大家宣布，助困基金会二百万注册资金全部由他出资，当即引起同学们狂风暴雨般的热烈掌声。然而，时至今日，钱惟益的注册资金一分钱没有见着，基金会当然如风吹一般没有了着落。

黄武道斜眼望了望苏静宜，嘴角一翘，鼻子哼了一声，对钱惟益说道："什么捐款什么基金会？那是能升官啊还是能发财啊？少干那些不顶用的屁事儿！回去告诉你父亲，那些哄小孩子、出力不讨好的破事儿以后少干。如果怕钱多了咬手，给我个百八十万的，我可不嫌多。同时，你再转告他，以后实际一点儿，不要净想着去干那些看起来冠冕堂皇，实际上虚无缥缈的事情，屁用都不顶。"

钱惟益立即点头应承着说道："一定一定，我回去一定把黄哥的话一字不漏地转告我父亲。"

看着黄武道和钱惟益蛇鼠一窝狼狈为奸的样儿，赵明远心里不由得又是一个激灵，暗暗思忖看来黄家与钱家的关系确实不一般，而且很有可能就是那种说不清道不明的关系。假如果真如此，他轻轻叹了一口气心想，天作孽，犹可违，自作孽，不可活。假若真正到了那种不可挽回的地步，那也是他们咎由自取、罪有应得。想到这里，赵明远再次望望骄横狂纵的黄武道和满身金光灿灿的钱惟益，又一次在心里轻轻叹了一声，心想，人狂没好事，狗狂挨砖头。唉，看来呀，黄家和钱家的大限快到了。

果不其然，同学聚会后的第三天，赵明远便接到苏静宜的电话，说黄家和钱家都出事了。据说，当天上午黄副市长在干部大会上做完廉政报告，刚下主席台，便被等候多时的工作组带去"喝茶"了。

回到家，赵明远将聚会所见的趣闻向赵国生简单讲了讲，哪知赵国生脸色突变，阴沉得可怕，吓得赵明远心里直发突突，大气也不敢出。

　　赵国生脸色阴沉，沉思良久，长叹了一口气，对赵明远说道："目前，社会上确实存在着一小股金钱至上的歪风，那些明星大腕、土豪的收入的确比较高，而且高得令人咂舌，这是不可否认的事实。而这种现象，正是目前国家和全社会必须高度警惕和反思的问题。这种现象的存在，使得年轻人甚至部分少年儿童纷纷将明星、大腕、大款作为楷模顶礼膜拜，他们潜移默化地引导着少年儿童，以金钱和个人价值作为最终的人生理想和奋斗目标，造成的可怕后果是，他们将来会从灵魂深处牢固树立金钱和个人第一的观念，全然抛弃社会价值和公众利益，失去最基本的社会公德。如果放任这种趋利唯金钱第一、以个人为中心的社会风气继续蔓延和泛滥，就会从根本上动摇我们几千年来形成的民族思想根基，颠覆我们民族的传统道德观念，从而毁掉我们整个民族的生存之本。"

第 十 章

在赵明远想来，同学之间那样明目张胆唇枪舌剑互不相让，缘于同学期间正值青春年少，心理单纯，情感真挚，建立的友谊牢固深厚，相聚时，大都保持着本色出场，说话更是直截了当，即使难听刺耳也没有人过多计较。

相比于同学聚会，朋友聚会出现那种火爆场面的可能性非常小。最根本的原因在于缺乏同学间那样的真挚情感基础，加之年龄参差不齐、社会阅历和社会经验不一、社会地位也有差别等等，大家的心理顾虑必然较多，说话的方式方法一定会照顾不同对象的情绪和面子。如果有不同的见解和看法，特别是有了矛盾和冲突，一定会抑制情绪，绝不会像同学之间那样直截了当横眉冷对，让对方下不了台。

赵明远如此的想法，大都基于以往的经验，基本符合常情与常理，原本并没有什么大错，然而，人算不如天算，他万万没有想到，假期的朋友聚会"奇葩"，朋友间观念对撞的猛烈程度，语言的犀利程度，用词的刻薄程度，场面的激烈程度，完全异于常理、悖于常规，让赵明远恍惚有一种颠覆人生、直毁三观的强烈感受。

朋友聚会那天，事先预告参加聚会的共有十个人，但既定时间前二十多分钟，突然得到消息说有两个人偶遇突发状况，待妥善处理后便会迅速赴约，请大家耐心稍作等待。

先前到场的八个人无所事事，偶然聊起电视相亲节目中的一些趣闻，吴可凡双眼一瞪，露出鄙夷的眼神扫视了一圈，鼻子中传出轻蔑的哼声说道："哼，真没有想到，你们竟然对那种低智商的节目会有那么高的兴致，啧啧啧，看来呀，某些群体的扩张势头大大出乎我的预料呀。"接着，他嘴角一翘，鼻子又轻轻哼了一声，说道，"这确实令我无比震惊，不过，我突然觉得，与你们这些人为伍，实在是有些委屈自己了。"

吴可凡上大学时就读于秦京大学。上学期间，他以口若悬河能言善辩著称，同学们戏称他具有把死人说活、把傻人说精、把胖人说瘦的能力，大三的时候，参加大学生辩论赛，获得过亚军。毕业后，他供职于一家省级新闻媒体，工作次年，因深度报道揭露一位权贵亲属欺行霸市的恶行，受到恶意排挤，一气之下愤然辞职，成为自由撰稿人。由于他的文章用词犀利、语言辛辣、抨击时弊、见解独到、切中要害，深得追捧，被圈内粉丝昵称为"不凡哥"，言下之意吴可凡才华横溢，出类拔萃，卓越不凡。

随着吴可凡影响力的不断提升，一位高层领导发现吴可凡针砭时弊中肯实在，具有极强的针对性，最重要的是能够针对时弊提出合理化建议，为政府正确决策、妥善处理和应对社会治理存在的现实矛盾和问题，提供非常有价值的参考。随即，他以吴可凡为典范，号召社会各界积极建言献策，督促政府进一步提高效能，努力改善社会生态，并特聘吴可凡为政府效能督察专员。

吴可凡眨了眨眼睛，佯装出神秘兮兮的样子，接着说道："你们知道我看了那种节目有什么感觉吗？"他将所有人望了一遍，突然眉毛一挑，嘴角露出一种坏笑，说道，"我感觉那像古时候在怡红院里，所谓的嘉宾们一个个争先恐后表现自己，像是在争取客人的垂青。"

侯世雄指着吴可凡哈哈大笑，说道："吴可凡啊吴可凡，别人叫你不凡哥，看来你看问题的角度确实独到，的确不同于常人啊，以前只知道你用笔狠毒辛辣，没想到你的嘴巴同样毒气四溢，卓越不凡啊。我劝你还是留点口德吧。"

侯世雄与吴可凡是秦京大学相差了一届的校友，赵明远能够参加这种聚会，与他们两个人有着直接关系。侯世雄毕业后进入体制内，成为一名公务员。由于具有良好的写作基础，加上他本人习惯于素材积累，勤于学习，善于思考，为人朴实，很短时间便打开了局面。如今，已成为单位的骨干，深得领导和同事们的器重和赏识。

吴可凡眼睛一瞪，说道："怎么，难道我说错了吗？"他嘴角一咧，接着说道，"你看看那些所谓的嘉宾，穿着打扮搔首弄姿哗众取宠还在其次，最令人厌恶的是什么你知道吗？——是有些人为了表现个人的特立独行与众不同，也为了迎合部分观众的猎奇心理，以相悖于咱们文化传统和社会道德的人生观、价值观吸引大众的注意力，真是为了博取眼球脱光了膀子不顾了脸面，什么惊人说什么，有的甚至不惜突破道德红线。不知道你们看了之后有什么感受，反正我看了之后最直接的感受是恶心、反胃，真不知道他们哪里来的那种语不惊人死不休的勇气和魄力。"

侯世雄笑了笑，微微点了点头，说道："虽然你这张烂嘴狠毒辛辣不饶人，但你的看法我还是举双手赞同的。不过，依我看，具有这种恶俗现象的还不仅仅局限于相亲类节目，也应当包括其他类似的泛娱乐性节目。这类节目从包装形式上看好像是一种泛娱乐性的，而实质是在给人们传达着一种错误的信息，就是你刚才所说的违背文化传统与社会道德。虽然宣扬这种错误信息的节目只是个别现象，但却是夹杂在众多娱乐信息中面向大众传播的。正因为如此，产生的危害才十分之巨大，因为，人们是在笑声中受到感染的，人们在不知不觉、没有任何防范意识时很容易接受信息。当这种错误信息被人们自觉接受，根植于脑海形成泛滥之势后，要消除掉是相当困难的，对社会造成的危害也是难以估量的。"

侯世雄把面前的水杯向餐桌里面轻轻推了推，抬头将众人望了一圈，长舒了一口气继续说道："其实，这类节目应当称为媒体垃圾或者垃圾信息，与正能量节目分辨起来非常容易。比如咱们刚才谈到的个别相亲类节目，有些女嘉宾或者男嘉宾为了表现自己，突出个性，赢得男嘉宾或女嘉宾的青睐，或者说明白一点儿，是为了引起广大观众的注意，什么话都敢说，就差在大庭广众之下什么事都敢做了。"

吴可凡屁股一挪，身体向前一倾急忙说道："对呀，这类节目最可恨的地方就是嘉宾口无遮拦，一次又一次为了突出个性，突破传统道德底线，这是任何一个有节操的人所不能容忍的。你看看他们那个样子，哗众取宠、装傻卖萌。哎，对了，我就搞不明白了，找对象又不是动物交配，看着顺眼拉着就走，而且还要在大庭广众之下公开进行，这是哪个地方的文化传统？是哪个地方的习惯？与咱们传统的含蓄、内敛搭得上边儿吗？这是出于什么样的心态？与动物处于发情期有什么根本区别？最为可气的是，他们为了表现自己的特立独行，公然宣扬金钱和物质利益至上，这才是最让人害怕的，比如宁愿坐在宝马车里哭，也不愿坐在自行车上笑，你听到这话不恶心吗？从古至今，哪朝哪代把物质和财富作为择偶的唯一标准了？真是滑天下之大稽，这种价值取向所引导的社会思潮会把我们的社会导向什么方向，大家思考过这个问题吗？"

对于吴可凡连珠炮似的一通高谈阔论，大部分人最先抱着看热闹的心态，脸上还有些笑意。随着吴可凡的话音，大家脸上的笑意逐渐消失，取而代之的是焦急与忧虑。

短暂沉寂后，吴可凡喝了一口水，咂了咂嘴，接着说道："最让人难以理解的是那些电视台和网络，为了收视率和流量，为了博取大众的眼球，为了迎合某些人的猎奇心、庸俗心，他们竟然将这些乱七八糟的节目堂而皇之播了出来，还作为品牌栏目极力推崇——就是打死我，我也不相信，难道他们不知道节目播出以后会对社会造成什么样的影响？难道他们想不到会对社会公德造成多么大的冲击？真是可气、可恼、可恨。"说完，吴可凡突然望向赵明远，眼神中透出难以描述的亮光，说道，"我们虽然都是你爷爷的学生，但最清楚老爷子思想的应当是你，我绝对不相信，咱们的赵老爷子会对这种歪风邪气的肆虐和蔓延无动于衷。"

侯世雄缓缓站起身，双臂交叉抱在胸前，沉着脸低着头若有所思，慢慢踱了几步，干咳了两声感叹说道："嗯——现在看来呀，咱们国家，并不是所有的人都在装睡哪。"他突然指着吴可凡，"看看咱们的不凡哥，他就是其中比较典型的一位嘛！我认为你说得太对了，世人不可能都是睁眼瞎，国家更不可能对此视而不见无动于衷。噢——对了，你作为媒体人，难道没有发现国家已经采取了严厉措施整治这股歪风了吗？"说到这里，侯世雄轻轻叹了一口气，"不过呀，依我看，要根治这股歪风，牵扯面非常广，特别是对人们思想观念的整治，是一个非凡浩大的工程，牵一发而动全身，绝不是一朝一夕能够解决的事情，肯定需要一个长期的过程。"侯世雄眼角一挑，"眼下，我们应当感到高兴和欣慰的是，媒体和网络的宣传基调和方向已经有了明显改观。我相信，不久的将来，舆论和媒体的污泥浊水一定会荡清，纯洁向上的舆论清风一定会让我们耳目一新。"

吴可凡和侯世雄你一言，我一语，配合得天衣无缝，别人全无插话的机会。正当两个人说得差不多时，王新柱和康望梅不声不响出现在门口。

"各位，我给大家介绍一位贵客。"随着王新柱的话音，所有人不约而同向门口望去。

看到康望梅，吴可凡微微一怔，脸色瞬间一变，充满不屑的目光疾射而出，紧接着轻轻哼了一声，说道："哟，师妹，你不是远嫁重洋当洋人去了嘛，怎么会到我们这既落后又愚昧的穷乡僻壤来呢？"吴可凡说着，伸手轻轻捏了捏鼻子，眼睛斜视着康望梅说道，"哼，今天真是太意外了，就是打死我也想不到，咱们这些土著一个小小的聚会，竟然能够让你这么一位高高在上的洋大人放下身段，的确让我们三生有幸，茅屋寒舍蓬荜生辉亮瞎人眼啊。"

王新柱脸色一变眼睛一瞪，几乎吼着喊道："吴可凡，闭上你那臭嘴吧，少说点儿话你能憋死啊。"与此同时，康望梅脸色一寒，紫红的颜色立即充满脸庞。她哭丧着脸，几次转身欲走都被王新柱硬生生拽了回来。

吴可凡不由得又是一怔，心里疑团顿生。在他的印象中，王新柱虽然与他年龄相仿，但由于是晚两届的学弟，平时对他这个学兄尊重有加，从来没有说过一句过分的话。然而，今天一见面便给他来了个下马威，让他碰了一鼻子灰，着实让他大感意外。吴可凡暗暗思忖，事出反常必有妖。他斜着眼睛观察了一番，恍然感到这次聚会可能大有名堂，甚至有一种浓浓的鸿门宴味道。

吴可凡平了平心境，捋了捋思绪，随后收拢目光再次望向康望梅。只见康望梅一脸的沮丧和尴尬，原本黑亮有神的大眼睛好像已经失去了魂魄，漂亮的瓜子脸乍一望似乎有些变形，白皙光滑的皮肤已经失去了原有的光泽，显得粗糙不堪。额头上两三处已经愈合的伤痕，虽然经过精心粉饰，但仍然隐隐可见。脖子上同样有几处伤痕，似乎比额头上的要小一些，虽然围了纱巾，显然想起到遮挡作用，但不听话的伤痕尾巴却有意伸出头来，努力彰显着它们的存在。吴可凡心里一揪，急忙向庄有仁望去。

庄有仁与康望梅是从幼儿园一直到大学的同学，"青梅竹马"

用在他们身上绝对是名副其实。幼儿园时，两个人的父亲在同一个单位工作，家又住在同一个小区，接送两个孩子的任务便由两位父亲轮流承担。那时候大家交通安全意识不足，接送他们上学时，两位父亲经常将两个人一前一后带在自行车上。那时，两家父母的同事大多不了解实情，盛传两家分别有一对龙凤双胞胎。后来，康望梅的父亲因工作调动离开了雍明市，接送孩子的任务便全部落在了庄有仁父亲肩上，直到庄有仁和康望梅上了小学三年级，庄有仁父亲的接送任务才告一段落，而庄有仁和康望梅一路相伴，从小学、初中、高中一直到大学几乎形影不离，全都在同一所学校完成了学业。

随着年龄的增长，庄有仁与康望梅的感情也发生着微妙的变化，从最初的天真童趣到男女间的爱慕之情，一切发生得非常自然，其间并没有什么波澜。两家父母知悉后也都非常高兴，欣欣然等待着瓜熟蒂落为两个人顺利完婚，以了结他们人生中最大的心愿。

两个人大学毕业工作后第三年，两家父母高高兴兴准备为他们操办婚礼的时候，康望梅突然变卦毁掉婚约，与庄有仁断绝了恋人关系。两家父母一气之下急火攻心双双病倒，如果不是庄有仁强忍着心头的悲愤将四位老人送进医院，又不断为他们宽心解愁，会不会出现更加严重的结果实在难以预料。

那个时候，庄有仁内心很痛苦，如果不是为了四位老人的身体健康，说不准也会一蹶不振自暴自弃。为了挽回基本上已经没有什么希望的感情，庄有仁采用了能够想到的所有方式，在努力无果的情况下，最终想到了吴可凡。

对吴可凡来说，为朋友两肋插刀是义不容辞的责任，更何况他与庄有仁、康望梅本来就是非常要好的朋友，几个人的关系用眼下时髦的话讲，是实实在在的"老铁"关系。吴可凡相信，凭着自己的三寸不烂之舌，不费吹灰之力定能让康望梅回心转意。

然而，让吴可凡颇受打击的是，他先后五次出马，均以失败告终。在最初的几次接触中，康望梅对吴可凡还算礼貌客气。估计在康望梅想来，吴可凡毕竟是局外人，人家的出发点也是出于一番好意。但随着吴可凡劝解次数的增加，康望梅慢慢失去耐心，态度也发生了明显的变化。虽然吴可凡已经预感到结果的无奈，但出于友情也为了实现他对庄有仁夸下的海口，仍然硬着头皮做着最后的努力。

谁也没有想到，康望梅为了彻底打消庄有仁的幻想，竟然使出了让吴可凡大为光火记恨终生的杀手锏。就是那一次，让吴可凡暗暗发誓这一辈子永远不愿再看到康望梅，这也就是吴可凡乍一见面便对康望梅横眉冷对冷嘲热讽的根本原因。

那是吴可凡为了调和庄有仁与康望梅的关系，硬着头皮相约康望梅的第六次见面。未承想，与康望梅一同出现的，还有一个年龄在五十岁左右、头顶锃光发亮、体形微胖、皮肤白净，名叫哈里斯的洋人。当时，吴可凡就有些蒙，庄有仁也惊得手足无措。一见面，康望梅便质问庄有仁钱在哪儿，房在哪儿，豪车在哪儿，游轮在哪儿，金银珠宝在哪儿，一连串的质问将庄有仁问得哑口无言。

康望梅将哈里斯向前一推，声音提高了八度，像对全世界宣告一样说，哈里斯是一个千亿富翁的儿子，掌管着两个年产值超过三百亿的跨国公司，在世界各地拥有二十几处别墅房产，两艘价值超过数十亿的豪华游轮，一架超过十亿的私家飞机，家里豪车、珠宝应有尽有。吴可凡实在看不过去，问康望梅难道二十多年的感情就一文不值吗，谁知康望梅眼睛一瞪，反问吴可凡感情能值几个钱，接着，说出了那句曾广为流传，但令人作呕的"名言"：宁可坐在宝马车里哭，也不愿坐在自行车上笑。

康望梅为了尽快攀附哈里斯，步入梦想中的豪门，毅然抛弃了一路同行二十多年的庄有仁，断绝了与父母的关系，两个月后便随着哈里斯飞向了她梦想中的天堂。然而，理想很丰满，现实却很骨感。飞机一落地，康望梅便叫苦不迭，什么跨国公司，什么别墅房产，什么豪车游轮，什么私家飞机，什么金银珠宝，原来，一切都是惊天的骗局！康望梅眼见的，竟然是超乎想象的穷困潦倒和家徒四壁。不仅如此，哈里斯好吃懒做、赌博成性、嗜酒如命。每当赌博输钱和酗酒后，哈里斯都会将她作为发泄对象，拳脚相加棍棒相向。一番暴风骤雨过后，又会将她作为发泄兽欲的工具百般折磨，让她受尽欺凌痛不欲生。康望梅曾试图反抗，结果往往导致哈里斯变本加厉，引发更加惨无人道的兽行。在实在忍无可忍的情况下，康望梅曾采取多种方式向外界求助，但都没有用。绝望之际，康望梅几次出逃，试图摆脱哈里斯的魔掌，无奈身单力薄人生地不熟，每次被哈里斯抓回都会迎来一番凌厉的皮肉之苦。

那个时候，康望梅叫天天不应、呼地地不灵，直到一年多后，在大使馆的强力干预和协调下，终于将她救出魔窟，帮她返回生她养她的故土。

经历了匪夷所思劫难的康望梅如同再世为人，每每想起那种非人的惨痛经历便会全身发冷。她经常会在夜间被噩梦惊醒，冷汗淋漓彻夜难眠。此时的康望梅，已经对未来彻底失去了信心，对生活更没有了任何奢望与幻想，只求一辈子做一个普通人平平安安度过余生。身处窘境，她也经常会回忆起与庄有仁曾经的美好时光，甜丝丝的感觉会不由自主浮上心头，与此同时，幸福甜美的笑容也会不自觉地浮上脸庞。然而，面对现实，她又会回想起自己悔恨终生的错误抉择，刚刚浮现的笑容刹那间又如风吹一般消失无影。在康望梅想来，木已成舟，圆镜已碎，绝不可能破镜重圆回到过去，她只能自怨自艾。

康望梅远赴重洋后，庄有仁曾一度感到精神支柱轰然倒塌，像个木偶一样浑浑噩噩失去了生活希望。一次偶然，康望梅母亲不慎骨折受伤。当他背起康望梅母亲送往医院的一刹那，恍然顿悟生活的视角不能仅仅局限于自身，还应当放眼于身边的亲人、周围的朋友，以及更多的人。从那以后，庄有仁捋顺思绪，铆足劲头，将工作作为忘却一切烦恼和苦闷的良药。三年多时间，从最基层的员工做起，一步一个脚印，逐步成长为独当一面的分公司经理。

一次下班途中，庄有仁无意中看到人行道上一个似乎熟悉，微微佝偻的背影。他心中猛然一揪，急忙快步追了过去。当看到骨瘦如柴伤痕累累，已经有些失形的康望梅时，庄有仁的心像被撕碎了一样，紧紧抱着她号啕大哭。

随后几个月，庄有仁像牛皮糖一样，以多种方式找了康望梅无数次，恳切希望康望梅答应他的请求，由他照顾她的后半生，保证不再让她受到一点儿委屈。然而，康望梅要么表情冷漠一口回绝，要么退避三舍。在她想来，自己的所作所为，已经使自己失去了与庄有仁相亲相爱相生相伴的资格，更没有与庄有仁重归于好破镜重圆的奢望。曾经好几次，康望梅在夜深人静的时候，打点行李，悄然出门，准备逃离曾经给她留下许多美好回忆的故土，但每次都会被拦下来。

两个人相持不下，庄有仁无可奈何只有求助于外援。他最先想到的是吴可凡，但回想起当时吴可凡劝说康望梅的尴尬情景，特别是吴可凡发下的毒誓，转而求援于王新柱，希望能竭力调解说服康望梅回心转意。

王新柱调解了三次均无功而返，在他看来已经希望渺茫，但望着庄有仁可怜巴巴的目光，他突然灵机一动，在不告诉任何人实情的情况下搞了这次朋友聚会，由他出面邀请康望梅，庄有仁当着所有人面向康望梅正式求婚，希望能够用真诚打动康望梅。这才有了配角全部按时出场，主角迟迟未现身的特殊聚会。

赵明远望着表情尴尬举止无措的康望梅，暗暗思忖：圣人说过君子求诸己，小人求诸人，康望梅落得如此田地究竟该怪罪于谁呢？自古至今，人们崇尚纯洁清雅的社会风尚，但不可否认的是，其中难免会有一些污浊之气激土扬尘。有道是浊者自浊，清者自清，一切因果源于自身那是亘古不变的真理。

第 十 一 章

赵明远假期中最大的收获，莫过于他对波态时空理论的理解消化已经上升到了一个全新的高度。常言道，酒是陈的香。生活经验丰富的人都有亲身体会，新酿出的酒口味干烈辛辣，索然无味，经过一定时间发酵后才会具有浓香四溢香味扑鼻的品质。而对于知识的学习，也有着异曲同工的道理，同样需要一个理解、消化和吸收过程。当所有知识深入脑髓、融入血液后，才会真正具有融会贯通灵活运用的能力。否则，只是经过生搬硬套式的简单记忆和浅表性学习，没有真正消化和吸收，灵活运用必然无从谈起，紧随其后的创新创造和发展只能是空谈和妄想。当然，这种消化与吸收，必须以个人的悟性为前提，所谓师傅引进门，修行靠个人就是这个道理。对于从事科学研究，特别是从事前沿科学研究的人来讲，其职业特性对个人悟性的要求自然要大大高于一般职业，在常人看来，那种要求甚至是难以想象的。研究所之所以在进行了基本理论知识学习后，强迫赵明远休息了一段时间，其根本目的就在于让他在不受外界干扰、毫无心理压力的情况下，真真正正静下心，依靠自身的悟性独立对所学理论知识进一步消化和吸收，让那些理论知识在他的脑海中不断"发酵"，使新知识与原有知识体系融为一体，切实达到人们常说的"融会贯通"的目的，进而防止新旧知识的矛盾与对立对后续研究工作产生负面影响。

返回研究所，赵明远像脱胎换骨一样焕发出一种全新的姿态，在他身上，已经看不到惊奇、诧异、羞涩、胆怯，取而代之的是激情四射与充满自信。这种翻天覆地的变化，无疑与他对研究所的环境和人员已经熟悉，不再感到神秘莫测有着莫大关系。同时，也与他对所学知识进行了充分"发酵"，进行了充分消化和吸收，完成了新旧知识体系的融合过程，对未来探索未知领域充满了无比憧憬、充满着无比信心有直接关系。

赵明远的这种精神状态和心理状态，解思源看在眼里，喜在心里。然而，他并未因此而欣喜过头简化程序，依旧按照工作规程按部就班，紧锣密鼓展开了两项工作：一是对赵明远的学习情况进行了考察验收；二是组织相关人员通过特殊渠道，对赵明远假期的综合表现进行了全面评估。

"呵，还真的要验收呀？"赵明远嘴角一翘，调皮地问了一句，他做出诧异的表情问道，"你不会有意刁难我吧？"

解思源脸一沉，说道："开什么玩笑？难道你认为不应该对你所掌握的理论知识进行检查验收吗？"

"应该，应该。"赵明远赶忙收起调皮的神情，说道，"温故而知新，这是圣人的名言，哪能不检查呢？对吧。"赵明远嘴上说应该验收，其实心里却想现在又不是在学校，哪来那么多麻烦。但转眼一想验收就验收，上学十几年，经历考试无数，难道还在乎这一次吗？尽管放马过来。

源于对所学知识的掌握和消化理解，赵明远原想着不费吹灰之力定会轻松过关。哪知道，解思源的考察验收并没有按照学习内容的难易程度和逻辑顺序进行，而是随机性东一榔头西一棒子，相邻问题之间跳跃性、跨越性非常大。回答问题的过程中，如果思路深陷于前一个问题的惯性之中，回答后续问题必然会出现思维短路现象，至少也会出现思维延迟和回答延缓现象。其中，最大的难点在于考察验收采取的是口答方式，每个问题的思考时间不得超过五秒，回答问题时，语句的间隙不得超过三秒，否则，以不合格计。如此一来，完全打乱了赵明远的阵脚，搞得赵明远神经紧绷疲于应付，样子非常狼狈。将近两个小时下来，他的额头竟然渗出了涔涔汗水，后背衬衣几乎全被汗水浸湿。

解思源望着赵明远，轻轻点了点头，微微笑了笑，说道："嗯——还行，效果嘛，凑合。"

赵明远正忙着擦汗，听到解思源的话顿时停下手中动作，眼睛一瞪满脸的不服气，说道："凑合？开什么玩笑！我就想不通了，要你大大方方表扬我一次难道比登天还难吗？"他说着放下毛巾，转过身接着说道，"刚才的考察验收，我完全是按照你的理论，顺利、圆满、毫无差错回答了每一个问题，而且吐字清晰，语言流畅，抑扬顿挫。不说给个一百分，最起码给个九十九点九分没问题吧？没有想到你只来了个凑合就完事了？太伤人自尊了吧？"

解思源微微一怔，随后微微一笑，说道："哟，这就伤自尊了？我怎么没有感觉？一个堂堂的男子汉，难道像小女孩一样弱不禁风，芝麻大点儿的事就能把咱们的纯爷儿们击垮，不至于吧？那——我对你的性别就持保留态度了。"

"咦——怎么能说是芝麻大的事儿呢？这可关系到我的荣誉问题，我的个人价值问题，甚至是我的身家性命问题，绝对是个大事情，小看不得。"赵明远眼睛再次一瞪，极其夸张地说道。

解思源低头笑笑："哼，嘴皮子耍得倒挺溜，我看你是不是自我感觉良好得过头了？记着，人狂没好事，狗狂挨砖头，小心狂过了头门牙给崩掉了。"

赵明远嘿嘿一笑，指着解思源说道："哎哎哎，说话可得注意点儿影响啊，你现在既是我的领导，又是我的导师，如果还像以前胡说乱侃的话，恐怕有损于你的形象吧？"

解思源与赵明远你一言我一语没大没小尽情开着玩笑，气氛轻松活泼。然而，轻松愉悦的氛围下，两个人的心理却在渐渐发生着微妙的变化。

赵明远望着解思源，暗暗思忖：让你嘚瑟，还想给我出难题、戴紧箍咒。我这一番小小的神通，不费吹灰之力，干净利落地冲乱了你那迷魂阵，算是给你一点儿小小的警告和教训，以后少给我来那些，哼。他越想越得意，越想越自豪，到最后甚至在心里给自己竖起了大拇指。

解思源望着赵明远，心里对赵明远顺利通过考察暗自欣喜，悬在嗓子眼的心终于像一块石头一样落了地。当他看到赵明远沾沾自喜、暗自得意的神情时，内心突然一紧，暗暗想眼前的赵明远确实是我们真正需要的"变频使者"吗？这个心念一起，以前教训深刻的两次经历，犹如电影重放一样，从心底慢慢浮了起来。

几年前，当波态时空理论得到验证后，选拔"变频使者"，遂行变频计划任务便提上了议事日程。根据波态时空的性质和任务特性，研究所对"变频使者"应具备的条件归纳为三个方面：一是身体素质过硬，二是个人素质全面，三是具有变频的生理体质。

就变频计划而言，"变频使者"身体素质过硬是确保变频计划顺利实施的前提，也是确保其自身安全的基本条件。具体指标分为六十四个大项，四百七十三个分项，一千八百多个子项，每项都有严格的衡量指标，各项数值都必须以精密仪器检测结果为准。全部达到相应标准，才能取得备选资格，否则，无条件淘汰。

个人素质全面，具体包含了三方面内容：一是知识全面。"变频使者"的知识面要宽泛，基础要牢固。只有这样，才能保证变频计划在实施过程中，如果遇到难以预料的困难，"变频使者"能够依靠自身能力，独立做出正确判断，采取针对性措施顺利化解，确保变频计划任务顺利实施。二是心理素质过硬。"变频使者"要具有非凡的心理素质和处变不惊的能力，否则，在面对难以想象的困难时，惊慌失措手忙脚乱，稍有不慎将会造成无法预估的后果。三是道德素养高。"变频使者"必须具有良好的道德素养，比如保密意识、遵规守纪意识、道德意识等等。这是因为，变频计划若成功实施，能让亘古以来人类往来于不同宇宙时空的美好愿景首度成为现实，具有非常强的爆炸性和颠覆性，技术和信息均属于绝密内容。这就要求"变频使者"要有顶级的保密意识，确保技术与信息的绝对安全。同时，由于不同宇宙时空的生活空间、生活环境、生活状态等等具有同一性，无论在哪个空间，任何个体都能够以几乎相同的方式方法生存生活，这就要求"变频使者"必须具有非常强的道德自觉性，在不受监督和外部制约的情况下，也能够自觉约束自己的行为，防止违背自然法则的行为发生。

"变频使者"所具备的三方面条件中，同时满足个人素质全面和身体素质过硬两方面条件的人相对较多，其占比虽然达不到总体人群的百分之五十，但许多人经过严格的学习训练，完全可以达到要求。然而，具有变频生理体质的人却寥寥无几，茫茫人海犹如大海捞针，寻找这样的人以"可遇而不可求"形容绝不为过。因为，具有这种体质的人只占到人类群体的千万分之二三。综合计算，同时符合以上三方面条件，能够作为"变频使者"备选对象的人，占比只有人类群体的亿分之七八，甚至更少。

具有变频生理体质的人，通常的外在表现与一般人并没有明显区别，但是，在外部环境满足一定条件的情况下，构成其身体基本物质的固有频率会发生一定的变化。按照波的互不干扰原理，这类人便会被我们所在的宇宙时空分离，从而与变化后具有相同频率的宇宙时空发生共振，出现在另外的宇宙时空，实现不同时空间的"穿梭"。

具有变频生理体质的人，也有不同于常人的日常表现。最为显著的特征，是他们的许多梦会在现实生活中像经过彩排一样，几乎原原本本重演出来。其原因在于他们特殊的生理结构，能够在特定条件下，以量子纠缠的方式实现不同频率宇宙时空间的信息传递，从而使他们感知另一个宇宙时空的事件信息，出现"睡梦应验"现象。研究所正是基于这一理论基础，将具有变频生理体质作为选拔"变频使者"最根本的条件。

解思源作为波态时空理论的奠基者和变频计划的总设计师，义不容辞担负起了选拔"变频使者"的首要任务，而其中工作难度之大，任务之艰巨，他比任何人都清楚。故而，从受领任务的那一刻起，解思源心理上便承受了无与伦比的巨大压力，唯恐寻找不到"变频使者"适宜人选，或者选拔对象不准确，对变频计划如期实施产生严重影响。

也许是机缘巧合，解思源受领任务后不到三个月，一个名叫吴天虎的人，在一位朋友的引荐下，进入解思源的视野。解思源如获至宝，兴奋难耐。

吴天虎的年龄与赵明远相仿，两个人的经历也非常相似。只不过，吴天虎的睡梦情景在现实生活应验次数比赵明远少一次，他本人也没有像赵明远那样有记录睡梦的习惯。经过几番考察，多路审查，反复酝酿，最终以变频计划领导小组的名义向上级提出申请，将吴天虎作为"变频使者"备选对象调入研究所。全所上下密切协同，竭尽全力，付出了极大精力对吴天虎悉心培养，用了一年多时间，使吴天虎熟练掌握了遂行变频计划任务的绝大部分技能。

然而，吴天虎的性格有点"人来疯"，在时机恰当、氛围适宜的情况下，便会忘乎所以。但由于吴天虎是第一个"变频使者"人选，加之研究所选拔人员的经验不足，前期考察设置的内容不尽完善，导致"入口关"把关不严。进入研究所后，由于环境影响和纪律约束，吴天虎这一性格缺陷始终处于潜伏状态，诸多因素多重叠加，为后来发生匪夷所思的泄密事件埋下了严重的隐患。

终极训练前的假期，吴天虎参加朋友聚会，受到热烈气氛的感染，遂将自己"变频使者"的身份，以及将要遂行的变频计划任务作为炫耀资本，在朋友面前添油加醋大吹大擂。刚开始的时候，几个朋友像听神话故事一样，你一言，我一语，对吴天虎讽刺挖苦，讥笑他吹牛皮不打草稿。吴天虎心一急，脸一沉，眼一瞪，手一挥，进一步将研究所的内部架构、领导设置、人员组成、研究内容、变频计划细节等等尽数说得清清楚楚。为了证明所说内容的真实性，吴天虎最后拿出手机，展示出研究所内部的环境、设备、人员，以及工作照片，当下把那几个朋友惊得目瞪口呆。

发生如此严重的泄密事件，有关领导震怒，指示安保部门立即启动紧急处置预案，对涉事人员迅速采取严密的防控措施，并要求研究所彻查严办。

作为超越时代发展的高科技单位，处置手段自然与我们日常熟知的天壤之别。研究所按照预案，严密部署，迅速行动，利用高科技设备，迅速消除了吴天虎和涉事的那几个朋友记忆库中关于研究所内部情景、变频计划任务，以及相关内容的信息，并将可能接触到他们，有可能了解到相关信息的人员逐一摸底排查，妥善予以了处置。当然，所有善后处置工作全部是在绝密状态下进行的，在社会上没有造成任何影响。事件结束后，吴天虎毫无疑问终结了短暂的研究所工作生涯，被清退回原单位。作为负责选拔"变频使者"工作的主要责任人，解思源也因此背了一个行政记大过处分。

吴天虎事件，对解思源是一个深刻的教训。他在懊悔的同时，不断反思工作失误，仔细查找工作漏洞，想方设法弥补工作不足。不久，他组织人员再次对"变频使者"备选对象的考察内容进行了补充完善，细化了工作措施，明确了每个阶段的目标，使方案更加优化，措施更加具体，要求更加明确，他迫切期望通过细致入微的工作，竭力杜绝出现任何漏洞。

曲曲折折半年多，解思源又发现了一位名叫胡四奇的人。

胡四奇三十二岁，四方脸，浓眉大眼，五大三粗。他五岁的儿子对父亲非常崇拜，认为父亲是天底下最有能力、最能保护天下弱小不受坏人欺负的英雄，尊称父亲为"无敌斗士"。

解思源汲取吴天虎的教训，最初并没有贸然出面，而是协调相关部门暗中配合，对胡四奇的思想、道德、性格、知识层次、处事能力等方面进行了全方位的考察了解。综合各方面的考察结果得知，胡四奇三十多年来的许多睡梦在现实生活中都有痕迹可循，特别是有些事件与梦中情景几乎没有差别。虽然这些事件没有具体的材料加以佐证，但他的同事和朋友却把他说得神乎其神，经常将他与"周公"做比较，给他起了一个外号叫作"胡公"，意思是古代有个周公能解梦，当今的胡四奇能够做梦预知未来。

有了同事和朋友的佐证，同时又有各方面的考察结论，但基于吴天虎事件的教训太过深刻，解思源仍然不敢马虎大意。在胡四奇作为"变频使者"备选对象之前，解思源力排众议，亲自带领相关人员，按照既定方案，对胡四奇的具体情况再次进行了两次复查核实，确定无误后，胡四奇才被调入研究所，作为"变频使者"的身份才最终得以确认。

胡四奇进入研究所后，由于基础扎实，体魄强健，而且具有丰富的生活阅历和社会阅历，一切进展得非常顺利，解思源以及研究所上下都对胡四奇寄予了非常高的期望。然而，在变频计划即将付诸实施的最后关头，胡四奇因心理压力过大逐渐出现了神经衰弱症状。研究所立即聘请专业人员对胡四奇进行了精心的心理疏导和治疗，无奈病情不但没有减轻，反而愈加严重，最后竟发展到晚上稍一闭眼，就会声嘶力竭大喊大叫的程度，叫声的内容绝大多数是变频计划的具体细节和要求。

对于胡四奇的身体状况，他的妻子并不十分了解。最初，胡四奇晚上大喊大叫，妻子以为胡四奇是在做噩梦，说的全是梦话，全然没有当回事。然而，连续多次出现同样情况，而且梦话的内容几乎一模一样，妻子不由得疑窦丛生，心里暗暗将碎片化的内容联系起来一想，当即便惊出一身冷汗。

不过，以胡四奇妻子的认知，绝不可能意识到，胡四奇所讲的变频计划是实实在在的尖端科研任务。她不可思议地认为，丈夫有可能参与了某个邪教组织，晚上做梦时的大喊大叫是被洗脑后在胡言乱语。思虑再三，她背着胡四奇来到研究所，要求组织对胡四奇加强教育严加约束，敦促他立即脱离邪教组织，否则，她将向上级和公安部门告发研究所管教下属不严，甚至还威胁说研究所可能是邪教组织的洗脑基地，让研究所领导哭笑不得。

发生了这样的事情，胡四奇显然不再适合继续从事即将实施的变频计划任务。无奈之下，研究所也消除了胡四奇和他妻子记忆中关于变频计划和研究所的相关信息，将胡四奇清退回原单位。

出师不利，而且是连续两次遭受重创，虽说原因不尽相同，但对雄心勃勃的解思源来说，实实在在称得上当头一棒。

有句成语，叫作好事多磨。任何成功，绝不可能一蹴而就，任何赫赫硕果的取得，都不可能一帆风顺。凡事如果没有一点困难，没有任何阻力，手到擒来，那是理想中的真空状态。如果真是那样，即使达成目标，也决然享受不到成功的喜悦。

所谓不经历风雨，难得见彩虹。任何成功都须经历风雨的吹打，坎坷的历练，困苦的磨炼，最终才能修成正果，取得圆满结局。如此，人们才能体会到披荆斩棘，克服种种困难后的喜悦。

不惑之年、从事前沿科学研究多年的解思源，对祖先的经验之谈有着深刻的感悟，对自己正在进行的开天辟地的科学研究将要遇到的诸多困难，有着充分的思想准备。面对连续两次挫折和失败，解思源虽然内心承受着越来越大的压力，但愈挫愈勇、遇挫弥坚的性格更加激发了他旺盛的斗志。

常言道吉人自有天相。解思源自己也没有想到，在结束了胡四奇短暂的研究所生涯后不久，非常意外地在朋友聚会上遇到了赵明远。当时，听到赵明远说起梦的事，当即心中一喜，暗暗思忖踏破铁鞋无觅处，得来全不费功夫。面对那么多朋友褒贬不一毁誉不同的议论，解思源心里暗笑一声，心想真是无知无畏，对自己不了解的事情评头论足，而且还津津有味，可笑。

当着那么多人的面，解思源自然不可能流露出自己真实的想法，待大家的议论告一段落后，迅即热情地递上自己的名片，希望与赵明远能够有更多的交流机会，以达到进一步了解赵明远真实情况的目的。

　　从那次以后的一段时期，解思源通过进一步的接触了解到的情况，不但让他大吃一惊，更令他欣喜若狂。他无论如何也想象不到，赵明远会将每一次印象深刻的睡梦以文字形式记录下来，并同时附有现实生活中事件发生详细过程的记载对照。让解思源更为惊讶的是，赵明远还是一个空间物理学的发烧友！这一系列意外让解思源情不自禁兴奋不已，他迅速协调有关部门对赵明远的家庭背景、成长环境、学习教育、个人习惯、兴趣爱好、人际关系、身体状况、心理素质等等进行了全面的考察了解。综合各方面考察结果，赵明远竟然比"变频使者"预设的条件还要理想，让研究所上下震惊不已。

　　虽然一切进展得超乎想象地顺利，但有了之前两次的深刻教训，解思源在最终将要向赵明远揭开谜底的时候，内心不免轻轻一颤，泛起一圈小小的涟漪，眼前的赵明远确实是我们梦寐以求的"变频使者"吗？不过，这个想法在脑海中只是一闪而过瞬间即没，他随即自嘲式地暗暗说了一句：这是怎么了，自己怎么成了惊弓之鸟了呢？！

第 十 二 章

"哼，当时我就挺纳闷，你一个堂堂的总工程师，怎么会放下身段低三下四跟我套近乎，我还以为自己中了彩票暗自得意呢，现在我才明白，原来是一场早有预谋的套路呀，不行，我现在深深感到，自己幼小的心灵受到了严重的伤害，一定要讨个公道。"解思源向赵明远介绍着"变频使者"备选对象的选拔过程，刚开始不久，赵明远便用力一拍大腿，伸开双掌抻着两臂在原地气呼呼快速转了两圈，极其夸张地做出气急败坏的架势叫了起来。

解思源一怔，转眼便微微一笑，说道："赵先生，说话注意用词，注意语气，'套路'一词是这个场合用的吗？现在是工作场合，你说话的对象是你的上级、你的领导、你的导师，如果你感到自己被忽悠了，幼小的心灵受到了伤害，现在就可以提交辞职申请，我们绝不强人所难。"自从认识赵明远，解思源对他大惊小怪的伎俩已经习以为常，从瞬间的愣神中反应过来后，便毫不犹豫猛攻了回去。

赵明远顿时定在了原地，嘴里哼哈了几声，低头轻轻捏了捏鼻子，斜眼望了望解思源，嘿嘿笑了两声，说道："那什么，那会不会太麻烦了？我看辞职申请还是算了，咱们都省点儿事，啊？受伤就受伤吧，也就那么点儿小意思，人常说轻伤不下火线，虽说我幼小的心灵受了点儿伤害，但坚持坚持勉强还能挺得住，不至于伤到下火线的程度。"

解思源学着赵明远，双眼一瞪，夸张地说道："别价呀，关心和爱护同事是咱们的优良传统，我们绝不会让任何同事带病上战场的。"

"噢，啊，那什么，没有必要那么当真吧?"赵明远嘿嘿一笑。

"没意见了?"解思源微笑着问赵明远。

赵明远像泄了气的皮球摇摇头，轻轻叹了一口气："唉——哪儿还敢有意见啊，如果再有意见的话，我怕个别人会直接让我卷铺盖走人的。"

"没有意见就好。"解思源笑了笑，接着说道，"咱们言归正传。现在，我正式回答一直以来萦绕在你心头，让你耿耿于怀的那两个问题。"

"哦?"赵明远稍感惊讶，随即眼珠一转诡秘一笑，"哼，一直以来，你总是讳莫如深守口如瓶，怎么今天善心，那什么不要不要的，莫非是——"

"第一个是你为什么能够入选'变频使者'。"解思源没有顾及赵明远的调侃，仍然按照既定思路继续着自己的介绍，"我想，这么长时间，你可能对其中的原因已经猜出了一部分，但现在，我按照相关理论进行一次完整的、系统性的解释。"解思源顿了顿，继续说道，"自从发现你这个'人才'后，研究所兵分多路，在绝对保密的情况下，采取多种方式，对你进行了长期、全面的考察。经过综合评估，认为你有五个方面的优势：一个是你的身体素质，二是你的道德修养，三是你的心理素质，四是你的文化素养……"

"哇！"赵明远轻轻一声惊呼，惊讶地瞪大眼睛，"原来我还有这么多优点呀，你这么一说，我都佩服死自己了。"

"呵，你还真不谦虚。"解思源斜眼望了望赵明远："别自恋了，当心天上掉砖头，砸了你那不堪一击的脑袋瓜子。"

赵明远表情一凝，尴尬地笑笑，说道，"好，好，好，你继续，后面我保证绝不打岔。"

望着突然变得一本正经的赵明远，解思源下意识感到有些别扭，甚至觉得十分滑稽，忍不住微微一笑，轻轻摆了摆手，说道："行了，行了，你突然正经起来，我还真有些不习惯。"接着叹息了一声，说道，"表面看来，你好像对任何事情都无所谓，大大咧咧满不在乎，而实际上，你心思缜密，处事果敢，而且有着坚强的毅力和坚决的执行力。你的这种处事个性，最大的优势在于遇到困难时，能够保持良好心态，冷静、稳重、妥善解决好任何难题。但是，这种处事个性也有明显的缺点，主要是容易引起别人的误会，给不了解你的人留下不良印象。现在，我特别担心的是如果将来——注意，我说的是如果，如果将来你到了另外的宇宙时空，不能针对不同时空、不同环境、不同场景灵活和区别对待，千篇一律方法相同的话，就很容易搞混时空概念，搞错对象和环境，将自己搞得颠三倒四，置于非常危险的境地，甚至会因此危及生命，说不定会扰乱时空发展规律。"

"噢——天哪，这么严重啊。"赵明远下意识说了一句口头禅，随即又若有所悟做了一个鬼脸吐了吐舌头，急忙轻轻捂住嘴巴，睁大眼睛望着解思源。

"行了，行了，不要一惊一乍装腔作势了。"解思源又笑了笑。

"噢，对了，你刚才说我有五个方面的优势，只说了四个，那第五个方面是什么？"赵明远已经正色起来。

"嗯——问得好。从重要性方面来说，刚才说的前四个方面全部是次要因素，很多人都具备那些条件，但第五个方面却是绝无仅有，也是你入选'变频使者'最根本、最核心的优势。"解思源说着，眼睛紧紧盯着赵明远。

"哦？"赵明远瞪大眼睛，满心好奇。

"你知道不知道，自己有特异功能？"解思源紧接着问道。

"特异功能？"赵明远盯着解思源，木呆呆地想了一会儿，然后说道，"我有特异功能？开玩笑吧，我怎么不知道？"过了片刻，他突然若有所悟，用嘲讽的口吻说道，"噢——你该不会是说……"

听解思源说自己有特异功能，赵明远感到不可思议。从小到大二十多年，他从未听人说过自己有什么异于常人的能力，而且，他也没有发现自己有什么过人的本领。但从解思源说话的语气和表情看，很显然不是在开玩笑，心里不由得咯噔一下意识到可能确有其事，这又让他非常惊讶，同时又感到一片茫然和莫名其妙。

"嗯——简单到不能再简单的问题竟然回答不上来，看来你这脑袋瓜子转得确实有些慢，实在出乎我的意料。"解思源指了指赵明远的脑袋，轻轻摇了摇头，做出非常惋惜的表情说道，"眼界尽量开阔一些，脑洞尽量开大一些，再仔细想想。"

突然，赵明远脑袋中灵光一闪，眼睛一亮，脱口而出："梦!"

"对了!"赵明远话音未落，解思源紧接着说道："梦境在现实生活中能够原原本本出现，就是你有别于一般人的最大优势，也是你入选'变频使者'最核心、最根本的原因。"

赵明远能够突然联想到"梦境应验"，是因为听了解思源的提示后，他将自身的长处和优点在脑海中快速检索了一遍，并结合解思源提醒的"简单问题"筛选过滤，最后只留下"梦境应验"有别于其他人，随即脱口而出。然而，赵明远虽然将"梦境应验"作为"特异功能"随口而出，其实心里却一阵冷笑，心想，这还能算"特异功能"？说什么梦话呢？

"你不要小看这种能力，放在你身上看似简单至极，也没有什么神秘之处，但放在大众群体来看，有你这种能力的人却是寥寥无几。"解思源好像看穿了赵明远的心思，望了望赵明远说道，"特别是梦中的情景与现实事件的细节几乎完全契合，那更是凤毛麟角少之又少。"

解思源背着手低着头慢悠悠转了一圈，抬头对赵明远说道："告诉你吧，就凭这一点，你就足以成为一个优秀的'变频使者'，这就是你进入研究所的最根本原因。"

"呵，这也太神了吧？"赵明远的好奇心一下子被勾了起来，紧接着说道，"我倒要认真听你讲一讲，为什么这种能力能够与'特异功能'搭上关系。"

梦境成真，赵明远二十多年来经历了太多，用"司空见惯""习以为常"两个词形象地比喻毫不为过。为了卖弄这些让人感觉有点儿云里雾里、神神道道的"睡梦先知"，赵明远还曾经遭受过别人数不清的白眼和冷嘲热讽。对于这些，他一直以来都觉得稀松平常，并没有感到有多么神奇和异常。而眼下，解思源却突然说这种能力竟然是特异功能，他实在有些费解。

解思源望着赵明远说道："具有这种能力的人，构成身体的基本物质与一般人有着本质区别，要解释这种现象，还得从咱们以前的有关理论说起。"

"在我们这个宇宙时空中，所有看得见的物体比如星球、星系、桌子、篮球，当然也包括我们人体，以及看不见的物质比如空气、分子、原子、电子、夸克等等，归根结底全部是由我们这个宇宙时空的基本物质——弦构成的，而这些弦的构成和振动频率完全相同。所有物质或者物体之所以表现出不同的特性，那是因为构成他们的弦的振动模式存在差异。这一点，超弦理论已经阐述得非常明确，而且咱们早已经学过了。

"我在这里要说的是，在我们的宇宙时空中，虽然所有弦的振动频率是完全相同的，但从其振动性质区分的话，又有稳定与亚稳定之分。

"处于稳定状态的弦其振动频率不容易发生变化，粗略理解可以说振动频率保持恒定状态。而处于亚稳定状态的弦振动频率只是处于相对稳定状态，它们在通常情况下与我们所处的宇宙时空振动频率保持一致，但在受到干扰或者在外部环境满足一定条件的情况下，其振动频率会发生瞬间变化。遵循波的不干扰原理，这些振动频率发生变化的弦就会从我们的宇宙时空分离出去，与和它们相同频率的时空发生共振，出现在另一个宇宙时空。

"亚稳定弦的另一个特性是聚合性。一般情况下，亚稳定弦具有群体性和聚合性特点，绝不会以单个形式独立存在，只要我们发现一个，其后必定存在一个群体。就像我们人体，只要构成我们身体的某一个弦属于亚稳定性质，那么，构成我们身体的所有弦必定是亚稳定性质。"

"不过，稳定与亚稳定不是绝对的，而是相对的，在特定情况下，稳定弦与亚稳定弦彼此间是可以相互转化的。一般情况下，从数量上来说，这两种弦的数量根本不在一个级别，处于稳定状态的弦是绝大多数，而处于亚稳定状态的弦还不到亿万分之一。"说着，解思源突然盯着赵明远，继续道，"对了，介绍了这么多，我想你应该有所感悟了吧?"解思源说完，目光一直停留在赵明远身上，期待着赵明远的回应。

赵明远的眉头凝成一个"川"字，静静想了想，随后深深吸了一口气，摇了摇头说道："你只是把超弦理论的有关内容讲了一遍，提出了两个新概念，一个是弦的稳定状态，另一个是弦的亚稳定状态，同时又介绍了两种弦的性质，要进一步说明什么问题，说实在话，我目前还没有十分明确的思路，不过，我脑子里又好像隐隐约约联想到了一些内容，心里有一种呼之欲出，却又不知道应该怎样清晰表达出来的压抑感，要不，你先等一等，待我理出了头绪再说。"

解思源望着赵明远，微笑着听他讲完后说道："这样吧，你一边思考，我一边帮你捋一捋，头绪马上就会清晰起来的。"他继续说道，"刚才已经说过，我们每个人的个体与其他物质或物体一样，也是由弦构成的。所有弦的振动频率与我们所在宇宙时空的振动频率是一样的，因此，我们才能存在于这个宇宙时空之中，而没有出现在其他宇宙时空，也没有与其他时空发生任何联系。"

"通常情况下，我们绝大多数人是由稳定弦构成的，其物理性能比较稳定，从而保证我们的个体始终存在于我们的宇宙时空之中。然而，我们通过研究发现，极少数人却与一般人不同，他们是由亚稳定弦构成的。前面已经介绍过亚稳定弦的特性，这些弦在受到环境的影响后，频率就会发生瞬时变化。这样一来，按照波的互不干扰原理，这些人的部分或者整体就会从我们这个宇宙时空中分离出去，与和它们具有相同频率的时空发生共振，出现在另外的时空之中。"

"解总，暂停，有眉目了。"赵明远听着听着，突然打断解思源说道，"刚才，我脑海中隐隐约约联想到的应该就是这些，但思路不是十分明确，你这样一讲，就像拨云见日一样，一下子明朗起来。"

解思源笑了笑，说道："行啊，反应够快的嘛。不过，厘清思路只是前提，了解实质，解决问题才是关键和目的。"解思源接着说道，"现在咱们谈一谈梦境应验的问题。由于亚稳定弦构成的人体具有亚稳定弦的特性，所以，在满足一定条件的情况下，他们大脑中的部分弦会发生瞬时的频率变化。变化后的弦遵循波的互不干扰原理，从而被我们所在的宇宙时空分离出去，与相同频率的时空发生共振，出现在另外的宇宙时空。"

"由于不同时空遵循同一发展规律，所以，在另外那个时空也同样有这个人的'复制品'，两个人的身体结构和生物特征完全相同。这样一来，新出现的弦与'复制品'的弦自然会以量子纠缠的方式实现信息交流。

"亚稳定弦的频率变化只是暂时的，并非频率变化后就会以新的频率一直振动下去，从而永远脱离原来的时空。相反，它们的频率发生变化后，很快就会恢复原有频率，回归以前的时空。当那些被我们的宇宙时空分离出去的弦恢复固有频率，重新返回我们所在时空，归于原位时，貌似没有任何变化，其实，已经带回了另外那个宇宙时空的信息。

"带回的这些信息会以记忆的形式储存在大脑中。当我们的宇宙时空发展到相同的时间点时，必然会遵循宇宙时空的同一发展规律，发生与那些'逃跑之后又返回'的弦所带回信息中记录的同样事件，出现所谓的'梦境应验'现象。"

"特别要注意的是，亚稳定弦的瞬时频率变化，所需要的时间并不是我们概念上的一段时间，而是瞬间变化，如果要用我们所能理解到的时间描述的话，那么，从被我们的宇宙时空分离出去到返回，整个过程是不需要时间的。如果再进一步说，这一过程可以理解为同一时刻，同一个弦同时存在于两个宇宙时空之中。这也就是有些人在做梦的过程中，梦中经历了好长时间，见到过许多事情，而实际用时非常短的根本原因。"解思源说完，再一次盯着赵明远问道，"现在，不知道咱们的赵先生思路理得怎么样？"

"哼——"听到解思源的调侃，赵明远随即嘴角一撇，回报以满脸的不屑，轻轻哼了一声说道，"开什么玩笑！你已经讲得这么明白，如果再听不出些名堂，那我不就傻到家了嘛。"

"吁——"过了一会，赵明远深叹一口气，抬头望望解思源，若有所悟，说道，"现在我才真正明白，当初你为什么放下身段主动接近我，之后又想方设法了解我梦境应验的相关过程和结果，还像煞有介事仔仔细细将我的笔记本翻看了好几遍，又为什么让我担任'变频使者'遂行变频计划任务，敢情我就是那种亚稳定弦构成的人呗。"

"没错。"解思源立即应声回应道，"正是因为你具有上述能力，研究所才将你确定为备选对象，你才能进入研究所，担任'变频使者'，遂行变频计划任务。你所具备的这种特殊能力，我说是特异功能，没错吧。"

赵明远默默点了点头，小声应了一句："嗯——也对，前后联系起来一想，你说的挺有道理，一定程度上讲，我确实可以算是有特异功能的人。"说话间，赵明远突然抬头望着解思源，"行了，另一个问题不用你解释了。"

"哦？"解思源有些意外，思量之下又觉得在意料之中，但仍然忍不住问道，"为什么？难道你已经悟透了吗？"

"哼，刚才不是说过，你说得那么明白，我再不理解，那我不成了傻瓜了吗？"

"年轻人，给你一个小小的提醒，你可能过于乐观了。"解思源随手一摆，画了一个弧，说道，"说真心话，这中间可能还真有你理解不到的问题。"

赵明远从鼻子传出轻蔑的哼声，干咳了两声，说道："咳咳。我一直想搞清楚的另一个问题是，能否改变物体基本物质弦的频率，从而实现宇宙时空穿梭，对吧？现在，在我看来，你刚才在讲梦境应验的原理时已经讲得很明白，只不过，梦境应验是人体的部分弦在自然条件下频率发生了改变，实现了宇宙时空穿梭。既然如此，完全可以通过人为的方式，改变环境条件，从而使人体弦的频率发生群体性改变，进而实现整体宇宙时空穿梭，这是毫无疑问的。"赵明远说着，嘴角一翘，"我想，变频计划无外乎也是基于这一原理，挑选身体构成是亚稳定弦的那些人，改变外部环境，创造一定条件，使他们身体的弦发生群体性频率变化，从而被我们所在的宇宙时空分离，与和他们同频率的宇宙时空发生共振，出现在另外的宇宙时空，实现宇宙时空穿梭。而'变频使者'的身体是由亚稳定弦构成的，弦的频率可以在一定条件下发生变化，这也是'变频使者'名称的由来。"说到这里，赵明远眼角一挑，望向解思源，"我说的没有错吧？"

"说得好。"解思源忍不住夸赞了一句，同时双手用力一拍响起几次掌声，随后向赵明远竖起大拇指说道，"完全正确。不过，我想问一句，梦境应验是因为弦的瞬时频率变化而引起的，弦的频率变化时间非常短，但要实现变频计划，'变频使者'总不能到另外的时空还没有睁开眼睛又折返回来吧？那还能叫作时空穿梭吗？那种时空穿梭还有什么意义呢？"

"这——"赵明远一下子哑了，哼哧了几声，脸憋得通红。

解思源微微笑了笑，拍了拍赵明远的肩膀说道："没关系，你能依着自己的悟性思考那么多，已经很不错了。"

"等等——"解思源话音未落，赵明远突然急促地喊了一声，说道，"如果要延长弦的变频时间，可以辅以外力的作用。如果咱们能够找到这种特殊的辅助方法，我想，延长弦的变频时间是完全有可能实现的。"

"咦？"解思源惊奇地瞪大眼睛，惊讶地说道："行啊，没想到你的思维挺活泛的嘛！你说的完全正确，一点儿没错。实际上，我们正是采取了这种辅助方法，延长了弦的变频时间。你……你想什么呢？"解思源饶有兴致地说着，一转眼却发现赵明远低着头陷入沉思，立即问道。

赵明远思索着抬起头，眼睛一眨、眼珠一转，问道："对了，究竟用什么办法延长弦的变频时间呢？"

"问得好。"解思源说着，转身取出一个火柴盒大小的方盒，对赵明远说道，"我们就靠它。"

"嘁，神神秘秘啥东西呀，真有那么大能量吗？能起作用吗？"赵明远看到解思源故作神秘的样子，随即嘴角一撇装出一副不屑的神情，但却身不由己凑了上去想看个究竟。

解思源迅速将盒子收了回去，神秘兮兮藏在身后，对赵明远说道："去，把衣服脱了。"

"脱衣服？"赵明远不解地瞪着解思源，满脸狐疑，问道，"开玩笑吧？好好的，脱衣服干什么？"

解思源脸一沉，表情严肃地说道："开玩笑？谁跟你开玩笑？

你看我像开玩笑的样子吗?"说着,解思源脸色再次一沉,用毋庸置疑的口吻说道,"让你脱你就脱,脱干净!快点。"

赵明远斜眼望望解思源,发现解思源根本没有开玩笑的意思,随即心里一凉,暗暗思忖:搞什么鬼,好好的,怎么让人脱衣服?真是不可理喻。不过,纵使赵明远心里有千万个不理解,却仍然按照解思源的要求脱掉外衣,只留下一条内裤。

"哎,赵大少爷,我的意思是让你脱干净,脱光,一件衣服都不留,怎么还穿着内裤?你不至于害羞成这样子吧?真没想到,咱们的赵明远同志还会害羞,太让人意外了。"解思源说着,哈哈大笑起来。

"你……你想干什么?"解思源的笑声未落,赵明远突然捂着私处,做出非常夸张的惊悚表情,神色慌张地说道,"告……告诉你,我……我可是个很传统的人。"说完,装模作样瞪大眼睛不停地轻声呼救,同时满脸的惊恐、无助与无奈。

"我呸,想什么呢?再装模作样看我不扒掉你的皮喂狗。"解思源幸灾乐祸道。

第 十 三 章

气氛，紧张到了极点，临战前的压抑感，几乎让人窒息。

变频室的四周、顶部，及底部，清一色泛出浓浓的乳白色，但却没有一点耀眼的感觉。无孔不入的乳白色光线，似乎具有无穷的魔力，驱散了所有阴影，为变频室营造出童话般的世界，犹如影视剧中神仙的居所。

一阵轻微的嗞嗞声响过，赵明远赤身裸体、小心翼翼从侧门缓步走进变频室。再次响过一阵轻轻的嗞嗞声，赵明远身后的侧门又缓慢关闭得严严实实。

赵明远内心忐忑，长长吁了一口气稳了稳情绪，随后举目四下望了望。迎面映入眼帘的是前方不远处，位于变频室中央的变频控制台。赵明远望着变频控制台，心里默念着功能和作用：变频控制台的主要功能，是通过一系列复杂程序和环节，人为改变"变频使者"身体物质弦的外部环境，并为其提供强大能量，进而改变物质弦的振动频率，使"变频使者"被我们所在的宇宙时空分离，与相同频率的宇宙时空发生共振，现身于另一个宇宙时空，从而实现变频计划的首要目标——时空穿梭。

变频控制台呈淡淡的银灰色，通体由高能量子波聚合而成。底部是一个直径为 4 米的圆形平台，高约 0.3 米。平台的边缘均匀分布竖立着五根高约 5 米的圆柱，立柱的内侧呈凹形面，弧度正好与底部的平台边缘契合。立柱之间，由一种看起来似有似无，有种虚幻观感的量子薄膜连接，量子薄膜与立柱共同将底部平台上方围成一个圆柱形空间。量子薄膜上，不时有耀眼的蓝紫色光点突然闪现，噼啪爆响的同时，疾速移动一段距离后又在眨眼间消失，那是能量累积、达到饱和状态后出现的外溢现象。

五根立柱顶部，都有向内侧伸出的银灰色长臂，五只长臂在内侧中央汇聚相接。连接点下方悬着一个开口向下、透着乳白色质感的圆形凹面。凹面直径与底部的平台相同，距离底部的平台大约 4 米。底部平台、圆形凹面、五根立柱上，同样有突然闪现的蓝紫色耀眼光点不断出现，连续噼啪作响，又在人们没有看真切时消失无踪。

解思源在介绍相关理论时反复申明过，实现时空穿梭，必须具备两个前提：一是构成人体的物质弦实现变频，二是物质弦的变频时间足够长。这两个前提缺一不可。否则——人体物质弦的振动频率不变，肯定不可能被我们所在的宇宙时空分离，绝不可能实现时空穿梭；如果人体物质弦实现了瞬间变频，但没有足够长的变频时间，同样无法实现宇宙时空穿梭的目的。

变频计划中，上述两个方面已经通过相应技术手段得以顺利实现。其中，人体物质弦的瞬时变频，主要辅以赵明远面前的变频控制台。通过这个变频控制台，可以改变人体物质弦的环境状态，进而输入强大能量，实现人体物质弦的瞬时变频。

由于技术手段限制，赵明远面前的变频控制台，只能实现人体物质弦频率的单次定量变化。不同的人通过这个控制台进行变频，身体物质弦变频后的振动频率相同。被我们所在的宇宙时空——实基时空分离，将会与紧邻实基时空，并先于实基时空发展的宇宙时空——玄灵时空产生共振，现身于玄灵时空，从而实现人类玄灵时空的穿梭。同一个人通过这个控制台实施多次变频，身体物质弦变频后的振动频率结果相同，被我们所在的实基时空分离，现身时空也将是同一个宇宙时空——玄灵时空。

延长人体物质弦的变频时间，主要辅以"量子变频衣"的高科技材料，这种材料可以有效延长物质弦的变频时间。此外，这种量子材料已经实现了高智能化，它可以主动寻找具有亚稳定弦体质的变频对象，覆盖于身体表面，融入皮肤表层，依据变频对象的意志控制人体物质弦变频时间的长短。任务完成后，它又会自动与人体分离，恢复固有的独立存在形式。

赵明远第一次见到"量子变频衣"，是在之前解思源介绍"变频使者"选拔情况将要结束的时候。当时，解思源半遮半掩、故作神秘拿出了那个小方盒，吊足了赵明远的胃口。赵明远为了尽早弄清楚小方盒内的秘密，出了许多洋相，甚至还耍宝搞怪上演了一出少儿不宜的笑话。几经周折，解思源才犹抱琵琶半遮面打开小方盒，展示出世界上首款，而且是唯一一款"量子变频衣"。

"量子变频衣"无色、透明、质地柔软，其轻薄程度一般人根本无法想象。之所以称为"衣"，是因为采用了一种极其高端的技术手段，将量子材料做成了一种特殊的"衣服"。这样做的目的，是使变频对象在实施变频的过程中，能够非常合体将其"穿"在身上，以保证其对变频对象体表的"全覆盖"。同时，也因为"量子变频衣"在发挥作用时，会对变频对象的体表进行全方位无缝隙覆盖，像给变频对象穿了一层薄薄的衣服一样，故此，得到"量子变频衣"的称谓。

其时，解思源在吊足赵明远胃口，打开小方盒，展示"量子变频衣"的时候，赵明远恍惚间似乎没有发现任何东西。他暗暗思忖搞什么鬼，不至于高端到完全隐形吧。随后深吸一口气，抬手揉了揉双眼，细眯着眼睛又仔细观察了一番，仍旧没有看到解思源手里有任何物品。如此反复了两次，结果无一例外——赵明远眼中空无一物。然而，眼见着解思源拉开的架势、做出的动作，分明手里展示着一种呈片状的东西。让赵明远非常不解，更为纳闷的是，解思源对照手中展示的"量子变频衣"，已经像煞有介事、津津有味介绍起了功能和作用。

望着眼前的情景，赵明远深吸一口凉气，脊背冒出一股冷汗，心想：怪事，我的视力不至于差到看不清那么大的东西吧？还是——

倏忽间，赵明远满脸阴沉，说道："解总，不带这么玩的吧？"语气中明显带有一丝抱怨。

赵明远诧异之余，蓦然想起《皇帝的新装》，当即心中一凛暗暗嘀咕，解总怎么不顾身份玩起了这种把戏，让我脱光衣服就是玩这种莫名其妙的游戏吗？随即脸色一沉，嘴角一撇，发出一通抱怨。

解思源眉头一皱，颇感不解："哟，怎么了？哪根筋又出问题了？"解思源介绍得兴致正酣，解说像机关枪一样一句连着一句，突然被一通带有浓厚情绪的抱怨声打断，这才发现赵明远的神情有些异样，目光中明显含有一丝埋怨，心下一怔，暗暗思量怎么回事，刚才情绪不是还挺正常的嘛，怎么一会儿工夫哪根神经又搭错了？

"怎么了？"赵明远眨了眨眼睛，反问了一句，"怎么了难道你不清楚吗？"

解思源了解到其中的原委后，随口说道："开什么玩笑！"心里同时一阵暗笑，心想：好你个赵明远，竟然敢无端对我产生怀疑，看我不给你点儿颜色瞧瞧。随即脸色一沉，佯装生气地说道："来来来，好好听听，走近看看，我手里究竟是不是'皇帝的新装'。"说着，解思源将手中的"量子变频衣"轻轻抖了抖，立即响起一种微不可察的轻柔抖动声。

"嘁，看就看，不就是一个'量子变频衣'嘛，有什么大不了的。"听到响声，赵明远神情一怔，自知理亏，但强装着跟没事人一样，一边说着硬话给自己壮胆打气，一边不由自主快步向解思源靠了过去。

距离解思源一米左右时，赵明远眼睛一亮，已经隐隐看到那件让他对解思源产生误解，也让他陷入尴尬的"量子变频衣"。他暗暗思忖："我的个神呀，这就是解总遮遮掩掩，让人感到神神秘秘的'量子变频衣'呀，咦？看起来除了透明轻薄、远一点看不到任何迹象外，也没有什么特别的嘛，真有解总说的那么神乎其神吗？"脚步还未站稳，赵明远已经好奇地伸出手，向"量子变频衣"摸了过去。

"哎呀，这，这乖乖！"赵明远大吃一惊。

赵明远刚一接触"量子变频衣"，只听"呼"的一声轻响，"量子变频衣"以迅雷不及掩耳之势直扑赵明远，首先将其手指包裹，随后由手指向胳膊、脖子、头部、胸部、背部、腹部、腿部、脚部快速延伸，眨眼间将全身包裹，又在瞬间融入皮肤，消失无影。

"哼，让你嘚瑟，不相信治不了你。"解思源双手交叉抱在胸前，不急不躁稳稳当当犹如姜子牙钓鱼一般，面露微笑望着惊慌失措的赵明远，像是在观赏着一场妙趣横生的马戏表演。

六神无主的赵明远急忙向解思源求救，转眼却看到解思源稳坐钓鱼台、幸灾乐祸的神情，心里咯噔一下：哼，又是套路，想看我的笑话。哼，想看我的笑话，没门儿。当下强打精神，理了理思绪，稳了稳心神，圆瞪双眼，挑衅似的与解思源四目相对。

"哈哈哈——"看到赵明远赤身裸体双目圆睁的滑稽相，解思源不由得哈哈大笑，"赵先生，感受怎么样？"

赵明远头一昂，嘴角一撇，斜着眼睛望了望解思源："哼，你以为这样，本公子就胆怯了？害怕了？笑话！相反，我现在感觉非常非常良好。"

"呵呵，行行行，真是怕你了，你赢了。"解思源微笑着竖起大拇指夸赞了一声，接着脸色一正，说道："演出到此为止，咱们继续介绍'量子变频衣'的功能和作用……"

赵明远听完解思源的介绍，内心连连惊叹。

解思源用调侃的眼神望了望赵明远："你以为呢？"

看起来可以忽略不计的"量子变频衣"，竟然能够延长人体物质弦的变频时间！赵明远像目睹了一场核弹爆炸一样，受到无与伦比的震撼，其震撼程度不亚于刚到研究所时，看到高端技术设备和环境时内心受到的冲击。他没想到轻薄到几乎隐形的东西，竟然有那么强大的作用，太不可思议了，真是"物不可貌相"啊。哪知道，解思源随后又陆续介绍了"量子变频衣"更多功能和作用，一时间让赵明远更加产生了一种怀疑人生的疯狂感受，内心直呼逆天。

比如超高的智能化，自动识别变频对象。遇到适宜的变频对象，"量子变频衣"便会自动寻找目标，主动出击，覆盖于变频对象体表，融入其皮肤表层，帮助变频对象做好变频准备。最初，赵明远刚一接触，"量子变频衣"便主动出击，"粘"到赵明远体表，融入皮肤表层，而解思源从容打开小方盒，一直将"量子变频衣"展示在手中，但"量子变频衣"却对解思源不理不睬，自始至终没有一点"攀附"的意思，个中原因便是赵明远属于变频体质，而解思源则是非变频体质，根源在于"量子变频衣"的智能识别功能。

而"量子变频衣"诸多的功能和作用之中，赵明远最感兴趣的是意识识别功能，它能够识别变频对象的意识，依据变频对象的思维遂行相应行动。

"哇，这不是神话传说中神仙才有的本事吗？没想到我也会有这种逆天的本事，哈哈哈——"赵明远兴奋地大喊一声，接着大笑不止。

在赵明远固有的思想观念里面，物体按照人的意志遂行相应行动，自古以来只存在于神话传说中，他压根儿没有想到，自己能够用意念指挥"量子变频衣"，这让他不敢相信，不由得童心大起。解思源刚一介绍完使用方法，他便迫不及待施展意念验证"功效"，先前融入皮肤表层的"量子变频衣"，果然按照他的想法从体表分离，回到了解思源的手中，如此反复试了好几次，仍然意犹未尽。

"注意！"解思源突然大喊一声。

赵明远好奇地潜心于"量子变频衣"的神奇功能，猛然听到解思源的喊声，急忙回头，只见一个拳头大小的黑影疾速飞来，心下大惊暗叫一声大事不妙，解总发动了偷袭！

紧接着听到"嗖"的一声轻响，随后又是"嘭"的一次撞击，疾飞的黑影被击得粉碎，碎屑粉尘四处飘散。

赵明远心里的应激反应刚一产生，"量子变频衣"已脱离身体，闪电般迎向黑影，将黑影击得粉碎。

"哈哈哈——过瘾，太过瘾了。"赵明远兴奋得大呼小叫，随后突然望向解思源，装模作样阴沉着脸，圆瞪双眼怒目而视，"解总，你作为领导竟然搞偷袭，太不注意形象了！"

"哈哈哈——"解思源突然一边指着赵明远，一边哈哈大笑，上气不接下气捂着肚子蹲了下去。

"你——"赵明远莫名其妙，心想大惊小怪，什么事情让你笑成这样，莫不是吸进了一氧化二氮？然而，他顺着解思源手指方向低头一看，本能反应催生的尴尬刹那间充斥全身——自己仍然赤身裸体一丝不挂，赤条条犹如一个裸体模特儿。

短暂的尴尬后，解思源干咳了两声，说道："咳咳，之所以让你赤身裸体，是因为变频对象身体的物质弦可以变频，但衣服无论如何也不具备变频条件，而且，'量子变频衣'在实施变频前要附着于变频对象体表，融入皮肤表层。如果身穿衣服，不但起不到促进作用，反而会造成相当大的障碍。"

赵明远眼角一挑，微微一笑："哼，你这是把我当小学生了？这么浅显的道理如果理解不了，还配当'变频使者'吗？"

气氛越来越紧张，临战前的压抑感愈来愈浓。

赵明远的出现，虽然为变频室平添了几许生机，但紧张气氛还是犹如坐上火箭一般，陡然蹿升。

赵明远慢慢转过头，向侧上方望了望。

二楼观察室内，所长、军代表、解思源，以及多名专家，表情严肃，神情专注，眼睛一眨不眨注视着变频室的赵明远。看到赵明远转头望了过来，所长、军代表、解思源神情微微一怔，瞬间又面露微笑，轻轻地向赵明远挥了挥手。

"一切顺利——"解思源在挥手的同时，突然对赵明远大声喊了一声，颤抖的声音中明显带有一种撕裂感。

由高能量子波聚合而成的透明舷窗异常宽阔，透光性非常好，与我们日常所见差别不大，但其性能绝不是我们日常的舷窗能够比拟的，安全性与隔音性更是日常舷窗无法相提并论的。解思源的喊声根本不可能传进变频室，赵明远也听不到丝毫，这些，解思源心知肚明，但是，眼看着自己的战友、同事、朋友、学生孤身一人形单影只即将踏上未知的征程，他既激动又担忧，禁不住从心底迸发出一股无法言喻的激情，不由自主呼喊出声，尽力发泄着澎湃滔天的复杂情绪。

所长和军代表听到解思源近乎撕裂的呼喊，全身微微一颤，不约而同转头望向解思源，随后两个人四目相对，会心地微微一笑。

变频计划实施前一个星期，所长和军代表与解思源进行了一次长谈，仔细询问了赵明远的详细情况，并对变频计划的准备情况进行了全面了解。当时，解思源以为二位领导是例行性督查检查，并未意识到其真正的用意和目的。他将赵明远的学习训练情况、思想状况、精神状态，以及各项准备工作汇报完之后，心里突然咯噔一下，暗暗思忖：咦——不对呀，今天怎么跟往常不太一样了呢？

以往的检查，通常是所长一个人提问，军代表几乎跟听众一样很少发言甚至不发言，关键时候只是表个态点点头或摇摇头，了解的大都是宏观性问题。但是，那一次检查，军代表的话相比以前显得特别多，问到的问题几乎都是以前很少提及，或者从未涉及的问题，比如赵明远习惯是几点睡觉、几点起床，每顿饭吃几个馒头、喝几碗稀饭，睡眠质量怎么样，等等。两个人的神情与往常相比，似乎也有稍许不同，虽然他们尽力掩饰，但举手投足间仍透露出一丝微不可察的紧张。

这些不同于以往的蛛丝马迹，都是解思源在汇报结束后，无意识中联想到的。他当时挺纳闷，寻思着两位领导今天怎么了，这显然不是他们业已养成的习惯做法，难道这次检查与以往的检查有什么不同吗？这个念头一经闪现，解思源像突然遭到雷击一样心头电弧一闪，心想，难道——

解思源急忙望向所长和军代表，只见两个人眼神互相碰了碰，紧接着露出满意的表情微微一笑同时点了点头。他心脏又一次狂跳，刹那间呼吸急促心慌气短面红耳赤，甚至微微感到头晕目眩，心里兴奋地想着：天哪，期盼已久的时刻终于来了，变频计划付诸实施的日子终于到了。

解思源兴奋不已。由于变频计划的理论基础源于解思源创立的波态时空理论，总体方案也由他牵头设计，"变频使者"的选拔培训同样由他担负总责。多年的设计、论证、筹划、实验，多少个日日夜夜，多少次成功与失败，解思源比任何人都希望变频计划及早付诸实施，将无尽的辛苦和汗水转化为具体成果，以实现人类穿梭时空的首次突破，实现多少代科技人的追求与梦想。

解思源又有些忐忑不安。梦寐以求的夙愿即将成为现实，解思源倏忽间感到一切似乎又来得太过突然，以至于觉得身处云里雾中，有一种不真实的幻觉。恍惚中，他感到准备工作极不充分，漏洞太多，变频计划实施的时机远远不够成熟，保险系数远没有达到理想水平，甚至觉得工作无限期推迟才能够心安神稳。

解思源既兴奋又忐忑的心理，是人们遇到重大事件时都会产生的心理反应，也是迄今为止任何人无法逾越的奇怪现象。当一个人面对即将决定自身前途命运的重大事件时，最初的心理是希望及早看到结果，时间越短越好，巴不得立即见到结果。然而，当真正的结果即将摆在我们面前时，内心却抱怨留给自己准备的时间太短，恨不得时间无限期延长。如果这种心理过于严重，还会出现疑神疑鬼怀疑一切的心理反应，总感到漏洞百出，远远没有做好充分的准备。

"哈哈哈——"看到解思源阴晴不定手足无措的神情，所长忍不住笑了起来，"怎么了？咱们的解总工程师怎么看起来有些拘谨啊？这可不是你一贯的作风啊。有什么想法？说说看。"

"是啊，没想到，咱们研究所首屈一指的大专家，也会出现这种情况，真是有点意外，不过，也在情理之中，说说吧。"军代表紧跟着说道。

解思源心思缜密，稳重果断，极少出现优柔寡断的情况，然而，现时现地解思源的表情神态，显然与固有的印象相去甚远，但所长和军代表却给予了充分的理解，随即想以玩笑的方式化解解思源的尴尬，开释解思源的纠结。

解思源心里乱得像一锅粥，嘴唇动了几次，不知从何说起。

看到解思源犹豫不决，所长微微一笑："不错，你的猜想没有错，我们确实有那样的想法，不过，我们还想听一听你的意见，毕竟，你是变频计划的总设计师，有绝对的发言权。说说吧，不要保留，不要拐弯，直来直去。"说完，转头望了望军代表，两个人会心一笑。

"吁——"解思源长出了一口气，像下了很大决心似的说道，"我没有意见，完全同意所里的决定。下一步，我们将按照研究所的决定，周密计划，严密组织，注重细节，反复检查，堵塞漏洞，争取不出现任何失误。"

"呵呵。"所长轻轻笑了几声，"这还差不多。不过，不是你刚才说的'争取不出现任何失误'，而是一定不允许出现任何失误。"

"对对对，一定一定。"解思源说着，长吁一口气，两眼灼灼放光。

"行，事情就这样，接下来，是不是该见一见咱们的主角小赵同志了？"所长说完，望了望军代表和解思源。

"噢，那是当然。"军代表和解思源异口同声。

话音未落，赵明远已经不请自来："所长好，军代表好。"

"呵，刚说起曹操，曹操这就到了。嗯——看来小赵同志的精神状态不错嘛。这样吧，我们这次来呢，也想听听你对变频计划的意见，希望你放开胆子，畅所欲言，不要拘束，说错了也没有关系。"

"哦？"赵明远眉毛一挑，眼光一闪，当即像打好腹稿一样，语言流畅逻辑严密，洋洋洒洒一口气讲了十多分钟。其间，解思源使了好几次眼色，意思是希望他停一停，让两位领导缓一缓神再说，但赵明远装作没有看见似的仍滔滔不绝，一刻不停地讲完才告一段落，气得解思源脸色铁青却又无可奈何。

所长与军代表的眼神又碰了碰，再次微微一笑，又望了望解思源。

"小赵同志，假如变频计划马上付诸实施的话，从你的角度看，时机够不够成熟？有没有十足的把握？"所长微笑着望望赵明远问道。

"咦？所长，怎么现在还问这种打击人积极性的问题？太伤自尊了。"赵明远嘴角一撇说道，"你是不信任我还是不信任解总工程师，是不信任研究所那么多专家还是所长你自己没有自信？我怎么着也是你们从无数候选对象中精挑细选出来的，又是解总工程师手把手教出来的，如果两年多的时间还培养不出一名合格的'变频使者'，还没有做好相应准备，说明你们的眼光也太差了点，工作水平也太一般了，反正我已经做好了一切准备，随时等待着接受组织的召唤。"

"哦？哈哈哈——"所长、军代表，包括解思源都是微微一怔，随后哈哈大笑，他们谁也没有想到赵明远会以反问的形式将了所长一军。

赵明远不按套路出牌一通反问，将年轻人初生牛犊不怕虎的冲劲儿表现得一览无余，当然，其表达的意见无疑也与解思源的汇报相互映衬，同时，也与研究所了解掌握的情况完全吻合。三天后，启动变频计划的申请得到最高层批准，并在一小时内传达到研究所各个部门。一时间，研究所临战笛鸣，进入了历史上第一次一级战备。

赵明远望着宽阔的舷窗点了点头，嘴角一翘微微笑了笑，随后将目光移向四周。变频室内，由高能量子波聚合而成的顶面、地面、四壁坚固光滑，泛着浓浓的乳白色，目光所及看不到一丝阴影。变频控制台的底部平台、圆形凹面、五根立柱、量子薄膜上，紫幽色耀眼光点不断闪现，连续噼啪作响的同时疾速移动，又在人们没有看真切时消失无踪。

赵明远再次扭头向舷窗望了望，转身缓步走向变频控制台。

接近变频控制台，量子薄膜无声无息开启了门一样的开口。赵明远顿了顿，深吸了一口气，又长长呼了出来，随后抬脚踏上平台，缓步走到平台中央，身后的量子薄膜开口又自动闭合如初。

赵明远再次深吸一口气，长长呼气的同时闭着眼睛定了定神，随后睁开眼睛向四周望了望，最后将目光停留在二楼的舷窗方向，举手做出"OK"的手势。

赵明远收回手势的瞬间，变频控制台的底部平台和顶部的凹面之间突然射出强烈的淡绿色光线，一丝丝光线犹如千军万马在圆柱形空间内左冲右突横冲直撞，刹那间充满整个空间。眨眼间，圆柱形空间绿色越来越浓，压力越来越大，周边的量子薄膜充分鼓胀，变频控制台瞬间变为一个巨大的绿色灯笼。与此同时，赵明远慢慢离开平台悬空飘浮，紧接着，身体直挺挺做了90度旋转，面上背下水平飘浮在空中。此时的控制台，犹如一个巨大的绿色琥珀，赵明远像一只被凝固在浓浓绿色中的远古生物。

一阵轻轻的咝咝声响起，赵明远像一扇叶片一样开始水平旋转，逐渐加速。

旋转越来越快、越来越快。突然，平台与凹面之间闪出一团浓烈、刺眼的白光，同时伴有轻微、短促、沉闷的爆裂声。

一切恢复如初，变频控制台圆柱形空间内，赵明远已经失去踪影。

第 十 四 章

冷，深入骨髓的寒冷直达心扉。

突然感到的极度寒冷使赵明远全身一抽，紧接着打了一个剧烈的哆嗦，却再也来不及做出更多反应，便肢体麻木全身冰冷，似乎灵魂也在逐渐脱离躯体，飘飘忽忽浮向空中。

恍惚中，惊讶的声音像是从天际传来——

"哟，这里还有一个人，快，棉衣，担架。"

"嘀，这个驴友真够可以的，光着屁股搞穿越，遇到这种够呛的天气，不冻僵才怪。"

…………

变频控制台启动瞬间，赵明远即刻感到全身像有千万只蚂蚁在噬咬。随着控制器输出功率的不断增大，噬咬感逐渐演化为针刺感。紧接着，分布全身的点状针刺感迅速连接为线状，随即又连线成片，使赵明远由表及里全身处于难以承受的疼痛之中。仅仅一闪念间，赵明远的大脑已经呈现为一团混沌，全身陷入一片麻木。那团浓烈、刺眼的白光射出之前，赵明远的神智几近处于半昏迷状态。

那团白光闪过之后，疼痛、麻木感突然被一种从未体验过的寒冷取代。虽然当时已临近昏迷，但赵明远仍然能够真切感受到那种寒冷是一种极端的、可怕的、记忆库中从未有过的钻心刺骨的寒冷。他心想着快、快，要赶快动起来，必须尽快摆脱这种寒冷，否则后果难以预料。无奈，激烈的内心活动与肢体的反应形成巨大反差，麻木的四肢和躯体像失灵一样不听指挥无动于衷。几经挣扎，躯体始终如一具木乃伊一样丝毫未动。似乎一刹那间，赵明远的神志便到了浅表性昏迷的临界点，几乎同一时刻，呼救声似乎从天际传来。

赵明远成功变频，被他所在的实基时空分离，现身在玄灵时空 H 国的九龙山高寒无人区。

九龙山主峰海拔 3900 多米，由低到高垂直分布着暖温带、温带、寒温带和寒带四种气候类型。低山区是被黄土覆盖的石质低山；中山区奇峰林立，怪石嶙峋，千姿百态；高山区是第四纪冰川遗迹，冰斗、角峰、槽谷，及冰碛堤等地貌应有尽有。山区丛林密布，植被丰富，特别是中山区以上生长着大片的原始森林，树木参天，人迹罕至。山上气候复杂多变，山顶冰雪常年不化，是内陆地区著名的观光旅游名胜。

传说，远古时期，女娲补天后在九龙山所在地留下一块灵石。凡人得到这块灵石便会升入仙界，长生不老脱离轮回之苦，神灵得到后会仙法无边掌控三界，恶魔得到后会魔力无限搅动天界屠戮生灵。为了保护灵石的安全，玉皇大帝指派法力高强的赤龙带着他的八个儿子镇守如今的九龙山地区。一个名叫赛唤的恶魔为了盗抢灵石，带领一众小魔与赤龙和他的八个儿子进行了一场声势浩大的旷世大战。当时，战斗异常惨烈，双方都使出了浑身解数，直打得飞沙走石天昏地暗日月无光。七七四十九天后，赛喉留下众多小魔的尸体狼狈逃窜，赤龙也身负重伤奄奄一息。在生命的最后时刻，赤龙化身为九龙山主峰将灵石压在身下，誓言要永远守护灵石的安全。他的八个儿子也遵照父亲的遗愿，终生守护在父亲身旁，忠心耿耿保护着灵石不被恶魔所盗。随着日月的更迭，时间的流逝，八只小龙最终化身为八座小山峰。由此，人们将这一座大山和八座小山统称为"九龙山"。

特殊的气候，特殊的自然生态，加上特殊的地理位置，使众多驴友对九龙山趋之若鹜，每年来自全国各地冒险穿越九龙山的驴友达到1500人以上。然而，正所谓成也萧何败也萧何，九龙山气候和生态的多样性与特殊性，成就了它在广大驴友心目中无可替代的地位，却也给众多驴友造成了巨大的损失。据当地政府部门统计，近几年，驴友穿越九龙山平均每年发生各类事故达到惊人的26起，伤亡人数年平均32.6人。为此，当地政府制定出台了一系列政策措施，明令禁止驴友私自穿越九龙山，以最高限度减少事故发生和人员伤亡。然而，纵使政府想尽一切办法，仍有部分驴友想方设法躲过管理人员的法眼，不顾自身安危冒着生命危险穿越九龙山，使当地政府头痛不已。

不过，不守规矩的驴友也在冥冥之中意外挽救了赵明远的性命。按理讲，赵明远成功变频，被实基时空分离，现身在玄灵时空 H 国的九龙山高寒无人区，对赵明远来说是天大的不幸。然而，赵明远现身之前，有一队驴友违反政府禁令，私自穿越九龙山遇到暴风雪被困，紧急赶来的救援队在救援过程中同时发现了赤身裸体的赵明远，以为他也是被困受伤的驴友，采取紧急救治措施将他抢救下山，这才使赵明远幸运地躲过了要命的一劫。

避免了死亡的威胁，但活罪难逃。赵明远虽然被及时抢救下山，却由于变频时体力消耗过度，加之极度寒冷的冲击陷入了重度昏迷，特别严重的是全身多处三度冻伤，在医院紧急抢救了两天，生命体征才趋于平稳，完全苏醒时，已经在医院躺了整整三天时间。其时，由于赵明远赤身裸体，没有任何身份信息，而且一同被抢救下山的驴友与他素未谋面，对他全无了解，医院和救援队想尽办法，采取许多措施，也没有搞清他的身份，一直未能与他的家人取得联系。在各方面都心急如焚、束手无策的情况下，幸好有一位曾经与玄灵时空赵明远有一面之缘的医护人员偶然认出了他，最终才迂回曲折，与赵明远家人取得了联系，解了医院和救援队的困境。

正如"波态时空理论"揭示的那样，玄灵时空与实基时空遵循着同一发展规律，两个时空不但有着相同的自然环境、人文环境和生活环境，而且同样存在一个活生生一模一样的赵明远。不仅如此，此赵明远与彼赵明远一样，有着同样的家庭背景、同样的朋友圈、同样的生活环境。当然，两个时空的赵明远也有不同之处：玄灵时空赵明远的工作单位并非空间物理研究所，而是军事装备研究所，其身份也不是"变频使者"，而是弹道导弹工程师，工作同样具有高度的保密性。

这些内情，与玄灵时空赵明远曾有一面之缘的医护人员却一无所知，懵懵懂懂将真假赵明远混淆为同一个人。其时，赵明远现身九龙山，被救援队施救躺进医院时，玄灵时空的赵明远却远在千里之外，执行着一项绝密的新式导弹实验测试任务。

执行任务前，赵明远告诉爷爷奶奶、爸爸妈妈要出差很长时间，短则一两个月，长则半年到一年，具体要视工作进展情况而定。对于孩子具有保密性的工作，家里几位老人已经司空见惯，并没有感到多少意外。但仅仅过了不到两个月，突然接到电话说赵明远做了驴友穿越九龙山，竟然还受了重伤躺在医院，四个老人都感到莫名其妙很是诧异。常言道，谁家的孩子谁知道。他们首先的反应是不可能，孩子绝不可能丢下工作去当什么驴友冒险穿越九龙山，四个人无一例外地认为可能是医院或救援队搞错了，出了事故躺在医院的人绝不可能是赵明远。

打电话前，救援队和医院反复斟酌，为了防止四位老人一时接受不了发生意外，本不打算将赵明远受伤的真实情况直言相告。电话接通后，他们采取迂回战术，含糊其词将有关情况做了简单介绍，委婉提出希望能够得到家人的谅解和配合。哪知道，四位老人任你说得天花乱坠，怎么也不相信躺在医院的人是赵明远，甚至还警告说再打电话，将以骚扰罪名向公安部门举报。万般无奈的情况下，救援队和医院只好选择合理角度，尽量避开赵明远惨不忍睹的可怜相，拍摄了一些照片和短视频通过手机传了过去。

看到照片和视频，全家人立刻慌了手脚，他们这才完全相信，光屁股穿越九龙山，受伤住院的人千真万确是赵明远！而实际上，他们决然想不到，躺在病床上的人，虽然貌似一模一样，其实是一个不折不扣的冒牌货！

毕竟血浓于水，看到赵明远躺在病床上的惨相，一家人顿时魂飞魄散乱了分寸，哪里还有辨别真假的心思，更何况，他们也不可能想到，会有两个赵明远这种神话。特别是赵明远爷爷和奶奶，看到孙子昏睡不醒躺在病床上，顿时饱受刺激，像失了魂魄一样不知所措，奶奶甚至把头扭在一边抹起了眼泪。

　　赵挺俊在瞬间的震惊后很快缓过神儿来，心想事已至此，直面现实，尽快了解儿子的病情，配合医院照顾孩子，让他好好养病，及早恢复健康才是亟须解决的事情。与此同时，他实在纳闷，赵明远一直很听话很有责任心，特别是参加工作以后非常敬业，对工作认真负责一丝不苟，从来没有因为乱七八糟的事情影响到工作，他究竟是什么时候喜欢上登山穿越这种冒险运动的呢？为什么以前没有发现一点儿蛛丝马迹呢？让他颇为费解的是，"赵明远"是以出差为借口去穿越九龙山的，他暗暗震惊，儿子竟然会说谎！这可是破天荒的头一遭。

　　心存诸多的不解，带着数不清的疑惑，赵挺俊佯装出一副轻松模样，半开玩笑着说道："呵，这小子什么时候喜欢上登山穿越，喜欢上冒险了？好样的，这才是男子汉应有的气魄嘛。对了，既然是冒险运动，磕磕碰碰受点小伤其实是非常正常的事情，不受点伤，不遭点罪还反倒不正常，我看，咱们都把心放在肚子里，完全没有必要担惊受怕，自己吓唬自己了。"

　　"哼，说得轻巧。"赵明远奶奶轻轻抽泣了一声，"孙子已经成那样了，你不但不担心，还尽说风凉话，我看，你就是心大，一点不心疼我孙子。"

　　"妈，放心吧，明远身体素质好，抗摔打，情况肯定不是你想象的那样，一定会没事的。"赵挺俊强装笑脸，不断劝慰。

"呜——"赵明远奶奶说着，又轻声呜咽起来，"我要去看孙子——"

"妈——放心吧，明远一定没事的。"赵挺俊无奈地望了望赵明远爷爷，"爸，你也劝劝我妈吧。"

一番劝慰和开导后，赵挺俊好不容易才将赵明远爷爷和奶奶的担心给压了下去。

其时，赵挺俊与救援队的想法一样，在看到视频中病床上赵明远的那一刻，便暗暗担心父母受到刺激过于激动而出现意外，心想着绝不能再让父母节外生枝，使本来已经繁乱紧张的家里再添忧愁。他做的第一件事，便是强压着心中的担忧，想方设法劝慰父母，化解他们过分的焦虑，安抚他们的情绪。但心里却急三火四，与父母和妻子一样，暗暗担心着儿子的伤情，唯恐病情严重有什么不测。

"这样吧，你留在家里，照顾父亲和母亲，千万不要让他们急中出乱，我一个人先去医院，有什么事，及时给你打电话。"赵挺俊对妻子说道。

"我——"贺彩菊欲言又止，低头沉默了片刻，极不情愿地点了点头，"那——好吧。"

安顿好父母，赵挺俊又好言相劝将妻子留在家中，独自一人急匆匆赶往医院。在他想来，父母上了年纪，深夜行动多有不便，将他们留在家中可以避免许多麻烦，但又怕他们急火攻心出现意外，万一有个三长两短身边总得有人照应。加之通常情况下男人理性见长，女人感性居多，他也担心妻子到医院看到儿子的惨相后心有不忍，控制不住情绪，使自己已经惶恐到极点的心绪更加紧张。

然而，当赵挺俊匆匆忙忙赶到医院时，却意外看到妻子已经像疯了似的奔向了病房。

突然出现的一幕，惊得赵挺俊刹那间呆立当场，但片刻之后他恍然醒悟，暗暗叹了一口气，心想，母子连心哪，看来，之前的安排实在有些欠妥。常言道母子连心，儿子是娘身上掉下的肉，且不说正常情况下儿子的饥饱冷暖时刻都揪扯着娘亲的心，影响着娘亲的喜怒哀乐，现在眼巴巴看到儿子已经身受重伤不省人事，做母亲的能不牵肠挂肚吗？她能安安稳稳待在家里无动于衷吗？绝对不可能。

先前，对于丈夫的安排，贺彩菊其实有着极大的抵触情绪，她压根不愿留在家中，心里想着能够尽快见到儿子，陪伴在儿子身边，哪怕他昏迷不醒，哪怕他病重垂危，只要能够亲手给儿子一点帮助，为儿子出一份力，帮助儿子渡过难关，心里也是一种莫大的安慰。然而，丈夫在没有征求意见的情况下，不容分说将她急切的期盼化为泡影，实在心有不甘，她本来还想据理力争，但碍于公公婆婆的情面，同时考虑到两位老人的实际情况，最终还是尊重丈夫的安排，心不甘情不愿待在家中。她眼巴巴地望着丈夫急匆匆飞奔出门，随即像失去骨骼支撑一样，一屁股坐在凳子上瘫软无力，心思也随着丈夫的脚步飞速奔向医院。

"哎，哎，哎，老伴。"赵明远爷爷轻轻拉了拉老伴的衣角，小声说着，同时努了努嘴。

赵明远奶奶轻轻抽泣了一声问："怎么啦？"随后，顺着老伴努嘴的方向望去。

"彩菊呀，你上医院吧，好好照看孩子。"赵明远奶奶看到儿媳六神无主的神情，轻轻叹了一声，说道。

"不不不——"贺彩菊从心神不宁中被突然惊醒，"挺俊一个人能行，你跟我爸还得要人照顾不是?"

"去吧，多一个人，多一份力。我们知道，我们两个现在去了只能添乱，待在家里也好，等你们在医院那边安顿好了，我们再去看孙子，放心吧，我们能照顾好自己。"赵明远爷爷对儿媳妇说道。

"这咋行呢?"贺彩菊犹豫不决。

姜是老的辣。赵明远爷爷和奶奶毕竟是过来人，对于"母子连心"有着切身的体会和更深层次的理解。他们在惶恐担忧之余忽然看到儿媳坐立不宁魂不守舍的惶惶神态，这才想起他们只顾着紧张惶恐，却没有照顾和考虑到儿媳作为母亲的内心感受。于是乎，两位老人家立即强打精神，轮换着劝慰儿媳尽快赶往医院，与丈夫一起替他们好好照看孙子，这才有了赵挺俊虽然出门较早，却比妻子晚一步到达医院的那一幕。

无论是玄灵时空，还是实基时空，无论是过往的历史，还是现今的当世，无论普通百姓，还是文人墨客，抑或天潢贵胄，人们莫不对于"母子连心"有着诸多的感悟和体会，有些甚至将自身的感悟形成诗文留于后世。即使是慈禧太后也在母亲六十大寿时写了一首诗，将父母义无反顾为子女的奉献的真心表达得淋漓尽致："世间爹妈情最真，泪血溶入儿女身。殚竭心力终为子，可怜天下父母心!"

随着年龄和阅历的不同，人们对于"母子连心"的理解和体会各有不同。对于那些已经为人父母的人而言，他们的心思全然在于子女的饥饱和冷暖。对于某些年轻的子女来讲，由于没有为人父母的体会和阅历，对于母子连心的理解和体会一般不会那么深刻和透彻，往往会将父母的关心和爱护当成一种约束和负担，从而产生较强的逆反心理，进而形成"父母的心在儿女身上，儿女的心却在石头上"的奇怪现象。

这种奇怪现象的产生，固然与年轻人没有丰富的阅历和亲身经历有关，但与有些父母在"母子连心"度的把握上毫无节制也有很大关系。年轻人想冲破束缚，实现自我与独立，是他们在成长过程中必然出现的心理现象和行为，否则，他们永远不可能长大成熟。而有些父母往往以自我为中心，以自己的经验和阅历约束子女个性的发挥。应当说，双方的出发点都无可厚非。但两者的矛盾与对立却是实实在在，也是无法回避的现实。其中最根本的原因，是突破与守成没有找到平衡点，理解和包容没有达成默契，从而使父母与子女心理产生对立，逐渐演化为行为对立，甚至酿成遗憾终生的悲剧。其实，虽然这种现象无法消除，但减少矛盾、削弱对立强度并非难事，只要父母多一些放手宽容，子女多一些理解包容，双方各退一步，自然会海阔天空。

赵明远爷爷和奶奶苦口婆心将儿媳劝出家门去了医院，他们却在家里如同坐上了火堆，坐卧不安。此时此刻，两位老人家脑海中不断浮现出赵明远躺在病床上的惨相，心里好像压上了一块千斤重的巨石。两个人越想越害怕，越害怕越想，很快在脑海中形成一个恶性循环。恍惚间，赵明远在襁褓中嗷嗷待哺、咿呀学语蹒跚学步、肩背书包连蹦带跳、挑灯夜战潜心学习、身强力壮健步如飞、做着怪相调皮一笑，林林总总，从小到大每个年龄段的画面，像放电影一样在两位老人家的脑海中一一再现，每到有趣和感人之处，他们不由得精神一振，情不自禁笑出声。但笑声过后，两个人不由自主抬起头四目相对，眼前的情景又会无情地将他们的思绪拉回现实，使他们再次沉浸于无法言喻的痛苦与担忧之中。

平心而论，两位老人家眼看着孙子重伤昏迷不醒，无论如何也不愿待在家中，他们恨不得立即插上翅膀直飞医院，赶快飞到孙子身边，将孙子笼到自己的视线之内，尽心照顾孙子及早恢复健康，消除自己内心的焦虑与担忧。无奈，儿子临出门时千叮咛万嘱咐让他们在家里等待消息，免得大家一块儿挤在医院忙中添乱使事情更糟。在他们想来，儿子说的也对，孙子的伤病终究要医生医治，到医院去的人再多也起不了什么作用。再加上夜深路远，他们年老体弱行动又不方便，到医院不仅帮不上忙还可能平添累赘。然而，即便如此通情达理，明白其中道理，两位老人家仍然控制不住急迫的心情，好几次急不可耐，整理好孙子的日常用品，想赶往医院，但每一次临出门时想起儿子的再三嘱咐，又悻悻地强压内心冲动返回屋内，重复着内心的焦虑和担忧。

"老头子，咱们是不是该上医院了？"赵明远奶奶向老伴问道。

赵明远爷爷看了看表，皱了皱眉："太早了吧？现在刚刚过了四点，人家医生护士还没起床呢。"

"什么早不早的，咱们去看孙子，又不是看医生护士，你不走，我一个人走。"赵明远奶奶哽咽着说道，"不知道孙子现在咋样了，呜呜呜——我看你根本不心疼孙子。"

两位老人家焦虑心急了大半宿，几乎未合眼。虽然儿子几次打电话说一切平安，但他们清楚，报喜不报忧，安慰宽心的成分居多。时间刚过凌晨四点，赵明远奶奶又按捺不住内心的焦虑，再次催促老伴赶往医院。无奈，时间实在太早，两个人吵吵嚷嚷一直熬过五点，便迫不及待急急忙忙出了家门赶往医院。

大街上，往日明亮耀眼的路灯光不知什么原因光线有些发黄，使周围的景物显出些暗黄色，似乎与赵明远爷爷奶奶烦乱恐慌的心情相呼应。马路两边的梧桐树高大挺拔，树冠宽阔枝叶繁茂，枝丫在马路上方交错相接，将马路上方遮盖得严严实实，没有给星光留下一丝一毫的缝隙。两列梧桐一棵连着一棵整整齐齐向远处延伸，与昏暗的路面一起，犹如一条昏暗且没有尽头的隧洞。举目远望，陡然有一种阴凉从脚底升起。微风吹来，树叶沙沙作响，赵明远爷爷浑身一紧，竟然感到一丝凉意。

"老伴，有点凉啊，衣服有点少吧？"赵明远爷爷说道。

赵明远奶奶低着头紧迈小步，回答说道："不凉，赶快走吧，现在车恐怕少得紧呢。"说着，突然停下脚步望着老伴，说道，"你是不是有点凉啊，要不，回去加点衣服吧？"

"算了，我是怕你着凉。"赵明远爷爷说道。

两位老人家说着，相互搀扶穿过灌木丛形成的隔离带，摇晃着走过广场，停在马路边。

"老伴，现在车少得可怜，咱们总不能在这儿一直干等下去吧？"赵明远奶奶左顾右盼，急切地等了两三分钟，最后眼巴巴望一眼老伴说道。

"唉——你是心太急了，咱们再等等，总会有车的。"赵明远爷爷叹了一口气，对老伴说道。

"突突突——突突——"十多分钟后，一阵急促的发动机轰鸣声突然传来，几束耀眼的光柱刺破夜空疾速抖动。

"快，快，来车了，好像有好几辆呢。"赵明远奶奶长舒一口气，焦急中略带一丝兴奋。

"嗯——好像不是出租车。"赵明远爷爷竖起耳朵听了听，又望了望急速抖动的光柱，眉头一皱。

"管他什么车，只要能拦住，捎咱们一段也行，看孙子要紧。"赵明远奶奶说道。

说话间，四辆赛车挟着发动机疯狂的怒吼声，执着粗壮绵长的巨型远光灯柱，风驰电掣犹如离弦之箭飞速冲了过来。

"老伴，赛——赛车，赶快回来——"赵明远奶奶见势不妙，急忙喊着老伴退回来。

赵明远奶奶话音未落，疾速飞驰的赛车已经呼啸而至，只听"嘭"的一声闷响，到马路旁举手示意拦车的赵明远爷爷已经被撞飞起三米多高。伴随着刺耳的刹车声和猛烈的撞击声，赵明远爷爷在空中翻转了几圈，扑通一声跌落在十米开外。

第 十 五 章

福无双至，祸不单行。

玄灵时空赵明远的家境状况，冥冥之中似乎应验了这句话。

任谁脑洞开得再大，也不可能想到，一个完整、和谐、圆满的家庭，在两三天时间内，先有赵明远光屁股穿越九龙山，遭遇暴风雪身受重伤昏迷不醒，后有老爷子被撞身亡，并有老太太受到波及，难以承受打击住进医院。一个好端端的家庭几近到了家破人亡的边缘。

一时间，赵明远父母陷入了人生最黑暗的时刻，心理也承受着有生以来最极端的煎熬。他们既要竭心尽力照顾病床上的母亲，又要操心"儿子"的病情，还要妥善处理父亲的后事。对他们而言，肉体方面的辛苦操劳还在其次，最让他们难以承受的是精神方面受到的巨大打击。在接到父亲噩耗的那一刻，夫妻两个犹如堕入无底深渊，好像突然面临世界末日一样。

儿子是家里的未来和希望，也是全家人的精神支柱和动力源泉；父母是家里的天，是家庭的压舱石。似乎在转眼间，精神支柱几乎崩塌，压舱石几近完全粉碎，三重噩耗叠加，使赵明远父母几乎喘不过气来。然而，面对沉重的心理打击和巨大的心理压力，赵明远父母强压着内心的悲痛与慌乱，迅速、沉着、冷静理顺几近崩溃边缘的思绪，很快使母亲和儿子的救治，以及父亲的善后处理步入正轨。

诚如赵明远的父母所处的境遇一样，任何人的一生都不可能一直是一帆风顺的；相反，无论是谁，在生活和成长的道路上都会或多或少遭遇到一些困难和挫折，都会步入困境、踏入逆流，甚至陷入"万劫不复"的境地。诚然，遇到逆流，陷入绝境，任何人都会有短暂的情绪波动，有些人甚至会头昏脑涨，个别人还会情绪失控，这是正常的心理反应。然而，面对困难与挫折，究竟是以积极阳光的心态去面对，还是以消极怠慢的态度去面对，不但决定着面对逆境、扫除障碍的最终结果，而且会直接影响到当事人的人生发展轨迹。

相比于赵明远父母，一些人在遇到微不足道的挫折、困难和失败时，便会像得了失心疯似的呼天喊地，感觉无所适从束手无策，甚至内心将困难与挫折无限放大，感觉像世界末日来临，不禁让人感叹唏嘘。事实证明，如此孱弱的玻璃心，在面对挫折和困难时，非常容易走向极端，如若任其蔓延，很容易产生严重的后果，以致造成无法挽回的恶果。

追根溯源，类似玻璃心的成因，虽说原因众多不一而足，但除了与这些人的天性有着密不可分的关系外，成长环境和个人成长经历是其主因中的主因。

这类人的成长环境大致分为三类：一是家境条件优越。他们从小到大衣来伸手饭来张口，遇到的所有困难、碰到的所有难题均由长辈包办。这种环境成长起来的人犹如温室中生长的花朵，经不得一点风吹雨打，心理承受能力极差，稍有不顺心，很容易走向极端。二是家境条件相对贫困。这种家庭由于生活所迫，长辈经历了太多的困苦与磨难，受了太多的白眼与冷嘲热讽，他们将全家改天换地的希望全部寄托于子女身上，即使自己吃糠咽菜，也会咬紧牙关让子女吃饱穿暖，不受半分委屈，但对子女世界观、人生观和价值观的培养教育却缺乏相应的措施和手段。长此以往，子女会形成一种唯我独尊的可怕意识，受不得任何与自己相左的意见，与此同时，这种家庭成长起来的子女自尊心和自卑感异常强烈，心理极其脆弱，稍有不顺，思想极其容易钻牛角尖而发生扭曲，怨天怨地自暴自弃，甚至产生报复心理，危害家庭，危害社会。三是从小到大成绩优异，未受过挫折，缺乏挫折教育。这类人从小到大听惯了表扬与赞美，围绕他们的一直是鲜花和掌声，在他们固有的观念当中，批评与指责从来都是别人的事情，与自己搭不上任何关系。这类人骨子中从小到大渗透着一种傲性，总是用一种居高临下的心态看待周围的一切，但当他们遇到困难与挫折时，便会手忙脚乱不知所措，更有甚者，会产生极端情绪，造成意想不到的后果。

在我们身边，虽然玻璃心的人只是极少数。但不可否认的是，正是这部分极少数人，在情绪失控的情况下，会给家庭造成非常严重的伤害，甚至也会对社会造成非常大的危害和影响。

想减少类似悲剧的发生，长辈们应该放开手脚，让子女独立面对困难与挫折，为他们提供勇于面对挫折和困难的成长环境尤为关键。同时，教育他们树立正确的世界观、人生观和价值观也不可或缺。如此一来，各方配合，多措并举，使他们意识到人的一生绝不会总是一帆风顺，也绝不会总是鲜花和掌声，让他们了解个人的成长始终与曲折和坎坷相伴，与困难和挫折相随，让他们知道只有经历了挫折和坎坷，享受了鲜花和掌声的人生，才是完整的人生。这样一来，当他们遇到困难和挫折，甚至是突如其来的厄运时，才不至于受不得风雨，经不住打击，也才会使他们随时都能够想到，即使面临再大的困难和艰辛，都没有过不去的坎，待到明天一定会雨过天晴，生活仍然会充满阳光。

赵明远爷爷奶奶遭遇变故，最先得到消息的是侯世雄。玄灵时空的侯世雄，虽然与实基时空的侯世雄一样也是公务员，但身份职务却是交警队长。

"咦——咋回事？心里怎么突然这么烦躁？"侯世雄皱着眉头吁了一口气，自言自语小声说道，"真是奇了怪了。"

接到报警前，侯世雄无由头感到心情烦躁坐立不安，冲好的一杯热茶，直到放凉也没有心思喝。

"队长，刚刚接到报警，南环路发生一起交通事故。"

"有没有人员伤亡？"听到报警，侯世雄心里一紧。

"有，一人死亡，一人重伤，司机轻伤，肇事车辆报废。"

"叫人，带设备，走。"侯世雄话音未落，已经冲出办公室。

二十分钟后，侯世雄已经带领相关人员出现在事故现场。

"你是怎么开的车？"当侯世雄发现被撞身亡、卧尸路边的竟然是自己的恩师时，圆瞪双眼对肇事司机咬牙切齿。

"队长，队长，先压压火，消消气，事情已经这样了，揍他一顿也无济于事，还有可能使事情变得更为复杂。再说了，咱们现在是执行公务，有纪律规定，你可不能带头违反工作纪律不是？"

"把这小子控制起来！"侯世雄吼了一声。

肇事司机是一个外号叫作"飞虎"的富二代。当时，他脸色发白已经失去了血色，额头流下的鲜血已经将衣服酱红了一大片，嘴唇哆嗦全身战栗，瞪着惊恐的双眼望着路边的尸体，又转头望一望紧张忙碌却有条不紊勘查现场的交警，间或望一眼面目全非的百万豪车，全然没有了飙车时大声嘶喊目空一切的狂傲气势。

提起"飞虎"，"赛车党"圈子中几乎无人不知，无人不晓，据说，"飞虎"的父亲权登科从小作坊起家，慢慢发展成立了一家餐饮企业，后企业逐步发展为餐饮集团，到目前已壮大成为集房地产、金融、餐饮、娱乐为一体的大型综合性集团，资产以十亿计。

权登科本是农家子弟，他小的时候父母多病，家境贫困，主要靠政府资助和亲戚邻里接济度日，直到上初中，身上还穿着伯母穿旧改缝的迎春花颜色花布衣服，被同学们戏称为"花大姐"。虽然如此，他的学习成绩却一直名列前茅，始终是老师眼中的学习尖子、同学心目中的榜样。然而，天不遂人愿，事不遂人心，由于生活所迫，也为了全家人的生计，权登科最终在初中三年级时辍学打工。

俗语讲，一分耕耘一分收获，一滴汗水一份回报。权登科人小志气大，头脑灵活善于思考，腿脚勤快又不怕吃苦，不到三十岁事业已初显雏形，他本人也已小有名气。随着国家政策的进一步开放和大的经济环境越来越好，他的事业也随之如日中天。不到十年时间，权登科的企业便由小到大、由弱变强，逐步发展为雍明市屈指可数的综合性产业集团，他也成为远近闻名的成功人士，更成为母亲引以为荣的骄傲。

母亲病逝前几年，权登科出资一亿五千多万元，对村子进行了统一规划建设，将村容村貌整修一新，并给全村一百多户人家每户修建了一栋统一设计建设的楼房别墅，使全村的生活环境和居住环境焕然一新。然而，令人扼腕叹息的是，权登科的母亲久卧病床，全村喜迁新居三个月后溘然长逝。后来，权登科回忆说，他这一辈子最大的欣慰，是母亲临走时脸上已经没有了从前那令他刻骨铭心的愁容，取而代之的是心满意足的笑容。

母亲病逝后，权登科按照母亲的遗愿，在村上建起了全市功能最全、设备最好的敬老院，将村上的老年人和行动不便的残障人士集中统一供养。与此同时，他还承担了村里大专以上学生的学习费用和生活费用，并且，对于村子在外求学的学子或者在外务工人员，只要他们获得奖学金或受到表彰，他都会同时发放至少三倍的奖励。对于这些，权登科的想法很简单，那就是回馈与报恩。其中，最令他引以为傲的事情是定期组织全村男女老少外出旅游观光。在他看来，这一举动，使村民开阔了眼界，拓展了视野，特别重要的是更新了观念，对村上经济发展和风气的转变将有举足轻重的作用。

与事业发展形成鲜明对照的是，在儿子的教育成长方面，权登科虽然算不上一个彻头彻尾的失败者，但"飞虎"没有达到他既定的理想和目标却是不争的事实。他最初设想，"飞虎"即使上不了重点大学，无论如何也要上个普通大学。在他想来，当时迫于家境，自己失去了上大学的机会，成为终生憾事，到儿子这里，无论付出多大努力，也一定要让"飞虎"迈进大学校门，替自己圆了大学梦，以弥补自己一生最大的缺憾。

然而，事与愿违，"飞虎"对于学习并不非常上心，而是热衷于危险性极高的赛车运动，甚至达到了如痴如狂的程度。权登科知道后，大发雷霆坚决反对。但是，不管他采取什么措施，也不管他用什么方法，"飞虎"依然我行我素。其中，权登科的妻子王桂花明面上支持丈夫，背地里却唱着反调，对"飞虎"放松学习、痴迷于赛车运动起到了推波助澜的作用。

王桂花作为母亲，对儿子心软、溺爱。她虽然了解丈夫的想法，也知道丈夫的苦心，却经不住儿子的软磨硬泡，更受不得儿子苦苦央求的可怜相。在"飞虎"十四岁时，她便背着丈夫给儿子买了一辆赛车。买车时，王桂花的本意是以赛车为诱饵，使他能够静下心来安心学习。同时许下诺言，只要"飞虎"能够顺利上完高中，毕业时再给他买一辆百万豪车作为奖励。

王桂花的昏着权登科一点也不了解，等他知道后早木已成舟了。当然，让王桂花没有想到的是，她想当然的做法不但没有实现初衷，反而使"飞虎"变本加厉，他对赛车运动的痴迷由原来的虚谈空论迅速转向了实践，而且一发不可收拾。

刚开始时，"飞虎"也知道自己未成年，私自开车是违法行为，加之胆量也小，他和几个发烧友只是围着赛车切磋技艺，交流心得，吹牛互捧。但时间一长，他便像"地下工作者"一样偶尔偷偷摸摸过把瘾。再后来，由于平安无事，加上没有人追究，几个发烧友的主意便越来越"正"，胆子也越来越大，逐渐由"地下"转为"半地上"，时不时在夜深人静路上车少人稀时，驾驶赛车，嘶声呐喊，快如闪电，怒吼疾驰。

随着时间的推移，"飞虎"的赛车激情越来越高涨，车技也越来越好，在"圈子"中的名声也越来越大。好不容易熬到高中毕业，立即死缠烂打软硬兼施，先是捧着笑脸苦苦哀求，后来又以上吊喝药跳楼威胁，硬是逼着母亲兑现诺言，将原来的普通赛车换成了一辆百万级豪车。如此一来，犹如游戏中杀手的武器攻击力暴涨，杀伤力狂飙，每到夜深人静车少人稀时，便能听到马路上疯狂怒吼的赛车声。不过，在"飞虎"的赛车激情不断暴涨的同时，民怨也随之日渐高涨，并逐渐引起了交管部门的注意。

事情发展到如此地步，其最终结果无疑在许多人的意料之中，其中也包括"飞虎"的母亲王桂花。她背着丈夫满足了儿子的愿望后，内心也曾泛起过一丝隐隐的担忧，唯恐有什么不测，便经常叮咛儿子千万要注意安全，防止发生意外，但每一次看到儿子自信心爆棚，一点儿也不当回事的神气样子，又会莫名其妙反过来受到感染，随着儿子的情绪，心里毫无由头产生出一股自信。

其实，与众多高危险行业一样，赛车运动虽然可能在一定时期内顺风顺水平平安安，但"瓦罐不离井口破"，长此以往，任何人都无法保证不发生意外。一万之中必然有万一，这是高危行业的铁律。仔细想来，王桂花的担心其实并不多余，但她的所作所为，所起到的实际作用不但没有实现她的初衷和想法，反而使

"飞虎"的自信心和张扬欲急剧膨胀，这本身就为后来的悲剧埋下了伏笔。

俗语讲人狂没好事，狗狂挨砖头，这句话用在"飞虎"身上虽然不十分恰当，但足以说明问题。那天凌晨，当"飞虎"像往常一样驾驶赛车风驰电掣的时候，他做梦也不会想到，只是在电光石火的一刹那，便人仰马翻，鲜血四溅。虽然他本人只是受了些轻伤，但瞬间的经历和惨烈的场面已经将他吓得魂飞魄散。

天欲祸人，必先以微福骄之。"飞虎"从不足法定年龄便偷偷摸摸违法驾驶开始，逐步发展到明目张胆横冲直撞，到最后以惨不忍睹的结局收场，整个事件从头至尾无疑是一个累积过程，也是一个由量变到质变的过程。假如有人从一开始便断绝了他违法驾驶的念头，或者在发展过程中阻断了其中任何一个环节，防微杜渐，都会从根源上防止惨剧的发生。然而，从开始到结尾，一环套一环，一步接一步，没有任何人采取任何有效的措施加以阻止，加上他母亲的纵容，放纵了"飞虎"的侥幸心理，最终发生了人们极不愿意看到的一幕。

赵明远父母虽说具有比较强的心理承受能力，但一场接一场的飞来横祸，仍使他们乱成一锅粥，一轮接一轮的沉重打击，使他们心力交瘁，连续不断的奔波，让他们疲惫得像脱了几层皮。

"挺俊——事情处理得怎么样了？"贺彩菊无精打采地望了望丈夫。

赵挺俊心里一揪，心疼地望着妻子："幸亏有那么多亲戚朋友、同事和父母亲学生帮忙，要不然，不知道咱们会忙成什么样子，放心吧，一切还好。"

"忙，辛苦都不要紧，"贺彩菊说着，突然伏在丈夫肩上小声呜咽起来，"出了那么多事，心里太累了，难受，呜——呜呜呜——"

赵挺俊将嘴唇轻按在妻子头上吻了吻，接着轻轻拍了拍妻子后背："坚持坚持，一切都会过去，很快就会过去，相信我。"

"呜呜——呜——"贺彩菊抬头望着丈夫，抽泣了一声，"快三天时间了，像做梦一样。母亲的情况还好一些，儿子，儿子也不知道儿子什么时候能醒过来。"

赵挺俊心神一震，急忙望向病床上的赵明远。

似乎转眼间，几天时间匆匆而过。

其间，由于"飞虎"肇事现场事实清楚责任明确，赵明远爷爷的善后事宜很快有了眉目，奶奶的生命体征也逐渐恢复正常，但病床上的赵明远，依然静静躺在病床上看似毫无苏醒迹象。

说巧不巧，正当赵明远父母为病床上的"儿子"担惊受怕的当口，从实基时空穿越而来的赵明远已经接近苏醒的临界点，心神也已经到达脱离混沌状态的边缘。

恍惚中，赵明远似乎听到母亲炒菜的声音，一股熟悉的菜香飘进鼻孔。刹那间，体内的馋虫像从睡梦中被突然唤醒一样，激情迸发，活力四射，搅得他心神不宁四肢不安。他用力吸了吸鼻子，使劲嗅了嗅，突然一个转身，几个大步奔进厨房，兴奋地望了望正忙得不亦乐乎的母亲，像小偷似的突然从菜盘中捏起香味扑鼻的肉丝抛入口中。"哧溜溜"，一阵极度的灼烧感让他急忙将肉丝吐了出来。

赵明远低头看了看地上的肉丝，心里暗暗说道，多么好的肉丝呀，太可惜了。当他抬头再次望向母亲时，倏忽间发现自己已经坐在餐桌前，心里好生纳闷，暗暗思忖这是怎么回事，好端端的，咋跟神话剧一样飘忽不定呢。他眨了眨眼睛，定了定神，却看到爷爷奶奶和父亲母亲一个个像小学生一样，面无表情目光呆滞地望着自己。赵明远愈加奇怪，随口问道："你们怎么都是这副表情，怎么啦，不吃饭盯着我干吗？我脸上又没有字画，更没有金条。"

话音未落，突然一声巨响，地板中间裂开一条巨大的缝隙。眨眼间，爷爷连同凳子一起掉入一眼望不到底的巨大缝隙中。赵明远大吃一惊，立即双脚一蹬，身体一纵飞身前扑，伸出手想将爷爷拽回来。然而，纵使心再急，动作再快，仍是慢了半拍，晚了一步，伸出的手徒劳无功，眼睁睁看着爷爷疾速向无底深渊掉了下去。赵明远撕心裂肺大喊一声"爷爷——"

赵明远双脚乱蹬，两手乱扒，苏醒过来。

"好儿子，你终于醒了，终于醒了，呜呜——呜呜——"贺彩菊搂着赵明远的头，不住地轻声抽泣。

赵挺俊望着病床上的母子，长长吁了一口气，脸上露出不易觉察的笑容。

"这——这是哪里呀？"赵明远弱弱地问道。

贺彩菊在赵明远头上轻轻一点，抽泣的同时嘴角微微一翘："哼，还问呢，医院呗，都是你这个傻儿子干的好事。"

"医院？"赵明远心神一震，感到莫名其妙，心想自己不是正在执行变频计划吗，怎么一转眼躺到医院来了？噢，对了，他突然想起来，在神志模糊之前，大脑中最后的记忆是在变频过程骤然感到一阵要命的寒冷，好像还有轻轻的呼救声，之后便一片空白。他暗暗思忖这是怎么回事，难道发生意外了吗？按理讲不应该呀。

恍恍惚惚过了几天，虽说赵明远的伤势还未痊愈，但精神状态已经恢复到往日状态。

"哟，小伙子精神头儿不错嘛。"侯世雄进了病房，立即佯装出惊讶的表情，微笑着对赵明远说道，"看来恢复得不错。"

赵明远望着侯世雄眨了眨眼睛，突然说道："哟，侯哥，哪儿弄的这身警服呀？啧啧啧，穿着挺精神，也挺气派。"在赵明远的记忆中，侯世雄虽然是国家公务人员，但身份绝不是警察。

侯世雄眼睛一瞪，用不屑一顾的口气说道："嘁，我一个堂堂的交警队长，干了十多年警察，穿警服还需要弄虚作假？开什么玩笑！"

交警队长！赵明远一愣，暗暗思忖这开什么玩笑，难道我生个病，住个院，世道就变了不成？随口问道："交警队长？你这玩笑也开得大了点吧，糊弄三岁小孩呢。"

"呵呵呵——"侯世雄笑笑，以为赵明远在开玩笑，说道，"你小子光屁股穿越九龙山受了点伤，难道还得了失忆症不成？不至于吧？"

光屁股穿越九龙山！赵明远再次一愣，紧接着一阵战栗，他隐隐感到事情有些不太正常，急忙举目扫视了一圈病房，最后将目光定格在侯世雄脸上。

"儿子，吃药了。"贺彩菊一声轻语，突然打断了赵明远的思绪。

"好，吃药，吃药。"赵明远说着转过头向母亲笑了笑。然而，在接过母亲手中水杯的刹那间，笑容顿失目瞪口呆，眼睛直勾勾地盯着母亲胳膊上的黑纱，嘴唇哆哆嗦嗦问道："妈……你……这……这……"

"啪啦——"一声脆响，贺彩菊手中的水杯掉在地上摔成了碎片。

好一会儿死一般的沉寂过后，贺彩菊哽咽着小声说道："是你爷爷。"

"噢——"赵明远撕心裂肺地一声狂叫，同时身体后仰，扑通一声直挺挺躺在床上昏厥过去。

第 十 六 章

眼看着赵明远成功变频，瞬间从视线中消失，解思源突然觉得五味杂陈，心里有一种说不清，道不明的感受。他站在舷窗前，眼睛直勾勾注视着已经空空如也的变频控制台，原本沉稳、冷静的心绪泛起阵阵涟漪，脸色一会儿喜，一会儿忧，阴晴不定。

喜，多年的努力终于成为现实，多年的付出终于换来了收获。

解思源自己也没有想到，赵明远变频出乎意料地顺利，没有出现一丁点的纰漏。这种结果，虽然是他的初心，也是他一直追求的目标，但过程如此顺利，他仍然感到稍许意外。

在赵明远消失的那一瞬间，解思源突然感到有些兴奋，甚至还不由自主萌生出一丝暗暗的得意。心想当初阿姆斯特朗踏上月球时说了一句名言："这是个人迈出的一小步，但却是人类迈出的一大步"，两厢比较，赵明远变频成功，进入玄灵时空，岂不具有异曲同工之理？甚至于更胜一筹！

解思源暗暗思忖，眼前这一小步，进一步验证了波态时空理论的正确性，为以后的研究向更深层次延伸、向更广范围拓展提供了无可辩驳的依据。同时，也充分说明，变频计划的总体设计思路是正确的，前期的论证和准备工作是扎实的，尤其是对"变频使者"的选拔和培养，标准制定和方案实施是符合要求和可行的，这些都为后续研究积累了丰富的经验。想到这些，解思源长长舒了一口气，心里不由得一阵悸动，脸上也泛起难以抑制的笑意。

　　忧，主要是对赵明远到达玄灵时空后，现身地点不确定性和心理状态的担忧。

　　由于技术水平的限制，赵明远成功变频，进入玄灵时空后，现身地点目前还无法实现准确定位，只能由变频控制台根据诸多因素随机性选择。如果一切顺利，无疑是皆大欢喜，假若现身地点不理想，结果势必会出现诸多不确定性。

　　解思源暗暗思忖，身处玄灵时空，如果遇到人身危险，有"量子变频衣"的保护，赵明远的生命安全断然不会受到直接威胁。在复杂的地理环境中，赵明远接受过严苛的生存训练，具有较强的自救能力，自我救护也不会存在较大问题。然而，如何防范恶劣的气候环境对"变频使者"产生严重影响，目前依然是一个未解的难题，假若时运不济，将会对赵明远造成无法想象的困难。加之身处玄灵时空，赵明远将孤立无援，独立面对各种困难和挑战，心理状态是否稳定，能否沉着应对面临的困难，妥善解决遇到的难题，直接关系着自身的安全和变频计划的成败。想到这些，解思源不由得心头一颤，心底浮起一丝担忧，又迅速显现于脸庞。

所长和军代表与解思源一样，也有着同样的心理感触和内心活动。

当赵明远从视线中消失后，两个人像事先商量好一样，与解思源一起，眼睛一直死死盯着位于变频室中央、已经空空如也的变频控制台，目光灼灼，沉默无语，内心波澜壮阔，激荡起伏。

良久之后，所长首先打破了三个人的沉默。

所长笑了笑，分别望了望军代表和解思源，说道："怎么？计划进展如此顺利，大家都沉默不语，难道还有什么不满意的吗？"

军代表微微笑笑，望了望所长，又望望解思源，说道："解总，你说呢？"

"你们二位领导的想法，就是我的想法，我个人没有任何不同的想法。"解思源公然耍了个滑头。

解思源说完，所长和军代表故作惊讶，相互望了望，又一同望向解思源，随后三个人同时哈哈大笑。

"不过——"所长突然止住笑声，脸上显出一丝担忧，顿了顿，说道，"唉，算了，不说了。"

军代表和解思源的笑声戛然而止，不约而同一起望向所长，但所长话说到一半，轻轻叹了一口气，没有了下文。

三个人对赵明远身体的承受能力同样存在着一丝隐隐的担忧。

他们深知，人体的承受能力由于容易受到心理、身体状况，以及外部环境等诸多因素的影响，在不同情况、不同条件下差异比较大，是最不可预知、最捉摸不透、最无法确定的能力。恰如人的酒量——身体状况良好、朋友关系融洽、氛围适宜的情况下，酒量会远超日常，甚至会异常惊人；反之，则有可能一杯就倒。所谓酒逢知己千杯少，话不投机半句多便揭示了这个道理。人体的承受能力虽然不能与人的酒量完全相提并论，但在一定程度上却与之有着异曲同工之理。

赵明远虽然经过了严格训练，考评结果比预设的标准还要理想，但毕竟偶然因素太多，变量太大，成功变频进入玄灵时空后，是否完全承受住了变频时强大能量的冲击，身体是否毫发无损，就成为所长、军代表、解思源在欣喜之余最为关心最为担忧的问题。

所长原本想将这个担忧直接挑明了说，顺便听听军代表和解思源的意见，但话说到一半，突然考虑到赵明远已经进入了玄灵时空，说与不说其实没有太大的实际意义，说出来反倒可能会给大家增添额外的心理负担，便临时改变了主意。

虽说所长没有言明，军代表和解思源心里却也一清二楚，而且，随后一段时间，这个担忧始终让他们如鲠在喉，并成为三位领导牵肠挂肚挥之不去的心结。

当所长、军代表、解思源为赵明远牵肠挂肚，惴惴不安的时候，赵明远在玄灵时空正经受着多重"磨难"的考验和煎熬。他不但光着屁股在众多救援队员面前彻彻底底进行了一次"现场直播"，而且还差点被突如其来的极端寒冷冻成"冰人"，"有幸"到鬼门关游走了一遭。其中，最让他饱受刺激无法承受的是"爷爷奶奶"遭遇飞来横祸，特别是"爷爷"与家人阴阳相隔。

突然听到"爷爷"过世的消息，赵明远一急之下，心气不畅，大叫一声再次昏厥不省人事。贺彩菊和侯世雄顿时大惊失色，特别是贺彩菊，大呼小叫一通手忙脚乱，惊得医生护士也慌了手脚。一番紧张的检查抢救，赵明远轻轻喘了一声苏醒过来。

"爷爷——"赵明远刚一苏醒便大叫一声，随即一个翻身跳下病床，不顾身体的虚弱挣扎着努力冲向病房门口。

"明远，你冷静一点。"侯世雄一个前冲，双臂一拦，将赵明远搂在怀中。

"呜呜呜——爷爷——"赵明远情不自禁，哭声撕心裂肺。

侯世雄轻轻抚了抚赵明远的后背，搀着他走向病床："明远，你的心情谁都能理解，但现在，你大病初愈，身体还比较虚，待恢复几天，病情差不多了，再去看爷爷，好不好？"

"可——"赵明远心急如焚，但在抬头望向侯世雄的瞬间，突然灵光一闪，表情愕然，原本想说的话，只吐出了一个字便戛然而止。

赵明远看到了侯世雄身上的警服！

刹那间，他心里一颤，全身一抖：现在是在玄灵时空！赵明远的大脑犹如闪电般高速运转：爷爷奶奶远在实基时空，眼前的梦魇相对于实基时空来说只是虚景和幻象，绝不是爷爷奶奶的真实遭遇。想到这里，赵明远暗暗舒了一口气。

不好！赵明远刚刚坦然的心又提到了嗓子眼儿：玄灵时空是实基时空的先兆，这里发生的事也是实基时空事件的预演，眼前的一切境况，不是意味着爷爷奶奶将要实实在在遭遇飞来横祸吗？想到这里，赵明远吓出一身冷汗，暗暗思忖不行，一定要阻止祸事的发生，绝不能让爷爷奶奶像玄灵时空一样发生意外遭遇不测。赵明远暗暗告诫自己冷静，冷静，在噩梦发生之前，一定要返回实基时空，全力阻止悲剧的发生。

随后几天，赵明远在养病的同时，佯装着没事人一样，仔细询问了"爷爷奶奶"遭遇车祸的时间、地点和经过，以及"爷爷"的善后事宜，把相应的关键节点牢记在心。同时，他以孙子的身份，不断看望、陪护"奶奶"，热情地跟"奶奶"唠嗑拉家常，抚慰"奶奶"受伤的心。并且，不断以儿子的身份与"父母"谈心，与"朋友"交流，未承想，他本来抱着补偿心理的这一系列操作，却非常意外地获取了玄灵时空赵明远家庭的许多"情报"，掌握了玄灵时空的许多信息。

赵明远心想，遭遇飞来横祸的"爷爷奶奶"，虽然在本质上与自己并无血缘关系，但两位老人家的遭遇全因自己而起，玄灵时空赵明远家庭的危机也全是因自己的缘故。对于这个差点面临家破人亡的家庭，赵明远深感愧疚，心里甚至有一种沉重的负罪感。由此，他不顾自己的伤病，尽可能陪护"奶奶"，安慰"父亲"和"母亲"，心想着通过自身的努力，最高限度地弥补自己的过失，减轻自己的"罪孽"，以求得自己些许的心理平衡和安慰。

其间，由于"父亲""母亲""奶奶"不但与实基时空赵明远的父母亲和奶奶长相相同，而且语言举止、表情神态几乎没有区别，家庭背景也如出一辙，致使赵明远在主观意识上经常发生错觉，不经意间便会将自己融入当下的环境之中，把"父亲""母亲""奶奶"当成自己的至亲，导致实基时空与玄灵时空在思想认知中不断发生交叉，个人的角色定位经常发生错乱，搞得他精神恍惚，苦不堪言。

正当赵明远深陷于难以自拔的漩涡，努力减轻自身"罪孽"的时候，玄灵时空的"真身赵明远"已经完成了导弹测试任务，如神仙下凡一般突然出现在家人、朋友面前。

"明远，你——你不是在医院吗？咋这么快就出院了？"

"不——不对，你——这身打扮咋像是刚执行任务回来，怎么回事？"

望着风尘仆仆回家的"真赵明远"，亲戚朋友一个个瞠目结舌，犹如突然看到一尊绝世罕见的怪物。

"我这不是刚执行任务回来嘛，去医院干什么？""真赵明远"嘿嘿一笑，感到莫名其妙，"几个月不见，不认识了还是咋的，怎么看我都是这副眼神？"

了解到家中的一连串变故，"真赵明远"犹如当头挨了一棒，只觉得脑袋"嗡"的一声炸响，更犹如一声晴天霹雳，惊得他目瞪口呆悲从心生。听说自己还有一个一模一样的替身，而且还以自己的身份完成了一系列惊心动魄的传奇，"真赵明远"差点儿唬掉下巴。

"走，上医院。""真赵明远"咬牙切齿当机立断，"我要看看究竟是何方神圣。"

家里的一众亲朋好友鱼贯而出，急匆匆直扑医院，期许着千古难得一见的"奇景"。

最后的结果让所有人大失所望。待一行众人行如疾风赶到医院的时候，执行变频计划的赵明远早已催动量子变频衣，返回了实基时空。

赵明远顺利返回实基时空，如同凯旋的英雄，让一直提心吊胆牵肠挂肚的所长、军代表、解思源，以及一众同事欢欣鼓舞，一个个犹如打了一针强心剂。

"哈哈——小赵同志，欢迎返回实基时空，欢迎回家。"一直以稳重形象示人的所长罕见失态，箍着双臂紧紧搂着赵明远，兴奋地大呼小叫，"好样的，不负众望，你是全世界千古以来穿越玄灵时空的第一人，创造了伟大的奇迹。"

"哎哟，吁——"所长无意中碰到赵明远还未完全愈合的伤口，赵明远不由得轻呼一声，吸了一口凉气。

"怎么了?"所长大吃一惊，脸色一变，大吼一声："医疗队——"

"所长——"赵明远急忙解释，"已经好得差不多了，不是你想象的那么严重。"

"快，重症监护室，立即检查，不惜一切代价，全力救护。"所长神情焦急，全然不管赵明远的解释。

赵明远的伤情其实已经基本恢复，但所长、军代表、解思源，及众多同事一无所知。听到所长急促的命令，医疗队立即按照应急预案，以迅雷不及掩耳之势，上演了一场没有实际意义的"紧急大救援"，搞得赵明远哭笑不得但又无可奈何。

"快，快，怎么搞的，事前没有准备吗?"所长脸色阴沉，不断催促。

"所长——"医疗队长脸色通红，欲言又止。

"别啰唆，我只要速度，我只要小赵同志的安全。"所长不容分说。

医疗救援是变频计划的有机组成部分，是为了防止发生意外预备的应急措施。由于赵明远返回时显得一身轻松毫无受伤迹象，救护人员当即放松了应有的警惕，致使突如其来的救护工作出现短暂的迟滞，引起所长极度不满。

"所长，我之前在玄灵时空确实受了些轻伤，但现在已经基本恢复，算我求你了，我真没事。"赵明远不断向所长解释，几乎接近于哀求。

"你说了不算，等检查结束，诊断结果才是准确答案。"所长对赵明远几近哀求的解释，没有表达出丝毫的妥协余地。

赵明远被紧急"抢救"进医院，作为特护对象送入重症监护室，像重刑犯人一样被迅速隔离。随即，抢救设备全力启动，满负荷运转，体检设备的"触角"很快布满赵明远全身，对赵明远进行着无死角监测。

"所长，结果出来了。"半个小时后，医生将检查报告单递到了所长手中。

"冻伤？其余一切正常，怎么回事？"所长急速看完检查报告，紧蹙双眉望着医生，"你确定？"

"这——"医生望着所长威严的面孔，大脑"嗡"的一声有些发蒙，"应该……"

"不要含含糊糊。"不待医生说完，所长双眼亮出一道精光，"重新检查，仔细检查，我要十分确定的诊断结果。"

此时的赵明远，像被置身于火堆之上受到强烈炙烤一样，心急如焚却又无可奈何。他原计划返回实基时空后，争取在最短时间内，完成玄灵时空之行的情况汇报，随后马不停蹄尽快回家，立即着手应对即将发生的"家庭危机"。奈何，研究所领导对他的解释充耳不闻，将他长时间困于重症监护室，使他接受一遍又一遍的监测检查，导致原有计划一直难以成行，使他焦急万分。

"所长，这次的检查结果与前两次一致。"医生拿着诊断报告单，对所长说道。

"哦?"所长紧蹙的双眉一展，嘴角一翘，露出难以觉察的微笑，"这么说，小赵同志除了基本痊愈的冻伤外，一切正常?"

"对，三次检查结果都是如此。"医生点了点头。

谢天谢地，终于结束了，听到医生的最终诊断结论，赵明远长长舒了一口气。

"行啊，小赵同志，只要你身体没有大碍，我们就放心了。"所长又恢复了之前的稳重，"对了，小赵同志，近几天你先休息休息，待精神恢复好了，将玄灵时空之行的情况向所里做一个详细、全面的汇报，怎么样?"

"不不不，所长，休息就算了，汇报我加班加点尽快准备，争取明天完成。"

"哦? 没有想到，咱们的小赵同志还是个急性子嘛。"所长笑着望了望其他人，回头对赵明远说道，"好，就按你说的办，等汇报结束，你再好好休息，反正休整的时间比较长，也不在乎这一时半会儿。"

三天之后召开的情况汇报会，除研究所高层领导悉数参加外，同时还邀请了一位国家级领导和一位部级领导参加，骤然使会议规格和档次上升到前所未有的高度，给赵明远造成了巨大的心理压力。两个多小时的汇报，加上领导和专家提问，两个环节总共用了将近八个小时。会议结束的那一刻，赵明远像大病初愈一样，感觉全身无力。他长长舒了一口气，接着又心头一紧，随即紧咬牙关，硬撑着几乎虚脱的躯体，置其他人的极力劝阻于不顾，没命地向家里疾驰。

汇报非常圆满，也非常成功，得到了与会领导和专家的一致肯定，甚至在汇报会现场还引起了巨大的轰动，但只有赵明远清楚，汇报内容缺少了在他看来比较重要的一环。

准备汇报材料的时候，赵明远左思右想，最后牙一咬心一横，将玄灵时空赵明远爷爷奶奶遭遇车祸的内容做了巧妙的技术处理，重点隐藏了玄灵时空赵明远与受害人之间的血缘关系。他暗暗思忖，实基时空与玄灵时空遵循着同一规律，那个赵明远爷爷奶奶的飞来横祸无疑会在自己爷爷奶奶身上重演。自己要坚决阻止那场悲剧的发生，必然要涉及人为改变时空发展规律的问题。而人为改变时空发展规律，会引发哪些连锁反应，会引起哪些负面效应，究竟要冒多大风险、付出多大代价，全部是未知数。这些因素，自己从个人感情出发，暂时可以置之高阁不予考虑，但领导们一定会从更大的视角和范围，全面考虑这些因素可能带来的影响。假如领导们了解到这些细节，无疑会对自己下一步的行动产生警觉，从而有可能阻止自己的行动。

在赵明远想来，事物的客观发展规律不以人的意志为转移，在宇宙时空这种蕴含着无穷能量的"天命"面前，"人定胜天"四个字极其苍白无力，说起来甚至有些自欺欺人。但即将到来的飞来横祸，却关乎着爷爷奶奶的安危，关系到整个家庭的完整与幸福，即使预感到自己的行动很可能徒劳无功，将以失败告终，他也要以一己之力与"天命"扳一扳手腕，竭尽全力与命运抗争较量一番。

"哟，乖孙子回来啦。"赵明远刚进家门，爷爷赵国生便满脸笑容，笑呵呵伸出手，想要接过行李。

"爷爷——"赵明远将行李随手一扔，突然叫了一声，一把搂住赵国生，伏在他肩上轻轻抽泣起来。

"好了，好了，几个月不见，乖孙子想爷爷了吧。"赵国生轻轻拍着赵明远的后背，小声劝慰。

急匆匆赶回家的赵明远看到爷爷，心里突然似有一股涌泉喷薄而出，横冲直撞排山倒海，在忍无可忍的情况下，他急忙像小时候那样，一把抱住爷爷，低声抽泣。

此时此刻，赵明远的心理活动纷乱异常。

在玄灵时空，他已经确切知道那场飞来横祸的全部信息，目睹了"爷爷"与"家人"阴阳相隔的现实。他深知，同样的厄运将无可避免降临在面前的至亲身上，其乐融融的家庭将会发生剧烈的变化。虽然他下定决心，准备拼尽全力做一番努力抗争，但希望实在太过渺茫，如果无力回天，眼下的一段时间将是他与爷爷相聚的最后时光。

然而，这些信息，这些想法，赵明远既不可能对父亲母亲诉说，也不可能对爷爷奶奶倾诉，更不可能与外人分担，这既是纪律，也是责任，并且他也不愿给亲戚朋友增添额外的思想负担。如此一来，赵明远既感到憋屈，又感到压抑，只能以最简单、最常见、最直接的方式，尽情释放内心的压抑，缓解难以控制的情绪，表达对爷爷深深的眷恋之情。

"好了，乖孙子不哭，咱们爷孙这不见面了嘛，不难过，啊!"赵国生不断轻轻拍着赵明远的后背，轻声劝慰。他一直以为孙子长时间未曾与自己见面，乍一相聚，孙子难掩激动之情。

"去!"站在一旁的赵明远奶奶轻轻地哭了一声，随即扭头望向一边。

赵国生在劝慰孙子的同时，不断向满怀羡慕的老伴投去骄傲的目光，无言地告诉老伴：你看看，孙子还是跟我亲吧。

赵明远奶奶毫不退让地迅速还以颜色，嘴角一撇，眼睛一斜投以不屑，同样无言地告诉老伴：有什么骄傲的呀，孙子围着我奶奶长奶奶短的次数比围着你多多了，要说亲近的话，孙子肯定跟我更亲。

不对!情况肯定不对。赵国生心里暗暗一惊。

按照常理，爷爷孙子好长时间没有见面，乍一相见表现得亲密一些实在是正常不过的事情，但赵明远长时间伏在赵国生肩上抽泣不止，泪水已经将赵国生的衣服浸湿了一大片，显然已经不是表达相思之情的正常举动，这立即引起了赵国生的警觉。

"明远，我问你，究竟发生了什么事?"赵国生轻轻扶着赵明远的双肩，与他四目相对，表情和蔼慈祥但语气严肃。

"没有什么事呀!"赵明远心头轻轻一颤，长长抽泣了一声，急忙摇了摇头，又挤出些笑容，佯装出若无其事的表情。

"噢——没有事就好。"赵国生也佯装出恍然大悟的神情，回应了一声。

不对，这小子心里肯定有事!赵国生从赵明远恍惚的眼神和遮遮掩掩的表情中十分确定，赵明远的泣不成声绝不单单是爷孙相思那么简单，其中必有隐情。他心想：哼，你小子想瞒我？还嫩得很呢。

此后一连几天，赵明远强压着心中的惶恐与担忧，装作没事人似的表情自然神情自若，像往常一样，到了做饭时间，殷勤地帮着奶奶淘米、择菜，闲来没事，又想着法儿逗爷爷奶奶开心，经常将奶奶逗得哈哈大笑前俯后仰。以前归父亲母亲专属的力气活，比如拖地、洗衣服等等，也都被他全部承包。如果说最大的变化，莫外乎赵明远比以前的应酬少了许多。

对比赵明远的表现和变化，赵国生更加坚信了自己的判断：孙子心里一定有事。他暗暗思忖：事出反常必有妖，你那点小心思，岂能瞒过我的眼睛。好，既然你不想说，我也不着急逼你，我倒要看看，你究竟有多大的忍性，多大的耐力，我不相信你能这么一直憋下去。赵国生推测，赵明远可能在工作中受了比较大的委屈，或者与领导、同事发生了比较大的矛盾。他在细心观察，像姜太公钓鱼一样在等待，静候着孙子主动找他交代心事。

赵明远其实根本没有刻意与爷爷较劲、比耐力的想法，个中原因是他内心所思所想实在不便对爷爷言明：一是要绞尽脑汁，思考、寻找阻止那场飞来横祸的方法和途径，力争挽救爷爷于危难；二是从最坏的角度考虑，赵明远希望在有限的时间内，尽可能让爷爷心情愉悦，高高兴兴与家人度过人生的最后时光。至于赵明远发生的明显变化，那是因为他亲身经历了玄灵时空赵明远爷爷奶奶的变故，心理突然趋于成熟，懂得了倍加珍惜亲情，努力创造其乐融融的家庭氛围而已。但是，由于赵国生的猜忌与怀疑，赵明远不得不无时无刻不掩饰自己的情绪，使出浑身解数与爷爷玩起了猫捉老鼠的游戏。

"明远，难道你真没有什么对我讲的？"

"嘿嘿，爷爷，您想了解哪一方面的情况？"

几天过后，赵国生发现赵明远依然闭口不谈，丝毫没有主动透露心思的想法，无奈，他只有缴械投降，放低身段，主动找到赵明远，企图循循善诱，启发引导孙子吐露心迹。

"咳咳咳——"赵国生干咳了几声，"比如——比如——与领导的关系怎么样，与同事相处怎么样，工作顺心不顺心，等等，你想说哪一方面就说哪一方面，你想怎么说就怎么说。"

"那还用说？一切正常呗。"赵明远一句带过。

赵国生微微一怔。谈话前，他设想了几套方案，准备对孙子晓以大义，剖以利害。未承想，赵明远一句话便将他的几套预案冲了个七零八落，堵得他哑口无言。

一段沉默过后，赵国生望着赵明远，以明显带有启发诱导性的口吻说道："你们现在的年轻人，在为人处事方面存在着许多问题，特别突出的是常常以自我为中心，不能很好地处理与领导之间的关系，也不善于处理同事之间的关系，给工作造成了许多负面影响，也给自己造成了许多麻烦……"

赵明远心头一动，暗想不好，爷爷是准备要诱敌深入！不行，不能顺着爷爷的思路继续下去，否则，难免会露出蛛丝马迹。心思谋定，未等赵国生说完，赵明远紧接着话茬说道："爷爷，您说得对，我们年轻一代中，确实存在您所说的那些问题，不过，那只是一小部分，是极小极小一部分，绝大部分还是好的，而且相当相当好，您老就放心吧。"赵明远说着，嘿嘿一笑，"您说的那些问题，您孙子身上可不存在噢。您想想，您孙子是谁呀，身上有您的遗传，有您的基因，上下左右的关系处理能差得了吗?"

"哦?"赵国生又微微一怔，随即佯装出十分慰藉的神情，说道，"好，好，这样我就放心了，哈哈哈——"

赵国生一番充足的准备，到头来做了一通无用功，依然没有得到一丝一毫有用的信息，距离最初设定的目标十万八千里，心里充满了极度的失落感。

第 十 七 章

　　赵明远回家休养，整天陪着爷爷奶奶爸爸妈妈又说又笑，家里充满了欢声笑语，全家人其乐融融。表面上看起来轻轻松松，而实际上，赵明远"压力山大"非常郁闷：一方面，他要极力压抑内心的惶恐与担忧，努力营造家里的和谐氛围，尽力使爷爷心情愉悦度过人生的最后时光；另一方面，他要努力排除各种干扰，大海捞针似的探寻让爷爷奶奶躲过那个飞来横祸的方法；再一方面，他要时刻小心翼翼，防止自己在巨大的心理压力下透露出只言片语，给其乐融融的家庭氛围平添一抹阴云。特别重要的是，他要随时随地提高警惕，防止爷爷窥探自己内心的秘密。

　　自从赵国生主动出击一无所获，草草收兵之后，虽然当时他并没有过多深究，但依据丰富的生活阅历和经验积淀，他坚信赵明远内心隐藏着诸多秘密。由此，他怎么看怎么想都觉着孙子心里有事，有时看到孙子的眼神都觉得有问题。于是乎，赵国生在正常的工作生活之余，把绝大部分注意力都集中到了赵明远身上。他相信，从赵明远的一言一行，一举一动中，一定能够发现些许蛛丝马迹，从而顺利破解孙子的"金钟罩"和"铁布衫"，使赵明远内心隐藏的秘密大白于天下。如此一来，爷爷孙子两个人的心理战，在不知不觉中蹿升到全新的高度。赵明远不但在思想上压力倍增，而且在行动和语言上都感到了空前的压力，时时处处都得谨小慎微小心翼翼，唯恐有什么漏洞被爷爷看穿。

"嘻嘻，赵明远，你能猜出我是谁吗？"电话中传出清脆悦耳的声音。

"还用猜吗？如果你的声音听不出来，那不说明我失聪了嘛，不至于吧。"

"咱们中心准备组织志愿者去敬老院搞一次慰问活动，你有时间吗？"

"有，有，有时间。"

"那好吧，到时候微信通知你，拜拜。"

接完电话，赵明远长舒一口气，心里一动，呵，总算逮着个喘息的机会，我这个紧张到极点的小心脏确实得赶紧休整休整，否则的话，长时间拉得跟满弓似的，心理防线不崩溃才怪呢。

打电话的是赵明远从小学到高中的同班同学茹佳慧。

茹佳慧是一个名副其实的富二代。她的父亲经营着几家大型超市和规模化企业，资产超过百亿。然而，任谁也想不到，在茹佳慧三岁左右，她的父母曾一度沦落到家徒四壁倾家荡产的地步，当时的惨状，用"揭不开锅，提起裤子找不着腰"的俗语形容也不为过，而拖累家境陷入如此境地的"罪魁祸首"，便是当年幼小的茹佳慧。

那个时候，茹佳慧父亲的事业起步不久，家里的日子虽说比上不足，但比下绰绰有余。然而，时运不济，老天爷也不给力，小茹佳慧患上了一种世界上极为罕见的"少儿渐冻人症"。这种病与世界著名物理学家史蒂芬·霍金的病情一样，肌肉软弱无力，逐渐萎缩，身体如同被逐渐冻结一样。这个病的恶名与癌症并驾齐驱，是世界无法治愈的五大绝症之一。按照有关理论，这种病的发病年龄一般在二十岁到八十岁之间，但万分不幸，它却不偏不倚落在年龄只有三岁左右的茹佳慧身上。父母带着她访遍了全国各大医院，寻遍了各地的名医专家，花光了所有积蓄，变卖了所有家产，但病情不仅没有丝毫好转，反而愈加严重。当时，父亲将她紧紧搂在怀里，可怜巴巴地望着她绝望地说道："孩子，不是父母不尽力，也不是父母心狠，实在是老天不开眼哪，如今到了这个地步，能不能活下去，只能看你的造化了。"

那个时候，"网络求助"已经开始流行，茹佳慧父亲在几乎完全绝望的情况下，经过朋友点拨提醒，本着死马当作活马医的想法，迅速将茹佳慧的病情上传到网上。出乎全家人预料，仅仅四个多小时，点击量和转发量便超过十万。紧接着，数额不等的捐款从全国各地源源不断汇聚而来，三天便超过了五十万元。其中，最让茹佳慧父母惊喜的是，几个公益组织历经千回百转，联系到一个中医研究所，反馈消息说根据网帖介绍的病情，他们愿意试一试。

茹佳慧父母重新燃起希望，再次带着茹佳慧踏上求医路途。在中医研究所，经过医生望、闻、问、切，医护人员以中医砭、针、灸、药、导引、按跷等六大技法为基础，反复进行砭刮、罐疗、推拿、针灸、药敷、导引、艾灸、熏蒸等等，经过半年多时间的治疗，竟奇迹般地将茹佳慧从死亡线上拽了回来，让她重新焕发出生命的活力。

当茹佳慧活蹦乱跳离开研究所的时候，她的父母却泪流满面激动难耐，不顾研究所的极力反对，拉着茹佳慧一起跪在全体医护人员面前，着着实实叩了三个响头，发誓说自己虽然人微力薄今生无以为报，但绝对可以保证全家一辈子都做个好人，以报答全社会的好心人和研究所对茹佳慧的救命之恩。当时，茹佳慧的父母当着那么多人的面打算将茹佳慧的名字改为"茹众生"，意思是要让她一辈子牢记，是社会各界芸芸众生给了她第二次生命。但是，所有的医护人员和亲戚朋友都极力反对，说"众生"太男性化，并且听起来也带点儿迷信色彩，用在女孩子身上有些不雅，改名字的事才算作罢。

经历了生死劫难的小茹佳慧似乎在刹那间便成熟起来，在她幼小的心灵里，父母求医无门时绝望的眼神、收到不知名好心人捐款时感激的表情、接到中医研究所通知时充满希望的神情全都牢牢扎下了根，特别是全家人在医护人员面前叩头谢恩的场景，更像是深深地镌刻一样永久留在了脑海之中。

长大后的茹佳慧在高考填报志愿时，出人意料地报考了非常冷门的社会工作专业，而且几个志愿全都是同一个专业，似乎有非社会工作专业不上的架势。当时，老师和同学们感到很不理解，按照她的成绩，完全可以填报时下的热门专业。然而，茹佳慧对大家的劝说默默一笑，毅然决然按照之前的想法填报了志愿，上了自己心目中理想的专业。当然，茹佳慧有如此坚定的决心，并且没有受到外界丝毫的干扰，与父母的理解和支持也有着莫大的关系。

　　大学毕业当年，茹佳慧便登记注册了一个叫"慧慧公益慈善服务中心"的社会组织，团结了一批立志于奉献爱心的志愿者，常年从事扶老、助残、救孤、济困的公益活动。赵明远自然成为其中之一。直到这个时候，众多亲戚朋友才恍然大悟，终于理解了茹佳慧当年高考填报社会工作专业的初衷：她是在用自己的行动真真切切实实在在践行着父母对社会、对中医研究所全体医护人员立下的誓言。按照茹佳慧的话说："我的命是大家给的，人常说受人点滴之恩，当涌泉相报，虽然对我来说涌泉相报谈不上，但能够为社会、为大家做一点小事，给处于困难中的人一些帮助，我还是可以做到的。"

　　常言道有心栽花花不开，无心插柳柳成荫。本来，茹佳慧成立"慧慧公益慈善服务中心"的初衷，是为了回报社会给了她第二次生命，与功名利禄毫不沾边，任谁也没有想到，随着"慧慧公益慈善服务中心"的发展壮大，社会影响也越来越大，社会效益也越来越好，无意中带动了一大批志愿者投身于公益事业，极大地促进了众多公益慈善组织的产生和发展，她本人也因此受到国家和省市各级的表彰，而且还被推选为省代表，成为全市一张响当当的名片。

　　赵明远与众多志愿者进入敬老院的大门，墙壁上一排巨大醒目的红色标语立即映入眼帘："老吾老，以及人之老；幼吾幼，以及人之幼"，他心里咯噔一下，瞪大眼睛直愣愣地盯着标语陷入了深深的沉思。

　　以前，赵明远也经常参加类似的活动，那道醒目的标语也经常看到，但他很少动心思真正思考那条标语所蕴含的深刻哲理，自然对其具有的现实意义没有真正的感悟。上学期间，他也曾经看似认真地学习过那些内容，但当时只不过是为了应付考试而已。然而，经历了玄灵时空"爷爷奶奶"的那场飞来横祸，当再次看到那条标语时，他的脑海突然灵光一闪，眼前一亮，似乎觉得那条标语与以前有了很大不同。

此情此景，赵明远的心理反应跟大多数人一样，接受空洞的说教，犹如铁板渗水，即使相互融合，也会生锈变质，失去原有的特性。只有在经历了一定的困难和挫折，特别是重大的困难和挫折，甚至是有了血的教训，积累了一定的阅历之后，人们才会静下心来反思自己的过往，才会以新的视角重新审视我们所处的社会和周围的一切，也才会对我们老祖宗几千年来传承的文化和传统由衷地感慨与惊叹，更会发自内心认同。所谓吃一堑，长一智，便是对其高度的概括和总结。

比如赵明远面前的那幅标语，它其实一直是我们民族秉承的传统美德之一，所倡导的是胸怀天下之心，求得整个社会的和谐与共荣。赡养老人，要将全天下的老人为自己的亲人；抚养幼小，要将全天下的幼小视如己出，使全社会人际间的关系像亲人一样亲密无间。坦坦荡荡，实实在在，虽然没有华丽的辞藻，却凝聚着我们民族几千年来尊老爱幼传统美德的精髓。

"树欲静而风不止，子欲养而亲不待。"经历了玄灵时空"爷爷"与"家人"阴阳相隔的重大变故，赵明远突然觉得，人一辈子其实很短暂，无论是父子也罢，是爷孙也罢，能够在人世间相聚相亲相爱是永远无法重复的缘分。你养我长大，我陪你变老，其实相互陪伴的日子并不长，当我们恍惚间蓦然回首时，都会有一种"时间都去哪儿啦"的慨叹，到了我们长大成熟想尽一尽孝道时，说不定生养我们，给我们生命的人已经离开了人世，与我们天各一方，永无再见之日。残酷的现实让我们惊醒，也让我们明白，无论是对待我们的至亲，还是对待身边的朋友，珍惜缘分，互敬互爱，摒弃嫌隙，和谐共处，才能不留遗憾无悔人生。

敬老院之行，赵明远的感慨还远远不止于此。当他给一位八十多岁的失能老人喂饭时，望着眼前没有表情的脸庞和僵化无神的双眼，赵明远心头猛然一颤，恍惚间眼前的老人变成了爷爷赵国生，紧接着变成了父亲赵挺俊，最后竟然变成了他自己。这瞬间的一系列变化让赵明远全身一紧手一抖，差点将饭碗掉在地上。等他回过神来后心里暗暗惊叫了一声，思忖着面前的耄耋老人不就是明天的自己吗？今天我们还可以作为志愿者为老人们奉献爱心，那么，当我们自己将来成为面前的老人时，会不会有人像我们一样端一杯茶、喂一口饭呢？"凡事预则立，不预则废"，我们一定要未雨绸缪，从自身做起，为下一代人树立榜样，上行下效，等到我们年老的那一天，也才能像面前的老人一样，享受在灿烂明媚的蓝天下，沐浴在爱心四溢的海洋中。赵明远想着想着，敬老院门口墙壁上巨大的红色标语突然从心底浮现出来，比墙壁上真实的标语更加清晰，更加鲜亮："老吾老，以及人之老；幼吾幼，以及人之幼。"

敬老院的公益活动虽然只有短短的一天时间，但赵明远的内心却受到了空前的震撼，心灵像被彻底洗涤过一样无比清澈。人们常说"听君一席话，胜读十年书"，而赵明远深深觉得，虽说敬老院公益活动看起来事情很小，无非是帮助老人们换洗衣服、喂饭、理发、打扫卫生、与他们说说话解解闷儿、表演个节目活跃活跃气氛等等，但是，通过这些细小的看似不起眼的活动，可以让人们以亲身的体验，深刻感悟我们民族秉承的传统道德魅力，净化心灵，对于提高人们的精神境界与思想品质，弘扬良好的社会风尚，建立和谐融洽的人际关系有着极大的裨益。

过了几日平静愉快的日子，某日，赵明远突然看到挂历上一连串被他勾画出的红圈，顿时感到头皮发麻，脑袋嗡声长鸣！

这么快！赵明远暗暗心惊。

参加了敬老院的公益活动，紧张到极点的心情放松了不少，赵明远有些飘飘然，突然看到墙壁上的挂历，猛然醒悟：那个可怕的时刻已经悄然来临。

怎么办？赵明远心头一紧，暗暗自问。

直至眼下，赵明远仍然没有找到阻止那场飞来横祸的办法，瞬间犹如热锅上的蚂蚁，心里焦急万分，却又毫无头绪。

一不做二不休，干。赵明远目露精光，牙齿咬得咯吱直响，暗下决心。

一段激烈的内心活动后，赵明远决定以静制动，临机决断，希望在危机四伏中寻觅到一线生机。

夜，早已过了子时。

喧嚣与嘈杂貌似悄然去了另外一个世界。夜幕笼罩下，灯光昏暗慵懒无神，周遭寂静无声无息。微风吹来，裹挟着一股阴冷，不由得让人毛骨悚然，浮想联翩。

"喵——"

处于发情期的野猫突然撕心裂肺一声嘶叫，惊悚的声音刺破夜空，穿过窗户，蹿进家中，惊得赵明远心头突然一紧，浓烈的困意如被狂风扫雾一般，瞬间不留一丝身影。他像拨浪鼓一样摇了摇头，眨了眨眼，抬头望了望墙壁上的挂钟。

呀！凌晨四点多了。赵明远心头再次一紧，刹那间呼吸急促，神经紧绷。

当天晚上，赵国生显得异常兴奋，没完没了地对老伴、儿子、儿媳、孙子说东道西，似乎要将攒了一辈子的话一股脑说够说完。夜里十一点半过后，儿子赵挺俊、儿媳贺彩菊已经呵欠连天，无奈老父亲兴致正浓，小两口只有强打精神聆听父亲的谆谆教诲。

赵挺俊暗暗奇怪，心想往常十点，最迟不超过十点半，父亲便会安然入睡，那是多年养成的习惯，雷打不动，不知道今天晚上怎么那么邪性，父亲哪儿来那么大的兴致？直到将近午夜，赵国生仍然兴趣盎然，老伴强烈干预，他才心不甘情不愿，恋恋不舍返回卧室。赵挺俊、贺彩菊这才长长松了一口气相互一望，会心地抿嘴笑了笑。

赵国生的反常举动，所有家庭成员都感到纳闷，觉得难以理解。赵明远挠了挠头，暗暗思忖也许是爷爷的回光返照吧。

回光返照？赵明远心头狂跳，紧接着气血上涌头晕脑涨，暗暗思忖，难道爷爷没有一点挽救的余地了吗？不行，绝对不行，绝不能让爷爷赴玄灵时空的后尘，哪怕粉身碎骨，也要把爷爷从死亡线上拉回来。

家中灯光全熄，所有人酣然入睡后，赵明远悄然回到客厅，惶惶不安坐在沙发上，双手合十放在胸前，一边默默祈祷苍天保佑爷爷平安，一边集中着十二分的精力，随时准备出手相搏。

夜，寂静依然，针落可闻。

嘀嗒嘀嗒的挂钟声响不断，似乎在不断提醒赵明远，那个可怕的时刻在一步步逼近，死神的魔爪已经亮出尖利的爪锋，正在向爷爷刺来。

时间在一分一秒流逝，赵明远的心情一阵儿紧似一阵，直到最后，他全身不由自主战栗起来。

突然，爷爷卧室传出一阵窸窸窣窣的声音。

"嗖——"一声疾响。

赵明远从沙发上弹了起来，像饿虎扑食一样飞身堵在爷爷卧室门口。他心想只要爷爷不出家门，玄灵时空那可怕的一幕便不会发生。

"哦——"赵国生开门，突然看到赵明远，微微一声惊诧。

"爷爷——"赵明远暗暗一喜，轻轻叫了一声。

"啊——"一刹那间，赵国生神情突变，龇牙咧嘴，沉声怒吼，双手用力推开赵明远，快速冲向门口。

"唏——"赵明远闪避不及，快速倒退几步，砰的一声重重撞在墙上，痛得吸了一口凉气。他来不及多想，双腿一屈，两脚一蹬，飞身一扑，紧紧抱住了赵国生后腰，同时失声大喊："爸——妈——"

"怎么了？"惊呼声几乎同时响起。

赵挺俊、贺彩菊、赵明远奶奶慌不择路冲出卧室，眼前不可思议的一幕将他们惊得目瞪口呆。

赵国生一边低声怒吼，一边奋力挣扎，企图挣脱赵明远的束缚。赵明远紧紧箍着赵国生的后腰，双目圆睁，嘴角挂着一丝血迹。两人相持之间，赵国生头部逐渐冒出点点荧光，飘向空中。紧接着，从头部开始，脖子、肩部、双臂一直向下，以肉眼可见的速度，整个躯体迅速幻化为点点荧光飘向空中。转眼间，无数荧光在空中聚集，幻化为赵国生的形象停留了片刻，随后形成一股荧光流，穿透墙壁，飞向空中，消失在繁星点点的夜空中。

第 十 八 章

空间物理研究所会议室。

所长微微笑了笑。虽说是微笑，但显而易见，微笑中包含着诸多苦涩。

他首先望了望军代表，又望了望解思源，说道："今天把二位留下来只有一件事，我想跟你们个别交流交流关于赵明远同志的处理意见。你们也看到了，几次会议，大家争论得很激烈，最终都没有达成一致的意见。当然，每个同志发表的意见都有充足的理由，也都不能完全否定。我是这样考虑的，解思源同志是赵明远的直接领导，并全面负责赵明远的政治思想教育和业务能力培训，军代表对研究所的工作负有监督之责，二位的身份都比较特殊，所以，为了慎重起见，我想重点听一听你们两个人的意见。"

几分钟的沉默过后，军代表望了望解思源，转头对所长说道："所长，我的意见在会上已经说得很清楚了，现在我仍然坚持我的意见。当然，按照我的意见，可能会对咱们研究所目前的工作造成一定影响，而且，对赵明远同志个人今后的发展也会有一定的影响，但从咱们研究所的长远建设来看，严明纪律，树立规矩，所取得的效果肯定是利远远大于弊的。"

军代表刚说完，解思源紧接着说道："所长，应当承认，赵明远所犯的错误不但给研究所造成了很大的损失，也给变频计划的进一步实施带来了很大影响，性质非常恶劣，后果非常严重，按理说，对他进行多么严重的处理都不过分。"解思源说到这里，深深吸了一口气缓了缓，接着说道，"无论怎么处理，他都是咎由自取。"

"那你最终的意见是——"所长看到解思源说完低下头沉默起来，皱了皱眉头向解思源询问道。

"不过——"解思源听到所长询问，马上抬起头接着说道，"所长，赵明远犯了这么严重的错误，我也有不可推卸的责任，是我工作做得不够扎实，也不够深入。"

"说到处理意见，我是这样想的。"解思源深吸了一口气，想了想，说道，"从个人素质来讲，无论是思想素质、身体素质、文化素质，也包括个人品质，赵明远是我接触的那么多备选对象中最优秀的，没有之一。对于这一点，我相信你们二位领导心里都有数。我想，再要寻找到素质这么全面的人不敢说百万之中挑一，最起码万里挑一那是毫不夸张。我认为人才难得，这是其一。"

"其二，我们再说说赵明远的错误动机。是的，赵明远的确犯了错误，而且是非常严重的错误，但我认为，他的出发点完全符合人之常情，符合人的本性。从这个角度讲，他的做法无可厚非，而且这正好能够说明赵明远具有至情至性敢于担当的品质。二位领导想想，即将发生变故失去性命的是赵明远的亲爷爷啊，他能丢弃人伦纲常不管不顾吗？如果不管不顾那还是他赵明远吗？如果他完全不当回事的话，我们还有继续讨论如何处理赵明远的必要吗？当然，非常巧合，这一次变故是发生在他爷爷身上，但是，我很有信心地说，假如同样的变故发生在与他没有至亲关系的任何人身上，他也肯定会采取同样的手段，千方百计制止变故发生的。而这一点，正是我要坚持留下赵明远的根本原因。至于说他隐瞒不报，最后造成那么大的影响，给研究所造成那么大的损失，还差点泄露变频计划，那也是无意中造成的，绝对是无心之过。

"其三，从现实情况来说，整个研究所，乃至放眼整个世界，赵明远目前是唯一一个到达过玄灵时空的人，已经积累了一定的经验，对于变频计划下一步实施具有先天的优势条件。假如另外遴选人员，定然会舍近求远，失去这个现成的优势从头开始，况且还要经过预选对象的筛查，思想教育，业务技能培训，等等，势必对项目任务的进一步实施带来很大的影响。

"基于上述三点，我同意对赵明远同志给予严肃的组织处理，使他汲取教训，牢固树立规矩意识，但绝不宜采取极端处理措施，一棒子把人打死。"

赵明远孤注一掷奋力一搏，想把爷爷从那个可怕的危机中挽救回来，万万没有想到，爷爷却以那种不可思议的方式离开了人世，使他所做的一切努力全部化为泡影。而赵国生闻所未闻的离世方式，无论是对他的老伴，还是对儿子赵挺俊、儿媳贺彩菊都造成了严重的心理打击。全家人悲痛欲绝但又语无伦次的诉说，乍一听都觉得荒诞不经，在亲戚朋友间很快流传开来。但亲戚朋友由于没有亲眼见证那个毛骨悚然的场面，多数人除了心理上产生了些许的恐慌外，更多的感觉则是荒诞，个别亲戚朋友还压根儿不相信会发生那么离奇古怪的事情。

公安机关接到报案后，迅速派出工作人员进行了现场勘查，并对赵国生的老伴、儿子赵挺俊、儿媳贺彩菊、赵明远分别做了询问笔录。调查结果同样让公安人员感到莫名其妙，但听着一家人众口一词的说法，望着他们确认无误的表情，那些工作人员除了惊异之外，更多的看法和想法像是听了一段《聊斋志异》中的神鬼传说，不知道怎样定性结案。

如此一来，事态的发展完全出乎赵明远的预料，也远远超出他的想象。看到愈演愈烈的局势，他顿时慌了手脚，心想，任由事态继续发展，很可能有失控的危险。焦急、惶恐、无奈之下，唯一妥善的应急措施便只有向解思源求援。解思源接报后大吃一惊，立即意识到了问题的严重性，几乎没有任何犹豫又迅速向所长做了专题汇报。如此一来二去，研究所几乎动员了所有力量，在三天之内，对风闻消息的三百多人采取技术手段消除了记忆，才制止了消息的蔓延，基本平息了事态。

事情发展到这种地步，赵明远隐瞒变频计划信息，私自行动，强行改变宇宙时空发展规律的问题便摆上了台面。一直以和蔼可亲平易近人形象示人的所长大发雷霆，将解思源骂了个狗血喷头。心里难受、面色难看的解思源，面对所长的训斥毫无辩解的机会，像木偶一样低头无语一言不发，臊得满脸通红只想找个地缝钻进去。

所长的暴风骤雨过后，解思源静思细想，他觉得自己对于所长的责罚既不感到委屈，也不感到冤枉。一来因为他是赵明远的直接领导，对赵明远的行为负有领导责任，赵明远犯错，他理所应当受到连带责罚；二来是当他了解到赵明远所犯"重大错误"的全部经过后，除了对赵明远的做法提出了适当批评外，又给予了充分的理解，甚至在心里还给赵明远点了一个大大的赞，为此，他从心里愿意替赵明远背这个锅、受这个过。

解思源心想，一个人是否具有良好的品德、是否具有爱心——绝不是通过说几句漂亮话体现出来的，因为话毕竟是虚的，与具体行动有着本质的区别；也不是通过在母亲节、父亲节向微信圈发几个"感谢你"体现出来的，因为父亲母亲几乎不上网，他们也大多不在朋友圈；同样不是通过广而告之在父母面前说上几句"我爱你"、时不时给父母来个拥抱体现出来的，因为那是舶来文化，我国的传统讲的是含蓄与内敛，要给人一种回味和心理体验的空间；更不是通过对宠物亲亲热热叫几声儿子、女儿、宝贝体现出来的，因为那实实在在是低智商动物，与人有着本质的区别。能够体现品德与爱心的是切切实实的态度和行动，其中最主要的是对人的态度和行动，比如对父母、对兄弟姐妹、对同事、对陌路人等等，而诸多的态度和行动当中，最能体现品德与爱心的行为是能够在危机时刻，舍弃自我，抛弃一切，奋不顾身救人于危难之中的豪情壮志。无疑，赵明远的"重大错误"，恰如其分地演绎了这种精神，诠释了这种精神的真正内涵。

基于这种想法，解思源在研究所召开的几次会议上，首先主动承担了"赵明远事故"的大部分责任，又不顾别的领导对他"护犊子"的非议，引经据典，据理力争，同时又主动出击，以工作实绩、个人素质和亲情爱心为重点，积极与每个领导交流沟通，使"消除赵明远记忆，清退出研究所"的初步动议变更为"停职反省，以观后效"的最终决议，从而使赵明远"空间物理研究所工作人员"的身份得以保留，"变频使者"的身份也得到保全。

解思源力战群雄的"英雄事迹"赵明远一无所知，旁征博引情感真挚的"感人场面"他也无法目睹。在他想来，自己的行为已经严重违反了研究所的纪律，特别是差点儿酿成严重的泄密事件，已经给研究所造成了重大损失，受到的处理必然是消除记忆，开除出研究所。

被关进禁闭室，赵明远静心反思，心里一直纠结难平：一方面，他对自己所作所为的初衷毫不后悔。他始终认为，当初的决定，是为了亲人安危、救亲人于厄难应当具备的勇气和品质，也是人的本性所具有的本能，否则，便失去了做人的基本底线。对于这一点，他不接受任何人的指责，而且，无论是谁，也没有指责他的权力。另一方面，他为自己给研究所造成的重大损失深感愧疚，对给研究所造成的严重影响深感不安，诚心实意愿意接受组织的任何处理。然而，他也为自己将要终结的研究所生涯感到深深的惋惜，实在心有不舍。

在赵明远的内心深处，其实也抱有一丝幻想。他幻想着研究所会念在自己多年的坚持，念在自己不懈的努力，也念在自己本色不改的诚心能够格外开恩，放自己一马，使自己能够继续坚守梦想，继续从事衷心热爱的空间物理工作。为此，他不停地暗暗祈祷，祈祷苍天眷顾，保佑自己可能性几乎为零的愿望能够成为现实。

"赵明远同志，今天是我代表研究所与你进行的第三次谈话，也是最后一次谈话。"解思源坐在赵明远对面，神情严肃，脸上没有一丝笑容，"你还有什么补充的吗？"

听到解思源称呼自己为"同志"，再望望解思源没有一丝笑容的表情，赵明远脑袋"嗡"的一声轰响，嘴角抽了抽，心里暗叫一声完了，彻底没有希望了。随即，心里变得一片坦然，嘴角一咧，自嘲似的笑了一声："有什么补充的？该说的都已经说过了。说心里话，我原以为事态影响可以控制在最小范围，没想到，没有想到事与愿违，造成了那么大的影响，给研究所造成了那么大的损失，还差点酿成严重的泄密事件，心里实在愧疚，非常抱歉。"说着，他又长长舒了一口气，"说吧，什么结果，直截了当，我已经做好了最坏的心理准备。"

解思源眉角一挑："呵，行啊，看来一个星期的禁闭室没有白坐，认识挺深刻、挺到位的嘛。"说着，解思源拿出一份文件，"这是对你的处理决定，自己看吧。"

"停职反省，以观后效？"赵明远像发现新大陆似的圆瞪双眼疾速浏览了好几遍，又嘴唇哆嗦着快速念了一遍，急忙转头望向解思源。

"怎么？难道你想离开研究所？"解思源抿嘴一笑，"那就太便宜你了。"

赵明远木呆呆地望着解思源，大脑既感到一片空白，又觉得混沌不堪。

空白，是因为巨大的心理落差。赵明远依据自己的错误性质和造成的影响暗暗推测，最终结果必然是开除"所籍"无疑，为此，他已经做好了充分的思想准备，坦然接受最极端的"宣判"。但眼下，现实结果却大相径庭，心里的感觉犹如突然从高处掉落，失重的内脏似乎被瞬间掏空，体内空空如也，大脑一片空白。

混沌，是因为极端的信息刺激。赵明远依据自己的猜测结果，对自己离开研究所以后的人生做了几种概略性设想和规划，个别规划还初步理出了头绪。同时，他对即将到来的结果仍然抱有一丝幻想，实在不甘于就此离开这个好不容易才步入的"圣地殿堂"归于平淡，他暗暗思忖要努力，要争取，即使毫无希望，也要死马当作活马医，向上级提出申诉，争取到最后一刻。但眼下，现实结果彻底颠覆了之前所有的思想准备，犹如一场突如其来的飓风，打乱了计划，冲乱了思路，将一切冲击得七零八落，大脑完全成了一锅粥，混沌一片。

"哭吧，要哭就畅畅快快哭一场吧。"赵明远傻乎乎地望望解思源，又回头看看手中的《处理决定》，如此反复了几次，不知不觉中眼泪夺眶而出，他开始不断轻声抽泣。解思源轻轻拍了拍赵明远的后背，说道："哭声不够圆润，听起来也不那么甜美，改进的空间非常大，这个姿势总算还有些味道，嗯——我觉得有相当大的纪念意义。"解思源说着，拿出手机做出准备拍照的姿势。

"扑哧——"赵明远破涕为笑，轻轻拨开解思源的手机，长长抽泣了一声说道：“解总，大丈夫不言谢了。”

"谢我？"解思源夸张瞪大眼睛，轻轻一摆手说道，"谢就不必了，你我之间还需要那些形式吗？以后只要把工作做好，不要添乱就是对我最大的感谢。"

"我知道，不是你努力做工作的话，恐怕这会儿我已经被消除记忆，清退出研究所，咱们已经成为陌路人了。"赵明远想起来有些后怕。

"你想多了，没有开除你，那是组织的决定，不是哪一个人能左右得了的。再说，事已至此，想那么多也起不了什么作用。"解思源顿了顿，继续说道，"说心里话，我还真有一点点佩服你。"说着，他用大拇指和食指示意出一点点的形状。

赵明远一脸狐疑，紧盯着解思源，搞不清解思源说的是真心话还是在开玩笑。

"喊——看什么看，难道我就那么不可信吗？"望着赵明远疑惑的表情，解思源自嘲地笑了笑，"不过，虽说你的行为让我佩服，让我感动，但却百密一疏，忽略了一个最重要的因素。"

"什么意思？"赵明远没有回过神儿，只觉得一头雾水，越听越糊涂，"你究竟想说什么？我怎么听不明白？"

"唉——人在事中迷呀。"解思源轻轻叹了一声，"你记不记得，我曾经告诉过你，不同的宇宙时空遵循着同一规律？"

"噢——"赵明远恍然大悟，思考了片刻，说道，"可你也说过，不同的宇宙时空之间，同一事物也可能是有区别的呀。"

"哦？行，你还真行，看来你的记性蛮好的嘛。"解思源嘴角一翘微微笑了笑，说道，"但我看，你明显是选择性记忆，选择性思考。"解思源接着说道，"我完整的意思是，不同宇宙时空遵循着同一发展规律，但具体到同一事物也可能会有微小的差别，对吧。"

通过解思源的一番引导和点拨，赵明远心境忽然晴空万里，豁然开朗。

首先，按照波态时空理论，赵明远爷爷赵国生本就没有生还的希望。在玄灵时空那场飞来横祸中，那个赵明远的爷爷与家人阴阳相隔，已经失去了生存的基点，核心因素发生了根本性变化。根据时空发展规律，实基时空也必然会去除赵国生的生存基点，以维持实基时空与玄灵时空的发展统一。具体形式表现为灭除赵国生的生命体，这是既定规律，依靠人力绝无改变的可能。所以，在那个可怕的时间点，虽然赵明远紧紧抱住了赵国生，想尽力维持赵国生的生命体，但由于从那个时间点开始，赵国生的生存基点已经消失，生命体失去了存在的基础，故而，生物实体在没有其他方式灭失的情况下，只能幻化为荧光，以能量方式分解释放，以达到解除生命体的目的，维持宇宙时空发展的统一。

其次，两个时空同一事物也可能会有微小的差别，不一而足，但差别只限于非核心因素，也就是日常所说的次要因素。比如，玄灵时空中，那个赵明远的奶奶承受不了沉重的打击住进了医院，而实基时空赵明远奶奶却一直待在家中。还有，玄灵时空的侯世雄，身份是交警队长，但在实基时空，侯世雄的身份与其有着明显的差异。这是因为，前后两个宇宙时空，同一个人的生存基点均没有发生变化，保持着前后统一，因而生命体也保持一致。虽说前后时空两个人也有微小的差别，但并非核心因素发生了变化，不会对时空发展产生实质性的影响。

如此一来，赵明远很快对爷爷不可思议的离世方式释然了。

在此之前，赵明远怎么也想不通，自己分明已经成功阻断了爷爷遭遇厄运的路径和渠道，为什么最后他却突然幻化为荧光，以骇人听闻的方式离开了人世。其间，他也曾猜想过多种原因，甚至猜想过是因为自己方法不当，最终导致爷爷烟消云散，与家人阴阳相隔，并因此对爷爷和家人产生了深深的愧疚，不断地自我抱怨，不停地自我指责。通过解思源一番指点和解释，赵明远不但结合现实对波态时空理论有了更加深刻的理解，同时，又对爷爷、对家人的愧疚感释然了许多。

"停职反省，以观后效"的赵明远回到家中，看到奶奶、父亲和母亲跟没事儿似的高高兴兴又说又笑，心里百感交集。他既为家人没有深陷于爷爷离世造成的痛苦之中不能自拔而欣慰，又为亲人们失去爷爷的记忆而痛苦纠结。一闪念间，赵明远突然对研究所生出一丝怨恨。他实在想不通，研究所为什么那么不近人情，竟然将爷爷离世的信息从亲人们的记忆中消除得干干净净，没有给他们留下一丝一毫的念想？然而，这个突然闪现的一丝怨念却只是一闪而逝，他转眼间又对研究所几乎不近人情的做法畅然释怀。面对现实的社会状况、现实的科技水平，以及人们的思想观念，为了不引起社会的极度恐慌与动荡，确保人类社会的整体安全，如果研究所不执行如此铁一样的纪律，防患于未然，杜绝一切可能的危险苗头，还有其他可以采取的措施吗？他低着头细想了片刻，然后摇了摇头，叹了一口气，自言自语轻声说道："唉，无奈呀。"

想是一回事，现实生活又是另一回事。赵明远虽然对发生在家人身上的一切都能正确理解，也能够坦然接受，但每天望着无忧无虑，没有一点悲伤，已经对爷爷离世没有丝毫印象的奶奶、父亲和母亲，爷爷慈祥、和蔼的形象便不由自主从心底徐徐升起，清晰地浮现于脑海，内心不免一番连着一番的纠结与悲伤。然而，这所有的悲痛、难过、纠结，研究所规定不得与任何人交流，更不得与家人提及关于爷爷的任何信息，以免节外生枝。这既是纪律规定，也是对赵明远的又一次考验。赵明远唯一可以做的，是强压着内心的激荡与起伏，将所见、所闻、所思、所想深深地压在心底，独自忍受无以复加的痛苦，独自承受无尽的精神负担和压力。

赵明远整天闷在家里，看似悠闲度假，其实心里像装着一只刺猬一样，忍受着多重矛盾和压力的冲击与煎熬。掐指细数，他既背着"停职反省，以观后效"的处分，又有爷爷赵国生离世带来的苦楚，每天还要面对已经将爷爷离世信息彻底忘却的奶奶、父亲和母亲，其内心的矛盾、痛苦和纠结，使他感到犹如背了一个沉重的包袱。虽然赵明远竭力压抑，尽量表现得波澜不惊，但内心的感受无论如何也无法作假。此时此刻，他才真切体会到了水煎油炸、度日如年的惶惶滋味。短短几天时间，赵明远已深感头昏脑涨两眼发黑，心想着得赶快出门透一透气散一散心，好好缓一缓。

鬼使神差，晕头晕脑的赵明远出了家门在恍惚中一头撞进了侯世雄单位，等反应过来的时候，已经被侯世雄"活捉"，不由分说连推带搡地被他"请"进了办公室。

"哟，明远，怎么跟霜打的茄子似的蔫了吧唧无精打采，今天到咱们侯大科长这儿来，是视察呢还是汇报呢？"刚一进门，连讽刺带挖苦的问候便扑面而来。

"原来是咱们的大文豪呀，兄弟想你了，跟着你的脚后跟顺便看一看侯大科长，怎么，不行吗？"赵明远发现阴阳怪气的问候出自吴可凡之口，眼睛一眨，脑筋一转，立即呛了回去。说完，向坐在侯世雄对面，留着平头、面色黝黑的工作人员微笑着点了点头，礼貌性地打了个招呼。

"都说来得早不如来得巧，看来还是你兄弟有口福哇。"吴可凡说着，倒了一杯茶，接着说道，"来，品尝品尝，这是我刚从朋友那里顺来的极品，听说贵得要命，原打算是给咱们侯大科长上贡的，今天算是便宜你了。"

侯世雄笑了几声，说道："明远，别听他满嘴跑火车，这其实就是我们自己掏腰包买的招待茶。"

吴可凡眼一瞪，盯着侯世雄说道："哎，有意思没意思，说话要留三分的，你这可是连一点面子都不留啊。"

"呸——"侯世雄和赵明远异口同声给予了坚决回击。

"几位慢慢聊，我有点事出去一下。"侯世雄对面那位工作人员对吴可凡和赵明远点了点头，打了个招呼，大踏步走了出去。

"啧啧啧——"吴可凡一直目送着那个工作人员出了门，回头鼓着嘴不住感叹，对赵明远说道，"看到没有，我可听说那个人曾经是一名指挥着几千人，叱咤风云的边防团团长，才四十一岁的人，面相老得看起来有五六十岁，转业回来，竟然在咱们侯大科长手下当了一名普通工作人员。"紧接着，他望着侯世雄，露出一种鄙夷的眼神说道，"你牛哇，一个小科长竟然把一个曾经叱咤风云的团长当小兵使，这还有没有天理了。"

"哎，人家团长还没说啥，你倒是路见不平一声吼，两肋插刀，拔刀相助，来的哪门子激动呢？"侯世雄调侃着说道，"再说了，不了解情况不要胡咧咧。"

"我呸——"吴可凡立即坐直了身子，眼睛圆瞪，狠狠地啐了侯世雄一口，吵架似的说道，"人家十八岁当兵，二十多年爬冰卧雪，用青春甚至生命保护你们这些人有官当，老百姓有衣穿有饭吃，有广场舞跳，生活安逸，心情快乐，没想到辛辛苦苦半辈子回来，你们就这样对待人家，公平吗？良心给狗吃了？真该把你们这些人送到战乱国家去，好好体验体验国防羸弱国家的官是怎么当的，老百姓的日子是怎么过的。"

"你再胡咧咧看我撕烂你的嘴。"侯世雄佯装生气地对吴可凡说道，"人家是刚分配到我们单位的领导，办公室还没有收拾好，暂时在我这儿借坐几天，你这吼来喊去的是什么意思？难道是怕别人不知道我们对新来的领导热情不够还是咋的？要不，我给你借个话筒放开喉咙扯一嗓子？"

赵明远看着侯世雄和吴可凡你一言，我一语斗嘴不断互不相让，不由得笑了起来。

"明远，研究所正式通知，停职反省结束，立即归队，准备接受新的任务。"经历了侯世雄与吴可凡的唇枪舌剑后不久，解思源的一个电话，将赵明远从水煎油炸、度日如年的煎熬中解救了出来。

第 十 九 章

赵明远接到解思源的电话，心里长长舒了一口气，瞬间感到如释重负，随即简简单单收拾了一些随身物品，立即动身，马不停蹄赶回了研究所。

"哟，咱们的赵明远同志，行动蛮迅速的嘛。"解思源稍稍感到有些意外。

"那是。"赵明远微微一昂头，"新的形象，新的面貌，新的变化嘛。"

"呵，认识到位，孺子可教。"解思源赞了一句，随后，指着旁边一位姑娘微笑着说道，"来，给你介绍一位新同事——司亚婵。"

赵明远微微一怔，表情显出些惊讶，说道："好啊，好漂亮。"接着，挠了挠头，脸上露出一丝坏笑，"人们都说，男女搭配，干活不累，能够与这么漂亮的女同事共事，我打心里十二分地热烈欢迎。"

"赵明远——"解思源脸色一变，"别嬉皮笑脸，这是在工作，油腔滑调，没有个正形像什么样子？"

"好好好，认真，我认真还不行吗？"赵明远装模作样，两肩一耸，手轻轻一摆，"请问解总，这位女同事具体干什么工作？不至于又是一位'变频使者'，跟我抢饭碗吧？"

解思源眼睛一瞪："哎，对了，你还真说对了，她就是你以后的搭档。"

"什么？"赵明远圆瞪双眼，一副瞠目结舌的表情，"'变频使者'还有女的？不会吧。"

司亚婵高挑的鼻梁，细眉大眼，典型的瓜子脸。皮肤白皙，身高一米六五左右，年龄与赵明远相仿。据说，司亚婵是一个早产儿，本来还有个双胞胎姐姐，但出生不久便不幸夭折。两个人出生时体重都刚刚超过一公斤，特别瘦小，父母后来开玩笑说她小的跟"蝉"一样，"蝉"与"婵"同音，而"婵"是姿态美好的意思，同时又兼有美女的含义，便给她取名司亚婵。也许是上天眷顾，又或是姐妹两个人的美貌集中到了她一个人身上，成年后的司亚婵出落得亭亭玉立落落大方，无论谁见了都想多看两眼。

赵明远傻呆呆地愣了一阵，突然心头一跳，全身一紧，紧接着呼吸急促面红耳赤，急忙拉着解思源，转过身扭怩着小声说道："不行啊，这哪儿能行呢？"

"什么意思？"解思源没有听得真切，说道，"大声点儿说，刚才还油腔滑调，滔滔不绝，怎么突然变成这副德行，这与你一贯的作风相差也太大了。"他又望望赵明远，嘿嘿暗笑了几声，接着说道，"你这突然犹抱琵琶半遮面的样子，我还真有点儿不习惯。"

"咳咳咳，不——不方便。"赵明远干咳了几声，挤眉弄眼悄悄说道。

"不方便？开什么玩笑！有什么不方便的？"解思源刚说完，突然若有所悟，"噢——你说的那什么——"解思源哼哈了一阵儿，最后哈哈一笑，脸一沉说道，"怕什么，心底无私天地宽，你们是去执行任务，又没让你去干别的，再说了，人家女孩子都没说什么，你男子汉反倒不淡定了，心虚什么？"

赵明远听说司亚婵要跟自己搭档，立即意识到自己独来独往、轻松自在的好日子已经到了尽头。在此之前，赵明远进入玄灵时空，来去自由无所顾忌，如果有了司亚婵做搭档，必然会多出一份负担和累赘，更多了一份责任，行动起来多有不便。假如遇到意外，需要考虑的因素无疑会增加许多，受到的制约也会在无形中增加不少，势必会影响行动的速度和效率。但赵明远心里清楚，这一切是研究所的安排，是工作需要，明确提出反对意见显然有违工作纪律，因而，他只能将所有的活思想装在心里，用一些站不住脚的理由表明自己的态度和意见，而其中最冠冕堂皇的理由，便是在变频过程中，每个人都要一丝不挂！这在以前，赵明远一个人的时候还好说，一丝不挂根本没有什么顾忌。但如果有了司亚婵，到了变频的时候，一男一女两个人同时赤条条光着身子，赵明远一想起来就觉得全身起满鸡皮疙瘩，尴尬劲儿就别提了。

赵明远的小心思自然逃不过解思源的慧眼。他暗暗思忖：哼，你赵明远的想法看似人之常情，但心里那点小九九以为我看不出来？笑话。研究所既定的工作方案，岂能因为你的反对而轻易改变，别做梦了。

司亚婵作为"变频使者"预选对象进入空间物理研究所，与赵明远进入研究所的时间差不多。所以，当初在赵明远进入研究所不久，所长曾说过赵明远只是预选对象之一，意思就是说除了赵明远之外，还有其他人，而这个其他人主要指的便是司亚婵。

与赵明远相比，司亚婵大学学习的专业同样与空间物理相去甚远，而且，之前对空间物理的兴趣并不是很大，再加上女性特殊的体质，与执行任务的要求差距比较大，因而，所长当初还对赵明远说过他是最合适的"变频使者"人选。

正是由于上述原因，研究所在司亚婵身上倾注了比赵明远多得多的精力，花费了比赵明远多得多的功夫。而与此相对应，司亚婵进入研究所之后，潜心学习刻苦锻炼，克服了自身诸多的先天不足。特别是在基础理论方面，几乎是从头学起，扎扎实实一步一个脚印。在身体素质方面，同样也克服了常人难以想象的困难，吃了常人难以想象的苦，付出了常人难以想象的心血和汗水。不过，由于司亚婵与赵明远相比，各方面基础毕竟有着相当大的差距，等她完成了所有学习，身体素质达到了"变频使者"的要求时，赵明远早已完成了第一次玄灵时空之行，经历了诸多的危险，积累了一定的经验，成为经历过"沙场"的"老资格"。

说起司亚婵的经历，总体跟赵明远相差不大，但两个人最大的区别在于赵明远的梦是噩梦，让人毛骨悚然头皮发麻，而司亚婵的梦是美梦、好梦，是能够让人丢掉烦恼去除忧伤，心情欢快愉悦的梦。

她第一次梦境应验出现在四岁的时候。那个时候，她做了一个梦。在梦中，母亲的一个同学从国外回家探亲，给司亚婵带了一条非常漂亮的裙子。司亚婵见到后心花怒放爱不释手，试穿上身后无论母亲怎么劝，她就是舍不得再脱下身。直到晚上熟睡后，母亲才轻手轻脚把裙子脱了下来。第二天一大早，她又吵着闹着非要穿着新裙子上学。母亲取笑说她是人来疯。当时，小小年纪的司亚婵对梦里的情景记得非常清晰：当她穿着漂亮的小裙子出现在幼儿园时，吸引了同学们无数羡慕的目光。那个时候，她觉得自己就是一个让同学们羡慕追逐的小仙女。

梦醒后，司亚婵兴冲冲把梦中的情景告诉了母亲。虽然小司亚婵说得断断续续，有时还词不达意，但母亲搞懂了她的意思之后大吃一惊，因为母亲从未在家人面前提及过定居在国外的那个同学，心想这个小丫头怎么知道的。不过，对于这个疑问，母亲只当是过眼烟云，很快淡忘了这件事。但小司亚婵对梦中的情景却一直没有忘记，隔三岔五总会问一问母亲国外的那个同学回来没有，漂亮的新裙子带回来没有。时间一长，母亲望着几乎走火入魔的小司亚婵，微笑着说道"这丫头可能是想裙子想疯了"。于是乎，为了满足她的愿望，母亲带着她几乎跑遍了全市的各大商场，但终究一无所获，没有买到一件小司亚婵可心的裙子。

司亚婵母亲万万没有想到，国外的那位同学果然在两个多月后回家探亲，而且还真的给小司亚婵带回来一条漂亮的小裙子，样式、花色等等跟司亚婵描述的几乎一模一样。这样一来，司亚婵母亲吃惊得就不是一丁点儿了，她惊奇地叫道："丫头啊，你真是神了，看来以后我得把你高高地供起来哦。"

司亚婵第二次梦境应验发生在七岁那年。当时，班上一个叫黄超龙的同学在放学期间无故失踪，一时风声鹤唳草木皆兵，搞得校内校外气氛十分紧张，家长、老师、同学个个人心惶惶如临大敌。上学和放学期间，校门口挤满了接送孩子的家长，致使人车拥堵交通瘫痪。市教育、公安等部门立即采取紧急措施，安排部署全市各中小学校全面排查安全隐患，堵塞安全漏洞，防止各类事故发生。与此同时，相关部门兵分多路齐头并进，分批分组对各地各学校的防范措施落实情况跟踪督促检查。一时之间，来学校的大小领导一个接一个，进入学校的检查组一拨接着一拨。那一阵子，只要接到检查组要来学校的通知，校长和老师个个头皮发麻叫苦不迭，却又无可奈何。

　　正当各级各路人马满负荷运转，所有人员汗流浃背堵塞漏洞、应对督查检查、警力四面出击查找黄超龙线索的时候，司亚婵做了一个梦，她梦见在一个公益组织的积极配合下，公安机关根据线索顺藤摸瓜，一举打掉了三个拐卖儿童的犯罪团伙，抓获了十三名犯罪嫌疑人，解救了八名被拐卖的儿童，并将黄超龙安全护送到家。

　　七岁的司亚婵毕竟年龄还小，正是无知无畏的年龄。第二天一上学，她便兴冲冲把梦中的情形告诉了老师。最初的时候，老师还以为黄超龙真的已经被解救回家，心想这下终于可以松一口气了。但最后了解到这一切只是司亚婵梦里的故事，让她空欢喜一场时，老师非常生气，毫不留情地将司亚婵狠狠剋了一顿，意思是说司亚婵谎报军情，扰乱视听，犯了严重错误。小小的司亚婵其实也不知道自己犯了多大的错误，一听老师说错误的性质那么严重，一下子慌了神，急得哭了好几天鼻子，抹了好几天眼泪。

让老师暗暗称奇的是，两个多个月后，黄超龙还真是在一个公益组织的配合下，通过公安机关的全力侦破，从两千多公里之外被解救了回来。而且，公安机关还一并打掉了三个拐卖儿童的犯罪团伙，抓获了十三名犯罪嫌疑人，解救了八名被拐卖儿童。虽然有关部门和人员的名称、姓名跟小司亚婵当初说的有些出入，但整个过程和总体情况像是司亚婵导演的一样。

事情到了这一步，老师突然想起司亚婵之前说过的梦境，觉得实在有些不可思议，急忙把司亚婵叫到办公室询问其中的缘由。未承想司亚婵以为又要挨老师的批评，委屈得眼泪直流泣不成声，老师费了半天功夫也没有任何效果，最终一无所获只得作罢。

司亚婵的两次睡梦在现实生活中完整再现，她的父母虽然在刚开始的时候还觉得有些新奇和惊异，但时间一长，便慢慢只当是偶然巧合一笑了之，也就甩到了脑后忘得干干净净。在第三次类似的事情发生之后，司亚婵父母随之隐隐感到可能不仅仅是偶然巧合那么简单。但是，由于知识层次、科技水平，以及社会因素等各方面的原因，他们只是进行着无头绪的可能性猜测，绝不可能与空间物理联系起来。

当时，司亚婵的舅舅已经三十五岁，早已过了而立之年，也早过了传统上的成婚年龄，但女朋友的事情一直没有着落，全家人火急火燎都急得似热锅上的蚂蚁，全面动员也都无济于事，一直没有取得任何进展，更没有取得一丝一毫的收获。

在这种情况下，司亚婵却梦到舅舅笑容满面在举行婚礼。这一次，她将新娘的姓名、籍贯、文化程度、长相，以及举办婚礼的地点、参加婚礼的主要宾客说得清清楚楚明明白白，但全家人听了后，都开玩笑说她是大白天说梦话异想天开。唯有司亚婵母亲内心为之一动，开始静心关注着事态的发展。

　　亲戚朋友都没有想到，在司亚婵梦见婚礼之后不到一个月，舅舅那边便传来了好消息，说女朋友的事情已经有了眉目。再过了一个月，舅舅便兴高采烈地宣布要紧跟时髦准备"闪婚"，随后与女朋友注册登记举行了婚礼。新娘的姓名、籍贯、文化程度、长相与司亚婵说的大体相同，举行婚礼的地点、婚礼场面，以及主要宾客的姓名虽然有一些微小的差别，但绝大部分相互对应前后一致。

　　这件事情一经发生，司亚婵的母亲便将前两次事情联系起来一想，她首先把自己吓了一跳，心想这不就是一个活脱脱的神仙吗？于是乎，司亚婵母亲抑制不住内心不知道是激动，还是恐慌还是别的什么心情，把来龙去脉给丈夫说了半天，也没有说出个所以然来。而丈夫越听越糊涂，越听越不明白，最后好不容易搞清楚了妻子的意思，他也一下子晕头转向，吭哧吭哧了好长时间没有说出一句完整的话。

　　随着司亚婵年龄的增长，梦里的情景在现实生活中出现的次数越来越多。与此同时，司亚婵"神女"的名号首先在亲戚朋友圈内流传，随后逐渐扩大，突破朋友圈后又得到更为广泛的传播。任谁也没有想到，司亚婵的名号在接力传播的过程中，一环接着一环不断有人添油加醋添枝加叶，越传越神，越传越邪乎。

直到后来，慢慢出现个别善男信女拿着香、带着供奉钱磕头作揖，把司亚婵当神仙一样祭拜。曾经有二十多个善男信女跑到司亚婵的学校，一见司亚婵便跪拜磕头，态度虔诚嘴里念念有词，引起众多学生和大量群众的围观，造成了非常恶劣的社会影响。如此一来，不但学校的教学秩序受到严重干扰，而且司亚婵的学习也受到非常大的影响，成绩像滑滑梯一样直线下降。无奈之下，司亚婵父母只得搬离了原来的住所，同时给司亚婵转了学校，远离了以前的生活圈，断绝了以前朋友间的联系，过起了"与世隔绝"的生活。

"变频使者"预选对象筛选工作开始后，研究所另外一位领导无意中听到司亚婵神乎其神的传说，便动用各种关系，沿着线索一路追踪，费了九牛二虎之力，耗了无数唾沫星子，才艰难地与司亚婵父母取得了联系。

然而，起初的工作并不顺利，甚至可以说相当艰难。当时，司亚婵父母一听说找司亚婵，马上脸一黑，头一扭，连推带搡将那位领导"请"出了家门。而且，从那个时候起，司亚婵的父母将那位领导的电话设置为骚扰电话，领导微信也被彻底删除，同时，他们给小区物业通知，凡是来找司亚婵的人一概以"本小区绝无此人"的理由予以回绝，凡找司亚婵父母的人一律不许进入小区大门。这样一来，那位领导好不容易才看到的一点儿希望，眼看着又将风吹云散。

人常讲，好事多磨。还有一句话叫作锲而不舍，终有回报。那位领导碰了钉子之后，不骄不躁不烦不馁，他在综合分析判断了各种因素后，有的放矢，合理施策，采取"守株待兔"的方式，冒着酷暑，顶着烈日，忍着狂风大雨坚守在司亚婵父母的住宅区门口。事实证明，这是行之有效的方法。虽然最初的时候，司亚婵的父母每天出门、上下班看到那位领导都会退避三舍绕道而行，但人心都是肉长的，一个多星期过后，司亚婵父母便按捺不住内心的感动，怀着深深的歉意，主动与那位领导沟通联系，终于使乌云尽散晴空万里。

按照常理，压根儿没有想过会与空间物理研究搭上任何关系的司亚婵，在进入研究所后，应当被研究所超乎人们想象的环境、技术、设备等等惊得目瞪口呆张口结舌才对，最起码与赵明远的心理反应大体相当才对，但非常意外，司亚婵的反应竟然平淡无奇，根本没有一般人都会表现出的那种几乎被惊掉下巴的表情，也没有多余的惊愕或者诧异的表情，只是淡淡说了一句："噢，这就是空间物理研究所呀，比我想象的要超前多了。"

同样，在接触到新的知识和理论，甚至有些知识与人们的常识截然相反时，应当大呼晦涩难懂叫苦连天才对，但司亚婵却不吭不哈，只顾着专心求教潜心研习。身体素质与"变频使者"要求差距甚大的司亚婵，在接受严苛训练需要忍受身体极限时，应当叫苦叫累甚至哭鼻子掉眼泪才对，但司亚婵却以人们无法想象的毅力，忍受着常人难以承受的痛苦，没有叫一声苦，没有喊一声累。曾经有一度，研究所领导看到司亚婵身心疲惫于心不忍，私下里征求司亚婵的意见，想要终止她的学习和训练，但司亚婵脸色一变杏眼一瞪，反问道："请问领导，是我的韧劲儿不足，还是我用功不够？如果两者都不是的话，请你们记住，不到最后轻言放弃，不是我的个性。"这才有了司亚婵顺利完成所有的学习内容和训练科目，以优异成绩与赵明远胜利会师、成为赵明远搭档的精彩一幕。

与赵明远见面前，解思源已经将赵明远的总体情况给司亚婵做了简单介绍。当然，介绍的时候，无疑是以优点为主，比如赵明远知识面多么宽，涉猎范围多么广，身体素质多么好，专业技能多么优秀，经验多么丰富，为人多么谦卑等等，因此，司亚婵虽然与赵明远素未谋面，但赵明远的高大形象已经牢牢树立在司亚婵心中，甚至，在解思源引见赵明远的时候，司亚婵内心还隐隐产生了一种难以言说的惶恐与不安，暗暗觉得赵明远有一种威严不好亲近感。

常言道，看景不如听景，近看不如远观。司亚婵与赵明远乍一见面，那种神秘的感觉似乎还在，高大的形象依然矗立，但通过近距离观察，特别是听到赵明远与解思源一番简短的对话，司亚婵立即发现了赵明远骨子里与生俱来的不拘小节，之前无比高大可望而不可即的形象瞬间便坍塌了一大半，而这种内在的感觉，也在瞬间由内心传导至外表，即刻表现了出来。特别是听到赵明远搜肠刮肚拒绝与自己搭档，司亚婵心里立即产生出一种极度的不舒服。似乎在一眨眼间，司亚婵刚见面时的仰慕，已转化为平视，紧接着又转化为极度的失落，心里甚至对赵明远产生了一丝丝的鄙夷。她静静站在一旁，望着赵明远与解思源你来我往的口水战，听着两个人互不相让的无聊激辩，像在观赏着两个小孩子的过家家表演，随即双眉紧紧一蹙，嘴角轻轻一翘，对赵明远表现出一脸的轻蔑和不屑。

解思源不厌其烦解释着工作搭档的重要性，比如多了一个帮手啦，有利于相互帮助啦，有利于培养人才啦，有利于加强"变频使者"专业人才队伍建设啦，等等，在记忆库中翻箱倒柜搜寻着诸多理由，一刻不停地做着赵明远的思想工作，希望赵明远愉快接受组织安排，与司亚婵组成工作搭档，共同完成变频计划任务。但任由解思源苦口婆心，赵明远始终水泼不进油渗不透，小道理一套接一套比解思源还多，理由一番接一番比解思源还充分，将解思源噎得只有瞪白眼生干气的份儿。赵明远的心思只有一个：用尽千方百计，哪怕胡搅蛮缠，也要竭力阻止司亚婵成为自己的搭档，绝不能让司亚婵成为自己独立行动，遂行变频计划任务的拖累和绊脚石。

"明远，该说的我已经说得差不多了，没想到你这么固执，真是拿你没办法，唉——"解思源叹了一口气，心里泛起一丝恼怒，"从你目前的态度来看，似乎没有一点点商量的余地?"

"嘿嘿——"赵明远敏锐地觉察出了解思源语气的变化，轻轻干笑了几声，缓了缓气氛，随后又祭出胡搅蛮缠的手段，说道，"解总，你先消消气，不要发火，这不是我矫情，也不是我不讲理，你想想，她一介女流，多不方便哪，我怎么能跟她做搭档呢? 传出去，对咱们研究所的影响也不好，对吧，如果换作是你，你愿意吗?"

"你——"解思源被噎得差点背过气去。

其实，解思源可以不用费那么多口舌，直接宣布是研究所的决定便万事大吉一了百了，赵明远不接受也得接受，想不通也得想通。但那样的高压手段看似简单，却很可能让赵明远产生强烈的逆反心理，为以后的工作埋下许多隐患。特别重要的是赵明远的思想问题没有解决，心里的疙瘩没有解开，与司亚婵的隔阂没有消除，工作起来势必内心不畅别别扭扭，给工作平添许多困难和麻烦。

赵明远其实心里也清楚，司亚婵作为自己的搭档，并非解思源的个人意图，而是研究所从工作角度的统筹安排。既然如此，细胳膊拧不过粗大腿的道理他自然非常清楚，若想改变研究所既定的计划，希望实在非常渺茫。只不过，他依然抱着希望小得可怜的侥幸心理，以试试看的态度，看看能否改变研究所的初衷，去除自己的累赘和尴尬。

解思源与赵明远你一言，我一语相持了好一阵儿，谁也没有说服谁，气得解思源直瞪白眼，赵明远却暗暗自鸣得意，心想：看来有戏！

嘿，这丫头片子，胆敢用这种眼神瞧我，也太不把豆包当干粮了，真是放肆到家了。赵明远心里突然迸出一股怒气。

赵明远无意中看到司亚婵轻蔑的表情，特别是眼神中流露出的不屑，心头不由得一凛，暗暗思忖：竟敢如此小瞧于我，好，既然对我不屑，就不要怪我到时候要你好看。

"行，解总，知道你为难，我接受组织安排。"赵明远心一狠，牙一咬，说得干脆利索。

"哦？怎么这么爽快，想通了？"解思源暗暗吃惊，心想好你个赵明远，不知道哪根神经突然归位恢复正常了，唉——真是拿你没办法。

第 二 十 章

　　"前方是军事管制区，禁止通行，请你们立即返回。"一边走一边好奇地东张西望的赵明远和司亚婵突然被两名荷枪实弹的军人拦住了去路。

　　"好，好，我们这就走，这就走。"赵明远两个人心里一惊，急忙回应了一句，随即转身沿着原路往回走。在转过身的一瞬间，两个人相互望了望，紧接着，司亚婵吐了吐舌头，搞怪地挤眼笑了笑。

　　赵明远和司亚婵第一次共同变频一起进入玄灵时空，现身地点位于 H 国沿海一处名叫聚艇湾的海湾附近。非常不巧，在他们变频进入玄灵时空之前，聚艇湾所处的区域已经成为严阵以待的弹道导弹发射阵地。

　　"军事管制区，我还是第一次这么近距离接近军事管制区呢，你看那两个哨兵，表情严肃，神情威武，还真是有点吓人呢。"司亚婵低着头小声说了一句，突然抬起头对赵明远说道，"再看看你，唉，与那两个哨兵比起来，啧啧啧，真是惨不忍睹啊。"

司亚婵说着，轻轻摇了摇头。

"看你这话说的。"赵明远斜眼望了望司亚婵，嘴角一抽："我怎么了？我是没有穿军装，没有扛枪，难道我就不是一个堂堂正正的男子汉了吗？"

"哼，还男子汉呢。"司亚婵不屑地望了一眼赵明远，突然做出神秘的表情说道，"对了，你说，如果咱们进入玄灵时空，第一时间现身在军事管制区里面的话，现在会是什么情况？"

"会是什么情况？"赵明远装模作样思考了一会儿，说道，"我想，你一定会被当作敌特分子抓起来，像电影电视上那样，正在接受严格的审查审问。"

"喊。"司亚婵嘴角一斜，一脸的不屑，"为什么只有我被抓起来审查审问，你呢？"

"那当然——"赵明远摇头晃脑，骄傲地竖起大拇指，"山人自有妙计。"

"哼，看你那嘚瑟样儿。"司亚婵又是一脸的不屑。

"噢，对了，我的姑奶奶，你该不会是真想到那军事管制区溜一溜吧？"不等司亚婵回话，赵明远眼睛一瞪，说道，"我劝你还是省省吧，到时候真搞出点事情来，那麻烦可就大了去了。"

"嘀嘀——"两个人正说得起劲，身后突然传来汽车的鸣笛声，赵明远和司亚婵迅速闪身站在路边，像行注目礼一样望向驶来的迷彩越野车。

"哟，这不是咱们的赵工程师嘛。"出乎赵明远两个人的意料，车子距离他们二十多米时，突然传来一声似乎有些惊讶的声音。

随着越野车"嘎——吱"的刹车声，一位军人从车上蹦了下来。

"咱们赵大工程师这是准备去哪儿呀？怎么也不坐个车呀什么的？两条腿比汽车轮子可费劲多了。"随着军人的目光转移到司亚婵身上，军人恍然大悟似的拍了拍脑门，"噢——估计这位是赵工程师的对象吧？看我这脑瓜子反应有些跟不上趟，你们这是在压马路哇，好，好，漂亮，精神。"

没有等赵明远和司亚婵回话，军人又一拍脑门，脸一沉，非常严肃地说道："不对呀，赵工程师，你们技术小组的所有人员我都见过，在我的印象中，好像没有你对象吧？咱们军事管制区是不允许无关人员进入的，你把对象带到军事管制区的行为，已经严重违反了军事管制区的纪律规定，是要受到严肃的纪律审查和纪律处分的，明白吗？"

听着军人连珠炮似的一番话，赵明远和司亚婵最初时脸几乎红到了脖子根，表情极其尴尬，但是，当听到军人说他们严重违反了相关纪律规定时，两个人的表情突然一滞，心也随之怦怦怦狂跳起来。

"噢——不，不，不，你误会了。"赵明远瞬间一个激灵，脑筋一转，赶紧说道，"我对象根本没有进入管制区，在哨位那里就被哨兵拦了下来。军事管制区的纪律规定我当然清楚，这不，我不是正准备送她回去嘛。"

"是吗？请二位稍等。"随后，军人返回越野车与哨兵取得了联系。

不久，军人向赵明远两人招了招手："赵工程师，你们小两口上车，我免费搭载你们一程。"

军人是部队的侦察科长，名叫郝彩琴。按照 H 国的传统习惯，乍一听到郝彩琴的名字，谁都会以为是个温柔贤淑性情似水的女性，但实际上，他却是个货真价实如假包换的猛男。至于为什么郝彩琴取了一个女性化的名字，说起来还有一段让人啼笑皆非的故事。

当年，郝彩琴母亲怀他的时候，由于之前已经有一个比他大三岁的哥哥，父母打心底里希望再生个女孩儿，以实现他们儿女双全的夙愿。按理讲，这种想法是 H 国人非常普遍的传统思想，无论从哪个角度讲都无可厚非。但问题的关键，是郝彩琴父母盼望女儿的心情过于急切。怀孕刚过三个月，便匆匆忙忙赶到医院，要求鉴定胎儿的性别。哪知道，国家对于医院鉴定孩子的性别有着严格的政策规定和纪律约束，两个人不听医院的劝阻，一味要求医院给胎儿做性别鉴定，最后相持不下，跟医护人员狠狠吵了一架，差点被当作医闹抓起来。

一般情况下，硬生生碰了一次壁，虽说没有碰个头破血流，也应当得到些教训而收心罢手才对，但郝彩琴的父母却不按正常套路出牌。在碰了钉子之后，似乎更加激起了他们碰了南墙也不回头的牛角尖劲儿。两个人一计不成，又心生一计。在怀孕第四个月的时候，他们又死缠硬磨找了一个熟人，去另外一家医院做了胎儿性别鉴定。当时，医生了解到郝彩琴父母想要一个女孩子的想法后，佯装非常认真地在彩超机上看了又看，之后嘴角一翘，微笑着对他们说道："回家安心养胎吧，保管你们心想事成。"郝彩琴父母一听满心欢喜，兴高采烈告别了医生。

事情到了这一步，可以说已经有了一个皆大欢喜的圆满结局，但郝彩琴父母又昏着迭出。夫妻两个在回家之前，专程返回前一家医院，找到那位拒绝给孩子做性别鉴定的医生，示威似的乱嚷嚷："没有你这切面刀，照样吃得裤带面，你不给我们做鉴定，我们在其他医院照样做了，而且做得很顺利，很满意，气死你。"由于当时说话的声音比较大，像吵架似的引起许多患者和医护人员的围观，差点像前一次一样，又一次引起医患纠纷误会。

　　常言道，林子大，什么鸟都有，其中不乏极品，而郝彩琴父母无疑属于极品中的极品那类人。按理讲，事情到此，应该偃旗息鼓好好养胎，耐心等待着孩子平平安安出世才是正道。然而，夫妻两个又一次不按常理出牌。在孩子性别鉴定有了结果之后，他们像跟谁斗气争胜似的逢人就说见人便讲，唾沫星子乱飞的疯张劲，像是恨不得让全世界都知道他们将会儿女双全一样。更为可气可恼可笑的是，他们心血来潮，立即按照女孩子的起名习惯，确定了孩子的名字，并把"郝彩琴"三个字用丝线结结实实缝在事先预备的衣服、枕头、被褥、玩具等等孩子的用具上。在他们想来："彩"字可以作为彩色、华丽解释，意思是生活华丽多彩，充满诗意；"琴"字可以作为琴声、乐声解释，引申为欢声笑语。孩子名字的总体意思是郝彩琴出生后，他们将儿女双全，全家人生活将会五彩斑斓，其乐融融充满欢声笑语。最令人啼笑皆非的是，夫妻两人还叫齐亲朋好友，大张旗鼓地庆贺了一番。

　　不明就里的郝彩琴父母稀里糊涂高兴了五六个月，哪知道，孩子一出生竟然又是个男孩儿，一下子将他们噎得差点背过气儿去，缓过神来后他们像疯了似的四处查找原因。两个人首先怀疑是医院搞错了，急忙找到医护人员，要求把他们的女儿换回来。后来又怀疑孩子在生长过程中性别发生了变化，急忙找到那个给孩子做性别鉴定的医生询问原因。那位医生脸一沉，一本正经像煞有介事地告诉他们说，可能是保胎的时候不注意，孩子的性别发生了变化。这一番荒诞不经的解释，一般人听来都会捧腹大笑，但人在事中迷的郝彩琴父母却信以为真。

孩子的性别与最初的愿望不符，郝彩琴父母哑巴吃黄连有苦难言。他们首先面对的既成事实，是孩子的吃穿用戴包括名字在内，都是按照女孩子的习惯购置和准备的，其中，特别让他们难堪，让他们难以下台的是，疯疯张张四处招摇，大张旗鼓昭告天下了五六个月，到头来却仍然是个光葫芦。面对这样的结果，郝彩琴父母思前想后辗转反侧，觉得无论如何，自己已经没有办法在人面前抬起头，也没有办法觍着脸面再见人。于是乎，两个人又出昏着，决定将错就错，将郝彩琴当作女儿来抚养。按照夫妻两人的想法，每天看着郝彩琴像个女孩子一样在眼前晃来晃去，心理上可以得到些许的安慰。而促使夫妻两人做出这种决定的最根本原因，是他们觉得这样可以掩人耳目。毕竟，他们满世界广为张扬了五六个月，到头来却是空欢喜一场。将郝彩琴当女孩子抚养，无疑可以避免别人对他们狂风暴雨似的讽刺挖苦和笑话，不至于落得个说话没有谱办事不着调的名声。自从这个不着边际的决定横空出世后，郝彩琴无论是穿戴还是发型，从外表上看都与女孩子无异，但其实瓢子却是个地地道道的男孩子。

郝彩琴父母荒唐透顶的决定，确实在一段时间内蒙蔽了许多人的眼睛，同时也给他们自己带来了些许安慰，两个人为此也都暗暗沾沾自喜自鸣得意。但对于郝彩琴，这个决定虽然没有让他噩梦连连，却实实在在让他吃了不少苦头。小的时候还好说，穿着打扮，吃饭睡觉，男孩女孩不分好赖说得过去，但年龄大一些之后，许多麻烦便随之而来。其中最突出的难题是如厕问题：上男厕所吧，他的外表打扮却是个女孩子模样，包括名字也是女性味十足；上女厕所吧，他分明又是个男孩子。仅仅这一点，就让郝彩琴曾经闹出过不少笑话，也给郝彩琴的生活带来过诸多烦恼。

　　为了男扮女装男生女养这件事，郝彩琴自懂事后跟父母进行过多次"抗争"，但都因为人小力薄全部以失败告终。他上小学之后，每当上学，便将哥哥的男孩子衣服偷偷装进书包，出门之后，趁着四处没人匆忙穿上。放了学进家门前，又将自己的女孩子衣服穿上身，以免被父母发现遭到严厉的训斥。这样坚持将近一个学期，最终还是在老师的疏通和亲戚朋友的劝说下，父母才将郝彩琴的穿着打扮恢复为男孩子的本来面目。

　　虽然穿着打扮很快恢复了男儿的本来面目，但名字却没有那么容易变更。其时，由于公安部门已经进行了户口登记，而且学籍档案也使用了相同的姓名，更改起来手续繁多困难重重，加之郝彩琴父母心理上那个女孩子的心结，变更名字的事情便不了了之，女性化的名字，也就成了郝彩琴这个十足男子汉的终生代号。

　　郝彩琴与玄灵时空的赵明远是关系非常要好的朋友。两个人的最初相识，缘于早年全军的军事大比武。

当年，郝彩琴是一名优秀连长，经过层层选拔脱颖而出，作为种子选手准备代表所在部队参加全军的军事大比武。在集训期间，赵明远作为集训队外聘的技术指导小组成员之一，其渊博的学识和精湛娴熟的业务技能，让郝彩琴佩服得五体投地，加之两个人年龄相差不大，脾气相近性格相投，一来二去，在很短的时间内便打得火热，等到比武结束时，两个人已经成为无话不谈的挚友。此后几年，随着工作能力的不断提高，以及业务水平的不断进步，赵明远逐渐成长为军事装备研究所独当一面的领军人物，郝彩琴的职务也由连长逐步晋升为侦察科长。虽然其间见面断断续续，但两个人的联系一直未曾中断，感情依然像当初一样没有丝毫减弱。

说来也巧。赵明远和司亚婵成功变频，进入玄灵时空的前几天，玄灵时空的"真赵明远"带领技术小组刚刚完成了一型新式弹道导弹的定型测试工作，部队紧跟着也接到了进入等级战备的命令。经过研究所向上级请示协调，同时也经部队同意，决定由"真身"赵明远担任总技术指导，将新定型的几套弹道导弹设备直接交付部队就地部署。如此一来，"真赵明远"便随着部队进入了弹道导弹预设阵地。在指导部队安装调试好前一套设备后，又火速赶往了下一处导弹预设阵地。鉴于工作性质，郝彩琴虽然身为侦察科长，但对于"真赵明远"的行踪，也不可能有更多、更详细的了解，对其具体的业务工作也不可能进行深入细致的追究。

如此的阴差阳错之下，当郝彩琴突然看到赵明远和司亚婵，还以为那个"真身"赵明远已经完成了其他几套设备的调试和部署，提前返回。

远离了军事管制区，郝彩琴分别望了望赵明远和司亚婵，说道："好了，明远，我还有别的任务，就送你们到这吧。"

望着远去的迷彩越野车，赵明远长出了一口气，说道："好险哪。"

的确，险之又险，如果郝彩琴详细盘查仔细询问，赵明远一定会露出马脚。但郝彩琴哪里能够想到，面前的此赵明远非彼赵明远，他更不可能意识到，赵明远会有一模一样的冒牌货。而"使者"赵明远也是在郝彩琴出现后突然灵光一闪，迅速回忆起上次玄灵时空之行，无意中获取的"真身"赵明远各方面的那些情报，顺利应对了郝彩琴谈起的每一个话题，这才侥幸顺利过关，他事后吓出了一身冷汗，心里暗暗感叹：天助我也，真是太侥幸了。

第二十一章

　　赵明远与司亚婵意外现身在严阵以待的弹道导弹发射阵地附近这种非常敏感的地区，是变频计划制定之初便尽一切努力试图避免出现的情况。然而，由于技术手段所限，两个人终究还是差一点陷入最不希望遇到的麻烦之中。虽说赵明远和司亚婵最终有惊无险通过了盘查，但这种心神皆惊的遭遇，让他们事后回想起来依然有些后怕。特别是当时郝彩琴误以为他们违反纪律规定而表现出来的那种刚正不阿的架势，两个人一想起来便会心头发紧脚底发凉。尤其是司亚婵，每当回想起当时被郝彩琴误以为是赵明远的对象，而赵明远并未否认的情景，便不由得脸红心跳尴尬连连。

　　当然，这些尴尬和后怕都没有削弱司亚婵的好奇心，也没有影响她的探寻欲。对于她来说，漫步于玄灵时空是一次全新的人生体验，也是一次重要的人生经历，更是一次难得的宇宙时空探索机遇。进入玄灵时空前，她曾经暗暗对玄灵时空的山水人文、社会结构、生活模式，甚至地质结构和生物结构等等进行过各种各样的假设和猜测。在她想来，既然玄灵时空与实基时空的频率不同，基本物质的振动频率也不相同，那么，两个宇宙时空的性质和各种事物的性能与存在形式也应当有所不同。以此类推，两个宇宙时空的山水人文、社会结构、人们的生活方式等等所有的表现形式和性状也就应当有所差别，甚至应当会有质的区别。

由此，司亚婵怀着抱着强烈的好奇心，揣着无尽的求知欲和探寻欲，忐忑不安随同赵明远一同进入玄灵时空，准备进行一次实实在在的探险之旅。但让她始料未及的是，变频刚刚取得成功，玄灵时空的探险之旅还没有来得及迈出第一步，便差点陷入一场自从她记事以来最为惊险、最为难堪的麻烦之中。然而，这突如其来的经历，却在冥冥之中更加激发了司亚婵潜意识中的冒险精神，以及勇于求知的潜能，她暗想，吃了那么大的亏，遭遇了那么刺激的尴尬，已经全部成为既定的事实，没有一点挽回的可能，如果一直牢记在心耿耿于怀，根本于事无补，还不如放下包袱轻轻松松痛痛快快大干一场来得实在。

赵明远再次进入玄灵时空，虽然算不上什么新鲜，却也让他着着实实体会了一把危机重重的感觉。

赵明远和司亚婵休整了一段时间后，再次踏上玄灵时空之旅，按照既定计划继续完成变频计划的后续任务。谁也没有想到，这次看似平淡无奇的玄灵时空之行，却让两个人经受了他们有生以来最为惊险的生死考验。

出发之初，赵明远对行程做了简单规划。他打算进入玄灵时空后，首先对玄灵时空那个"老同学"茹佳慧的慧慧公益慈善服务中心进行一次全面考察。在他想来，按照波态时空理论，实基时空与玄灵时空遵循着相同的发展规律，但具体到每一事物，有可能完全相同，也可能只有微小的差别。从前几次进入玄灵时空的实际情况看，前后两个时空见到的每一个对象要么身份有所区别，要么职业有所区别，要么职务有所区别。因而，赵明远想从茹佳慧的慧慧公益慈善服务中心入手，看看能否找到前后两个时空完全一致的证据，进一步验证波态时空理论的正确性。当然，其中一个重要原因，是由于实基时空的茹佳慧从事的是公益事业。赵明远考虑，即使玄灵时空茹佳慧从事的工作性质有所不同，也绝不会是特别敏感的工作。

赵明远带着司亚婵见到玄灵时空的茹佳慧，惊奇地发现她与实基时空的茹佳慧一样，同样登记注册成立了一个"慧慧公益慈善服务中心"，两个人的各方面条件完全吻合。这让赵明远非常激动，不由得在心里为解思源竖起了大拇指，暗暗思忖：解总真是了不起，创立的波态时空理论竟然与实际情况完全契合，牛，牛，实在是太牛了。

"哎，明远，怎——怎么现在来了？"茹佳慧全然没有意识到面前的此赵明远非彼赵明远，看到赵明远，眼睛突然一亮，脸一红，"今天不上班啊？"

"噢，噢——"赵明远感受到茹佳慧超常的热情劲儿，有些不知所措，瞬间的局促后，应答道，"今天请了一天假，过来看看你。"

"这位是——"茹佳慧望着司亚婵，向赵明远问道。

"噢，我的同事，司亚婵。"赵明远急忙应道。

"欢迎，欢迎。"茹佳慧说着，回头对赵明远说道，"明远，还愣着干什么？快给你同事倒杯茶，我去给你们打水，洗一洗，看你脏成什么样子了。"茹佳慧说完，拿起脸盆，步伐轻盈地走了出去。

"嘻嘻。"茹佳慧刚出门，司亚婵便凑上前，对赵明远笑嘻嘻说道，"哎，赵明远，你是不是跟茹佳慧有什么特殊关系呀？"

"有什么特殊关系？"赵明远莫名其妙。

"嘻嘻，什么特殊关系？"司亚婵取笑着说道，"对你的态度已经成那样了，还能是什么关系，装什么蒜呀？你要知道，女人最能看懂女人哟。"

"别疑神疑鬼了。"赵明远似乎有所醒悟，"没有的事。"正说着，他又突然一惊，"坏了，说不定那个赵明远还真有可能与这个茹佳慧有点特殊关系，这可怎么办？"

玄灵时空的赵明远与茹佳慧确实是一对情侣，关系已经发展到了谈婚论嫁的地步。司亚婵和赵明远这一发现让他们自己吓了一跳，情急之中两个人都快速开动脑筋，思考着脱身的对策。

"对了，赵明远，咱们得这样办。"司亚婵咬着嘴唇，皱着眉头想了想，突然一个激灵，急忙贴着赵明远耳朵小声说着自己的想法。

"咣当——"赵明远和司亚婵身后突然一声炸响。

茹佳慧端着脸盆喜滋滋出现在门口，猛然看到司亚婵与赵明远双脸紧贴，惊得目瞪口呆，全身一颤，手一抖，脸盆"咣当"一声掉在地上，发出一声炸响，水花四溅。

"你——你——你们——"茹佳慧嘴唇哆嗦，全身发抖，指着赵明远，又指着司亚婵，语无伦次。

"茹佳慧，别——别误会。"赵明远与司亚婵乍然分开，两个人都面红耳赤，同样是语无伦次。

茹佳慧死死盯着司亚婵足足有一分多钟，突然冷哼一声："哼，司亚婵，是吧？"接着又盯着赵明远，"好，好，好，好得很。"

"茹佳慧，你不要误会……"赵明远急忙解释，刚一开口，却又不知道该怎么解释。

"误会？哼哼——"茹佳慧冷笑了几声，"我情愿是一次误会，但我的眼睛还不至于模糊到什么都看不清的程度吧？"

"不是你想象的那样——"赵明远心里发急，却不知该说些什么。

"不是我想象的什么样？"茹佳慧面色阴冷，不等赵明远话说完，盯着赵明远说道，"赵明远，你们两个想卿卿我我，苟且龌龊，也没有必要到我这儿来吧？什么意思？想羞辱我吗？"

"茹佳慧，话不要说得那么难听。"司亚婵听到茹佳慧说话不尊，不由得气上心头，言语中也充满火药味。

"哟，事情已经做了，还怕我说话难听呀，可笑不可笑？"茹佳慧满脸讥讽，"想听好听的话，就不要做丢人现眼的事情呀。"

听到茹佳慧的话越来越难听，司亚婵只觉得血冲头顶，情绪难以自控："谁做丢人现眼的事情了？噢——对了，你说得对，我们就做丢人现眼的事情了，怎么了？"

茹佳慧被司亚婵噎得双眼圆瞪，死死盯着司亚婵冷眼望了足足有十秒，突然嘴角一扬，扭头对赵明远说道，"她叫司亚婵，对吧？"不等赵明远回答，又转过头对司亚婵说道，"你跟赵明远是什么关系？不会是他的女朋友吧？怎么从来没有听他说起过你呢？"

"不不不——"赵明远眼看着双方的火药味越来越浓，却不知道怎样灭火，已经是心神俱慌。

面对茹佳慧的公然挑衅，特别是面对茹佳慧不加掩饰的叫阵，司亚婵已经被一股无名的怒火冲昏了头脑，想也没想心一横，脸一黑，不阴不阳地说道："哼，我与赵明远什么关系关你什么事，你说对了，我就是他的女朋友，难道还要经过你批准不成？"

刹那间，茹佳慧的脸色噌地变成了红褐色，面部肌肉不断抽动，呼吸也更加急促，全身颤抖、嘴唇哆嗦着望望司亚婵，又望望赵明远，突然挥手指着门外，几乎用尽全身力气大声吼道："赵明远，你走，能走多远走多远，我这一辈子永远不想再见到你。"吼完，使劲将门一摔，急匆匆跑了出去，身后留下一连串嘤嘤的哭声。

完了！赵明远暗叫一声，感觉像猛然掉进了冰窟窿。

听到茹佳慧怒气冲冲说出"女朋友"三个字，赵明远立即意识到了问题的严重性。他本想立即阻止司亚婵继续较劲，防止事态进一步扩大，但司亚婵几乎在一闪念间已经反唇相讥，没有给赵明远留下任何的回旋余地，惊得他只有傻愣愣地望望司亚婵，又望望窗外茹佳慧匆匆离去的背影，无可奈何地咂了咂嘴，摇了摇头。

灰溜溜离开慧慧公益慈善服务中心，虽说赵明远为未能及时阻止司亚婵与茹佳慧之间的冲突而后悔不已，但毕竟见证了波态时空理论的又一有力证据，心里总算得到了些许的安慰。而司亚婵思前想后却只有后悔的份儿，她实在想不通，自己为什么当时会有那么大的冲动，以至于与茹佳慧发生那么大、那么激烈的冲突。静心回想，整个事件实际上与她并没有太大的关系，特别重要的是，她与茹佳慧本就是陌路人，毫不存在类似于"矛盾"或"情敌"的纠葛，却不幸沦为冲突的爆燃点，而且，整个事件发展到最后，她竟然还演变成为冲突的主角，这让她实在有些想不通。司亚婵慢慢回顾咀嚼着冲突的前因后果，暗自觉得事情发展到这一步，实在有些滑稽，也实在让人哭笑不得。想着想着，她不由得抿着嘴自嘲似的呵呵笑了几声。

"笑，你还有心思笑？"赵明远没好气地说道。

司亚婵神情一怔，瞬间反应过来后，嘴一抿，嘻嘻一笑："咋啦？你不让我笑，难道还要我哭不成？"紧接着，突然做出恍然大悟似的表情，夸张地说道，"噢——对了，我明白了，你是在埋怨我搅黄了你的好事，你生气了，对不对？"

"你胡说什么呢。"赵明远反驳了一句，突然眼睛一眨，又改口说道，"哎，对了，你确实搅黄了我的好事，让我心里特别不舒服，自己反而在偷偷傻笑，怎么了？你觉得自己很聪明很成功是不是？"赵明远轻轻叹了一声，接着说道，"我实在想不通，事情已经惨不忍睹到这种程度了，你竟然对我没有一点同情心，对茹佳慧没有丝毫的歉疚感，唉，真没有想到，漂亮斯文的外表下，也有着不可告人的阴暗心理，太让人失望了。"

"你，你——"司亚婵本想着借由茹佳慧的话题取笑赵明远一番，未承想，赵明远完全没有按照她预设的套路出牌，反而抛出一套不可理喻的奇谈怪论将她的思路全部打断，噎得她张口结舌。

"你看你，急什么，不要紧张，要心平气和，如果想道歉的话，慢慢说嘛，急也不在于这一时半会儿。"赵明远望着急得红了眼的司亚婵，阴阳怪气火上浇油似的笑了笑。

"你，你——"司亚婵气急败坏，支支吾吾了一阵儿，没有说出一句完整的话，最后干脆牙一咬，脚一跺，无可奈何地哼了一声，女性特有的独门绝技来了，"哼——你讨厌，不跟你说了。"

"嘁，一个女流之辈，竟然想给我设套路，真是不自量力。"赵明远以胜利者的姿态，骄傲地望了望阴沉着脸仍在生闷气的司亚婵。

"你——你说什么？再说一遍试试？"一声炸雷般的吼声突然在赵明远耳根后响起。

赵明远只觉得头皮发麻，条件反射似的急忙回头，发现司亚婵圆瞪双眼喷着怒火，恨不得要吃人似的凶巴巴的面容几乎贴上了自己面门。他立即像躲瘟神似的迅速躲向一边，装模作样毕恭毕敬赔上笑脸："大姐息怒，大姐息怒，有话好说，有话好说……慢着慢着，你看，这么多人是干吗的？"

"你少费——"司亚婵几欲爆发，但只说了三个字，便被身旁一拨接一拨匆匆而过的人群吸引了注意力。

司亚婵的熊熊怒火即将爆发之际，赵明远巧妙地将司亚婵的注意力引向了身旁三三两两急行的人群，而人群中不断传出悔天悔地无可奈何的对话，更加引发了赵明远和司亚婵好奇。

"老弟呀，能不能再快一点，咱们可千万不能让那家伙跳楼了，如果他跳楼了，咱们的钱找谁要去哇？"

"那可是我攒了一辈子的养老钱呀，这不是要我的老命嘛，你个黑了心的，还了我的钱你再去死也不迟呀。"

"我那钱可是全家人从牙缝里一点点挤出来的，绝不能让那个家伙就这么便宜去死，咱们一定得讨个说法。"

"我可是背着儿女们交的钱哪，还不知道儿女们知道以后怎么埋怨我呢，唉。"

"造孽呀——"

…………

那边怎么了？司亚婵暗暗想了想，又顺着人群汇聚的方向望了望，回头对赵明远说道："哎，咋这么多人都向那边跑呢，看样子前面一定发生什么大事了。"

"要不，咱们也去看看，凑凑热闹？"赵明远已经从那些人只言片语的对话中，对前方的事情猜出了大概，也想去探个究竟，但又怕场面真的失控出现意外，司亚婵心理一时接受不了，故而犹豫不决。司亚婵强烈的好奇心无意中成为速效催化剂，促使赵明远迅速做出了决定。

赵明远和司亚婵随着匆匆急行的人流赶到事发地点时，一栋八层高的楼房周围已经聚集了三四百人，人群中间分散停放着几辆警车。楼房四周已经被醒目的警戒线隔离。隔离区内，十多名警察神情紧张地维持着秩序，并不时转头举目，焦急地望向楼顶。楼顶上，一名情绪激动的男子站在楼顶边缘，动作古怪，随时都有掉落的危险。距离那名男子不远，分散站立着三个人，他们不断用手比画着不同的动作，似乎正在与那名男子交流沟通。警戒线外，围观群众不约而同望向楼顶，许多人神情紧张议论纷纷，大体意思是说站在楼顶边缘的那个家伙是个诈骗犯，骗取了近百名群众的近千万元资金，如今挥霍一空罪行暴露，被群众追债无路可逃，情急之下准备跳楼，以死逃避罪责，现在公安人员正在极力劝阻。

听到群众的议论，赵明远暗暗震惊，心想这么多资金被挥霍一空，不知道吸干了多少家庭的心血和汗水，会给多少家庭带来难以想象的沉重打击，更有甚者，会使多少家庭分崩离析支离破碎，这个家伙实在可恶至极。不过，赵明远又暗暗觉得奇怪，心想这家伙既不是神仙又不是魔鬼，不知道修炼了千年还是万年，究竟有多深的道行，竟然让那么多人心甘情愿上当受骗乖乖交出了钱财，我倒要仔细深究一番，看看其真实面目。

打定主意，赵明远一边集中精力"不耻下问"，一边聚精会神竖起耳朵，不到十分钟，便清楚了其中的来龙去脉。

被受骗群众逼得走投无路，想要跳楼的那个人叫司宇波，虽然他的所作所为与诈骗有些类似，但事发过程和情形，却与人们司空见惯的精心诈骗有着稍许不同。

三年多以前，司宇波在跟一位朋友闲聊时，朋友告诉他金融市场新出现了一种高端的投资方式，每年的回报率可以达到百分之四十。利润的支付方式是按月付清，而且绝对保本，投资人随时可以抽回本金。司宇波听了嗤之以鼻，讥讽着说道："开什么玩笑，哪一个行业能够为投资人带来百分之四十的收益回报，而且还能够保证经营者的切身利益？"

那位朋友立即双眼一瞪，信誓旦旦地说他敢用脑袋担保确真无疑，如果是假的让司宇波将他的脑袋割下来当球踢。

司宇波微微一怔，随后呵呵一笑说道："笑话说一说笑一笑，自己高兴就行了，怎么还认真起来了？"

那位朋友一听，当即愣在了当场，脸色也变得像猪肝一样。正当司宇波想再次劝说那位朋友不要把笑话太当真的时候，那位朋友突然转过身，提起手包急乎乎翻腾了几下，拿出几张票据往司宇波面前的桌子上一拍，骄气十足地说道："看，这是什么？"

司宇波心不在焉地拿起那几张票据，心想这家伙搞什么名堂，说着说着拿出几张破纸片干什么。然而，当他仔细看完那几张票据，不由得心跳加快，手也不住地抖了起来。

原来，那几张票据，是那位朋友的投资手续和获取的利润收益票据，上面白纸黑字写得清清楚楚：十万元的投资，一年时间已经获得了四万多元的收益回报。

刹那间，司宇波心跳加快两眼发直，紧紧盯着票据上的数字，眼前竟出现了一连串的幻觉。那位朋友望着司宇波出神的表情，哈哈一笑，神气活现将票据扬得哗啦哗啦直响，说道："怎么样？这下你总该相信了吧。"

司宇波咽了一口唾沫，眼睛直勾勾地盯着那位朋友，结结巴巴说自己也想参与投资。

那位朋友神情立马一变，哼哼哈哈了好长时间，非常为难地说事情估计比较难办，因为他也是低三下四求了朋友好长时间，人家才勉强同意投资了十万元，如果司宇波想要参与的话，估计朋友同意的可能性不是很大。

司宇波一听急红了眼，又是作揖又是敬酒，死缠硬磨了好长时间，朋友实在推脱不过，最后才勉强答应前去疏通疏通。

　　过了三个多月，司宇波心急如焚催促了四五次，那位朋友才磨磨蹭蹭回话，说他费了九牛二虎之力刚刚把对方搞定，那边勉强答应接受司宇波的投资，但反复强调说不能投资太多。司宇波一听煞是激动，兴奋得一连好几个晚上几乎彻夜失眠，心想谢天谢地，终于找到了一个挣大钱的路子。但是，全家人听了，都认为这种投资肯定是一种新出现的诈骗手段，没有一个人支持司宇波参与投资。气得司宇波大发雷霆，几乎吼着对家人说："好不容易找到一个发财的机会，你们竟然没有一个人赞同、支持，还反而说人家是骗子，太没有良心了，你们这样做，太对不起我那位朋友了。"就这样，任他磨破嘴皮子，吼破嗓子，终究也没有争取到一个家人的支持，当然也没有从家里拿到一分钱的投资本金。

　　无可奈何，司宇波最终将目光转向了自己的小金库，把多年来背着妻子偷偷摸摸积攒下来的两万元私房钱，作为投资本金交给了朋友。让他兴奋的是，第一个月末尾的时候，对方打电话说首月的收益回报已经到账，请他查收，书面手续随后办理。他急忙打开账户，果然显示出了第一个月的投资收益，具体数额按照合同约定不多不少。第二个月末尾的时候，司宇波接到了同样的电话，通知让他查收第二个月的回报收益。就这样，一连六个月，司宇波累计回收利润收益共计四千多元。

　　如此一来，司宇波信心大增，原本对这种投资仅存的一丝怀疑，这个时候已经消除殆尽。于是乎，他拿着到手的四千多元现金，趾高气扬回到家中，将手里红彤彤的钞票抖得哗哗直响，用兴奋得已经有些失真的声音大声宣布，投资出去两万元，半年的收益回报四千多元已经到手，他决定用这四千多元搞一次风风光光的家宴。

看着司宇波几乎有些精神失常的神情，再望一望那一沓不断抖动，闪着耀眼红光的百元大钞，全家人一个个被惊得目瞪口呆如坠入云里雾里。他们怎么也想不到，乍听起来让人感觉有点邪门儿的投资，竟然实实在在得到了高额回报，眼前的事实不由得你产生任何怀疑。紧跟着，司宇波乘着首战胜利的东风，趁热打铁再次发起全面进攻，采取重点突破轮番轰炸四面开花的战术，眨眼间，五十万元巨款便成为他追加投资的筹码，并在随后半年时间内，获得了十万元利润收益。

随后不久，司宇波有高回报收益投资渠道的消息不胫而走，于是乎，亲戚、朋友、街坊四邻纷纷找上门，态度诚恳、好话连天央求司宇波接受他们的投资。刚开始时，司宇波感到非常为难，因为那位朋友再三嘱咐过，一般情况下，千万不要答应无关人员的投资，除非关系非常亲近、实在无法拒绝的情况下，可以考虑帮一些小忙。然而，自从投资消息走漏以后，无论是亲戚朋友还是街坊四邻，一个接着一个找上门，几乎要将司宇波家里挤爆，纷纷要求加盟投资。面对低头不见抬头见的街坊四邻和亲戚朋友，司宇波实在拉不下情面狠心拒绝，只好面一抹心一横，硬着头皮一次又一次找那位朋友帮忙关照。虽说那位朋友每次都哼哼哈哈不怎么痛快，但最后好歹也都满足了每个人的要求，给足了司宇波面子。这样一来，这家十万，那家二十万纷纷投了进去，不到两年时间，那么多人累计投资本金达到了近千万元。

正当投资比较早的人拿着前期回报眉飞色舞，投资比较迟的人做着发财梦的时候，让所有人追悔莫及的噩梦已经悄然来临。

事发前两个月的一天，一个亲戚打电话说上个月的利润收益没有到账，问司宇波能不能帮忙催促一下。司宇波不由得心里一个激灵，急忙打开账户，发现自己的利润收益同样没有到账。他心里骤然一紧，想也没想急忙抓起手机向那位朋友拨了出去。然而，连续几次拨号，耳机中无一例外传出温柔甜美的声音："您所拨打的号码已关机。"顿时，司宇波心底迅速弥漫起一种不祥的预感，并逐渐浸透到全身每个细胞，使他脊背冒汗脚底发冷。

从此以后，司宇波像发了疯似的到处寻找四处打听，马不停蹄跑遍了那位朋友常去的角角落落，问遍了与那位朋友有过联系的每一个人，但那位朋友始终如石沉大海一样没有了一点音讯。紧随其后，亲戚、朋友和街坊邻居陆续得到消息，一个个像当初要求投资时那样，纷纷找上门似乎要将司宇波家里挤爆，但态度和诉求与当初相比已经是天壤之别，全都情绪激动怒目龇牙，无一例外全都要求返还几个月的利润收益。在屡次上门讨要利润回报无果的情况下，他们又全都改口要求归还最初的投资，撤出投资本金。

面对情绪激动的亲戚、朋友和街坊邻居，司宇波欲哭无泪，只有强打精神以各种理由尽力安抚，绞尽脑汁地搪塞，其后又像无头苍蝇一样到处寻找那位朋友的下落。然而，人海茫茫犹如大海捞针，任司宇波几个月使尽浑身解数，那位朋友始终如同从人间蒸发一样无影无踪。那些亲戚、朋友和街坊邻居却并不买账，他们相互联络轮番蹲点守候，只要发现司宇波返回家中，便一窝蜂地堵在门口拥进家里讨债要账。刚开始的时候还相对好一些，每天只有小批量的人与司宇波纠缠，受到影响的也只是司宇波家庭的正常生活，但随着事态发展，上门讨账的人越来越多，人群数量也越来越庞大，双方纠缠的时间自然越来越长，搞得居住区每天人声嘈杂喧闹不止，周围居民怨声载道。实在无可奈何之下，司宇波恼怒地关闭了手机。彻底断绝了与那些亲戚、朋友和街坊邻居的联系。

一石激起千层浪。司宇波的消失，犹如火上浇油，使本来还抱有一丝幻想和希望的那些亲戚朋友及邻居们彻底绝望。他们一部分人联名上访告状，要求政府出面协调解决问题；另一部分人分工协作，撒下天罗地网搜寻司宇波的踪迹，誓要将他抓获讨回被骗走的血汗钱。

事发当天，司宇波悄然办完事急匆匆返回出租屋的时候，恰好被一位邻居发现。那位邻居立即仿照影视剧中的跟踪方法，悄无声息跟在司宇波身后，并迅速向其他人发出警报。不料，得到消息的众多人马很快被司宇波发现端倪。于是乎，司宇波想方设法欲杀出重围。然而，最终还是败下阵来，被不断聚拢的人群重重包围。

望着不断聚拢的人群，面对着一张张情绪激动的面孔，司宇波心绪翻滚，但却有口难辩。他暗暗思忖，当初你们死乞白赖要求参与投资的时候，为什么没有想到会出现如今的结果呢？你们拿着最初的收益回报喜笑颜开的时候，为什么没有想到会有今天的结果呢？而今，我其实跟你们一样是受害人，可为什么你们要这样穷追不舍，非要把我逼入绝境呢？好吧，既然你们要求还债，那就用我这条命还你们吧。一阵令人窒息的平静过后，司宇波突然转身跑进了身后的八层楼内，等他再次现身时，已经赫然处于楼顶边缘。

赵明远环视着黑压压的人群，又抬头望望楼顶，心里发出一声轻轻的感叹，唉，司宇波也算是交友不慎悔之晚矣。可事情发展到这一步，所有人把矛盾焦点都集中在司宇波一个人身上，显然有失公允。如果要追究责任的话，司宇波固然应当担负一定的责任，但那些参与投资的人恐怕也脱不了干系。假若要进一步追根溯源的话，"无知"与"利欲"无疑是最大的罪魁祸首。赵明远又轻轻叹了一口气，心想假如我们每个人都有足够分辨力，定然不会出现这种令人痛心的局面。

"二叔——"正当赵明远陷入深深沉思的时候，一声尖厉刺耳、嗓子即将撕裂的叫声突然响起，将赵明远惊得心头一颤。他惊讶地瞪大眼睛，十分不解地望向身旁紧张得面容已经有些失形的司亚婵。

第二十二章

手术室内，气氛肃静、紧张，几乎让人窒息。

无影灯照得手术台通亮。手术台上，病人的伤口已经切开，肌体内脏外露，泛着瘆人的血红不断蠕动。身着白色长褂，戴着浅蓝色无菌帽，罩着同样颜色口罩的医生聚精会神全神贯注于病人的伤口，不时伸手从护士手中接过手术器具，小心翼翼在病人伤口处紧张有序地重复着几乎同样的动作。神情肃然的护士站在医生身旁，一刻不停地盯着医生的动作，不断按照医生示意递上手术器具。不一会儿，医生额头冒出涔涔汗迹，护士眼疾手快迅速夹起汗巾在医生额头轻柔擦拭，眨眼间，医生又投入到紧张的手术中。

手术室外，门框上方正中的长条形显示屏上，泛着血红色"手术中"字样，字幕不断从右至左缓缓滑过，让人心惊胆战。司亚婵神形俱疲，哭得跟个泪人似的依在赵明远怀中不断抽泣。

赵明远抬头望了一眼屏幕，蹙了蹙眉，紧接着双眉一展，轻轻拍着司亚婵的后背，柔声说道："不要担心，手术很快就会结束的，有那么好的医生，他肯定没事。"

此时，距离司宇波从楼顶跌落已经过了将近六个小时。

当时，经过楼顶上那三名公安人员长时间耐心细致的交流劝解，司宇波失控的情绪慢慢趋于稳定。在一番激烈的思想斗争后，他答应积极配合公安部门深入调查，妥善处理善后事宜。未承想到，正当司宇波转身准备离开楼顶边缘的时候，腿一麻，腰一闪，脚一滑，几乎没来得及做出任何反应便掉下楼顶。那三名公安人员见状，闪电般化为疾速射出的利箭飞身扑救，然而，终究还是晚了一步。他们只有眼睁睁看着司宇波像一片孤叶从楼顶向地面飘落。

也许是幸运之神在那一刻突然眷顾。司宇波从楼顶掉落，并没有垂直冲向地面，而是自楼顶边缘开始画出一条小弧度的抛物线，不偏不倚恰好冲向紧挨楼房旁边一棵十多米高的景观松树。刹那间，自上而下的松树枝丫连续发出"咔嚓咔嚓"的痛苦叫声，掉落的枝叶同时发出"唰啦唰啦"的无奈呻吟。眨眼间，松树一侧的枝丫被扫一空，树干上留下一连串白生生的疤痕，让人惊心不已。司宇波被一枝接一枝的松树枝丫拦阻，掉落的速度不断减缓，最后被最低层粗壮的树枝弹了两下，"扑通"一声，随着掉落的松树枝叶一同撞落在松软的湿地上，砸出一个十多厘米深的人形坑槽。

围观群众发出惊呼声，公安人员、医务急救人员几乎在同一时刻一起飞速奔向司宇波。断了四根肋骨，内脏严重受损，其中一根肋骨深深插入肺脏的司宇波七窍流血呼吸微弱，生命体征正在慢慢消失，几乎到了命悬一线的边缘。

本来，眼前的突发事件发生在玄灵时空，与司亚婵并没有直接的关系。但在当时那种紧张得令人窒息的环境和氛围中，司亚婵的心理不由得受到强烈感染，刹那间忘却了自己真实的身份。她几乎是在无意识状态下，不由自主将自己置身于当时的环境之中，融入眼前的情景之中，与周围民众一起为司宇波担忧，一起为司宇波而心惊。特别是当她得知站在楼顶边缘的人名叫司宇波时，更是不由自主失去了自控能力，像发了疯似的大呼小叫，撕扯着嗓子呼喊，不顾一切地向事发地点猛冲。那个时候，在司亚婵潜意识中，楼顶边缘行为乖张的那个司宇波，就是她的亲二叔，就是那个看着她长大、对她关怀备至的亲二叔。

　　所有这一切，都是悄悄发生、发展，直到最后，犹如量变到质变一样在突然间全面爆发。当赵明远猛地听到司亚婵撕心裂肺的呼喊声时，被惊得全身一颤。当时，他实在感到有些不可思议，甚至还一度怀疑，是由于现场气氛过于紧张，导致司亚婵受到了比较大的感染和刺激，使她不由自主产生了那样过度的反应。然而，在震惊与诧异的一闪念间，赵明远脑海中突然闪现出司亚婵说起她二叔名叫司宇波时的情景，所有的情节和细节似乎在瞬间便清晰地呈现在赵明远眼前。刹那间，赵明远对司亚婵的心理状态和情绪反应产生了强烈的共鸣，设身处地给予了深度的同情和理解。几乎在毫厘之间，赵明远深深吸了一口气，用尽气力奋勇上前，以自己坚实的身体守护着司亚婵，一边呼喊着为司亚婵鸣锣开道，一边奋力拨开挡道的人群，一路护送司亚婵以最快的速度努力前冲。

　　让司亚婵几近绝望的是，正当她和赵明远不顾一切奋力前冲的时候，司宇波已经从楼顶飘然而下，那一声声"咔嚓咔嚓"的树枝断裂声，犹如一把把利剑不断刺向司亚婵的内心，几乎使她呼吸停滞身心欲碎。特别是最后沉闷的"扑通"一声，在司亚婵听来，犹如重磅炸弹的吼声，震得她头皮发麻，她几欲绝望地叫了一声二叔，紧接着扑倒在地不省人事。

相比于司亚婵，赵明远毕竟几番进入玄灵时空，阅历相对丰富，加之他与司宇波之间既没有直接关系，也没有间接关系，因而，在司宇波事件的整个过程中，他始终保持着清醒的头脑，不像司亚婵那样不由自主深陷其中。赵明远心里一直明白，突发事件发生的地点是在玄灵时空，场面虽然声势浩大，结果也异常惨烈，但其实对于他和司亚婵来说，那只不过是一场目睹和亲身经历的幻象与虚影而已，无论是事件的起因还是最终结果，与他们两个人的牵扯都不是很大。

然而，在司宇波事件后续发展和善后过程中，赵明远却一直把这些实际情况压在心底，没有对司亚婵做过任何提示，眼睁睁看着司亚婵将自己深深地融入其中，每天以泪洗面凄凄惨惨。表面上看，赵明远似乎对司亚婵不负责任，更有甚者，似乎赵明远在看司亚婵的笑话。

赵明远这样做，心里有两方面的考虑：其一，司亚婵已经将自己深深地融入玄灵时空的环境和氛围当中，全身心投入到照顾司宇波、护理司宇波的事务之中，特别是自从司宇波事件发生后，司宇波身边唯一的"亲人"只有司亚婵一个人。在这种情况下，如果将实际情况告诉司亚婵，拽着司亚婵撒手离开医院，留下司宇波孤零零一个在医院备受煎熬，他实在于心不忍。其二，赵明远在观察，也是在等待。当初，他第一次进入玄灵时空时，"爷爷"便遭遇飞来横祸撒手人寰。回到实基时空后，赵明远采取了一切能够想到的办法，也未能阻止爷爷离开人世，其根本原因，在于玄灵时空失去存在基点的人，实基时空的同一个人绝无生存和立足的机会。随着司宇波事件的发生和发展，赵明远突发奇想，如果玄灵时空发生了重大变故，当事人却没有失去生命，亦即生存基点没有消失，那么，回到实基时空后，能不能阻止曾经发生在玄灵时空的重大变故，确保当事人的平安，挽回重大的损失呢？基于这种考虑，赵明远准备通过司宇波事件，对这个猜测进行一次实际验证。

实际上，司宇波事件发生以及随后几天，司亚婵的确魂不守舍，脑袋昏昏沉沉，完全没有了时空意识和概念，她本能地以为司宇波事件发生在实基时空，那个从楼顶掉落、生命垂危的司宇波就是与她曾经朝夕相处、对她的成长和进步付出过诸多心血和汗水的亲二叔。因而，对于司宇波的遭遇，司亚婵痛彻心扉难以接受。事发后，她背着沉重的心理包袱竭尽全力服侍、护理司宇波，不断劝解开导司宇波尽快减轻心理压力。然而，司亚婵这种浑浑噩噩的心理状态，仅仅维持了三四天便回过神来。当时，司亚婵无意中望着一直陪伴在身边的赵明远，心头猛然一颤，陡然间恍然大悟，心想原来现在是在玄灵时空呀！她又回头望了望病床上的司宇波，心想：对了，我的亲二叔是搞股市投资的，跟病床上那位搞什么非法集资的根本沾不上边啊！她暗暗长舒了一口气，天哪，我一直以为是二叔呢，真是吓死人了。

不过，当司亚婵再次回头，望了一眼病床上的司宇波时，全身一个激灵，心头一凛，心想：这么长时间了他家里竟然没有一个人，太奇怪了。

然而，当她想到司宇波这么长时间，一直在外奔波四处躲债时，心里又暗暗释然，心想：他孤零零一个人在外逃债，又断绝了与外界的一切联系，出了事家里人能知道才怪呢。

想着想着，司亚婵突然吸了一口凉气：这可怎么办呀？如果我这一走，扔下他一个人，动又动不了，起床、吃饭都成问题，更不要说换洗衣物、上卫生间那些相对复杂的事情了，那样的话，不是逼着他再次想不开吗？他再次走上绝路怎么办？

一时间，司亚婵望望病床上的司宇波，又悄悄望望赵明远，心里进退维谷很是纠结。

不经意间，司亚婵脑子里突然灵光一闪，心想：不对呀，眼下这个司宇波看似跟我没有多大关系，但发生在他身上的重大事件一定会延续到实基时空，影响到我亲二叔的呀，我怎么这么笨呢？如果照顾好他，让他顺利恢复健康，岂不是对我二叔也会有好处吗？

想到这里，司亚婵暗暗决定，一切照旧，当作自己什么都不知道，所有事情等病床上的司宇波恢复健康再说。

让赵明远和司亚婵感到欣慰的是，自从司宇波被送进医院后，先前千方百计围堵司宇波的"投资人"，全都偃旗息鼓，停止了轰轰烈烈的追债行动。虽然也有个别"投资人"曾经来过医院，但都一改讨账时凶神恶煞面目，换成一副惴惴不安的神态。而且，他们来医院通常只是小心翼翼地询问司宇波的病情，打听身体恢复情况，随后便在公安部门驻守医院人员的劝说下，垂头丧气转身离去，身后往往都会留下一连串后悔莫及的叹息声。

　　望着那些"投资人"悻悻离去的佝偻背影，赵明远感慨良多，在政府严厉打击金融诈骗，动用各种手段不断向社会发出警示的情况下，仍有那么多人心甘情愿，交出自己多年的心血和汗水而上当受骗，真是让人感叹唏嘘。

　　在赵明远看来，司宇波事件中，骗子的骗术并不高明，套路也不算高深，甚至堪称低劣至极。那位所谓的"朋友"，首先以百分之四十以上的高回报率作为"诱饵"，又从客户角度出发，限制过多的投资，其目的在于造成"投资"的高端和神秘假象，从而提高"投资人"的好奇心，以达到对"投资人"的诱惑和取得"投资人"初步信任的目的。当"投资人"上钩后，刚开始看似非常诚信，按时返还"投资"收益，并打电话及时提醒。其目的在于取得前期"投资人"的绝对信任，从而进一步扩大宣传和影响，进而吸收更多的"投资人"加盟，骗取更多的资金。实际上，在这场骗局中，前期"投资人"所谓的收益回报，只不过是他自己和后续"投资人"交付的"投资款"而已，根本不是什么真正的"投资"产出而取得的收益。但事实上，通过这样一系列类似的包装和运作，"投资群体"往往会越来越庞大，"投资款"也会越聚越多，最终结果可想而知。

　　赵明远轻轻叹了一口气，心想，人常讲君子爱才，取之有道。事实证明，那些失去道义，采取非法手段骗取钱财的可恶之徒，必将为自己的行为付出惨重的代价，所谓出来混，总是要还的。而广大民众也应该有"道"、守"道"，遵纪守法，严控欲念，不贪图小利，不贪意外之财，事事多一份警惕，处处多一些防范，必定让那些行骗之徒无机可乘，也才能避免上当受骗，确保自己的财产安全。

时光如梭，近一个月的时间一闪即逝。

在司亚婵悉心照料下，司宇波顺利度过了危险期，转入普通病房并恢复得七七八八。最初时，医生、护士和病友误以为司亚婵是司宇波的女儿，纷纷投去羡慕的目光赞许有加。当司宇波苏醒后，告诉大家司亚婵是侄女时，所有人又赞不绝口，感叹于他们叔侄间关系的融洽与和睦。

与司亚婵相比，赵明远却有些尴尬难言。他每天不辞辛苦陪着司亚婵忙前忙后忙里忙外，汗流浃背、腰酸腿疼从无怨言。这样一来，医护人员和病友如出一辙，纷纷竖起大拇指，不断夸赞司亚婵的男朋友是个倍儿棒的小伙子。每到这时，司亚婵总会斜着眼睛望望赵明远，低头抿嘴微微一笑却一言不发。正是她这种含糊其词模棱两可的表情和态度，每一次都会让大家充满无限遐想，同时也将赵明远置于非常尴尬的境地，让他手足无措无所适从。

这种尴尬的日子过了将近一个月，看到司宇波终于能够生活自理，赵明远暗自窃喜，急不可耐地鼓起勇气提醒司亚婵，眼下是在玄灵时空，近一个月来他们废寝忘食悉心照料的人，并不是她真正的亲二叔。司亚婵莞尔一笑，说道："这还用你提醒?"赵明远愕然地半张着嘴巴，圆瞪双眼盯着司亚婵，心里惊呼，原来这丫头一直知道呀！

两个人告别司宇波，赵明远越想越憋屈，心想：你个丫头片子！分明你心里清楚咱们身处在玄灵时空，却一直包藏于心含而不露，制造出昏头昏脑将自己融于玄灵时空的假象，害得我提心吊胆，唯恐不小心暴露了咱们处于玄灵时空的真相，实在可气、可恼、可恨。哼！有仇不报非君子，看我怎么整治你。想到这里，赵明远眼珠一转，一条计策瞬间浮上心头。

"小司同志——"赵明远满脸坏笑，对司亚婵说道，"嘿嘿嘿，跟你商量个事儿呗。"

"什么事呀，干吗还那么客气？说呗。"司亚婵对赵明远的想法毫不知情，全然没有戒心。

"咳咳——"赵明远干咳了两声，轻轻捏了捏鼻子，仍是一脸坏笑说道，"事情是这样的，这将近一个月来呢，咱们在大家面前一直是男女朋友关系，你也没有反对，是吧？根据我周密细致的观察，周围群众全都认为咱们郎才女貌，非常般配。我相信，这些你也看到了，不用我多说。那么，现在呢，你看这，啊？"赵明远说着，手指不断摆动，指一指自己，又指一指司亚婵，那意思实在明确不过，傻子都能看出来。

将近一个月的相处，赵明远确实给司亚婵留下非常好的印象。她实在没有想到，一个年轻力壮的小伙儿，每天纠缠在婆婆妈妈侍候人的事务当中，任劳任怨一声不吭竟然坚持了将近一个月，特别是腿脚勤快、善解人意等等一系列的表现，的确让她心里泛起过阵阵涟漪。然而，当她无意中抬头看到赵明远满脸的坏笑时，心里猛然一沉，当即意识到不好，这家伙不怀好意，明显已经预设了套路。不过，司亚婵既没有表现出赵明远希望看到的面红羞涩的表情，也没有表现出满脸怒色的表情，而是笑嘻嘻说道："嘻嘻，行啊，我没有意见。不过——"司亚婵话说到一半，突然欲言又止，眼角一吊、嘴一噘，显出一副难为情的样子。

"太好了。"赵明远佯装非常惊喜，"只要你没有意见，就不要提什么不过了。"说这番话时，赵明远心里暗笑，他想着司亚婵不过后面的话可能是要征求父母的意见啦，听听同学朋友的参谋啦，等等。

然而，司亚婵却努努嘴，显得无可奈何地悄声说道："不知道人家同意不同意呢。"

赵明远神情一怔，好奇地顺着司亚婵努嘴的方向望去。

刹那间，赵明远感到头皮发麻背浸冷汗。他赶忙回了回神儿，狐疑地眨了眨眼睛，再次圆瞪双眼望了望，这才发自内心地暗暗叫了一声，怎么鬼使神差又来到了茹佳慧的公益慈善中心门前。

"噢——啊——这个——"赵明远尴尬地搓着手，一脸无奈，支支吾吾了一阵儿，抬眼望了望司亚婵。

"怎么啦？"司亚婵暗暗发笑，又讥讽又挑逗着说道，"噢——原来你也是老鼠胆呀，还以为你有多大能耐呢，真是错看你了。"

"喊——"赵明远表情立马一变，装腔作势牙一咬，脚一跺，头一甩说道，"怎么说话呢？我男子汉大丈夫，有什么怕的？"赵明远话音刚落，面色突然一变，说道，"不好，地震。"

"嘻嘻，真可笑，胆小就胆小，用地震吓唬人，服了你了。"司亚婵取笑着说道。她刚说完，脸色也突然一变，惊叫了一声："地震。"

千真万确，地震，毫无征兆，突然来临。

赵明远和司亚婵先后感觉到的是先期而至的两道地震波。

司亚婵惊恐地喊出"地震"两个字，余音还未落尽，巨大的轰隆声便从地下带着骇人的震撼力轰然传来，气势恢宏能量巨大，让人心跳肉颤，魂魄出体。紧接着，一阵脆裂声，裹挟着更加巨大的震撼力由远及近疾速传来，眼见着地面眨眼间拱出一道道巨型突起，犹如无数体形庞大、力大无穷的穿山甲在地下游走狂奔将地面顶裂，爆出的声音震耳欲聋，几欲将人的耳膜撕裂。地面上原有的附属物瞬间四分五裂，与此同时，大地犹如筛糠机般突然启动，突突突抖动的频率比之筛糠机有过之而无不及，抖动的幅度之大更是天差地别。

霎时，大地震颤，天空变色。山体随着大地的抖动剧烈颤抖，一颗颗巨石瞬间脱离山体的羁绊轰隆隆滚滚而下，大片大片的山体附属物眨眼间挣脱山体的拉扯纷纷滑向山脚，激扬起的尘土顷刻间遮天蔽日，将原本清澈蔚蓝的天空涂为一色土黄。一栋栋建筑物刹那间犹如醉汉东摇西晃站立不稳，虽经几番努力坚持，终究无法抗衡大自然的威力，最终轰然倒塌分崩离析……

赵明远从厚厚的尘土中抬起头，"噗"的一声吐出嘴里的杂物，眯着眼向上空望了望，心想地震确实厉害，竟然将天色变成了阴暗的土黄色。思忖间，他突然一惊，急忙翻身拉起先前被他压在身下的司亚婵，慌慌张张在司亚婵脸上和头上胡乱抹了几把，拂掉尘土和杂物，紧张兮兮地问道："怎么样？受伤没有？"

司亚婵惊魂未定，木呆呆盯着赵明远，走过场似的活动活动腿脚，声音战栗着回答说道："好——好——像没受伤。"

"没有受伤就好，没有受伤就好。"赵明远长舒了一口气，心想谢天谢地，真是不幸中的万幸。他一边想，一边帮司亚婵拍打着身上的尘土，拂掉衣服上的杂物。

"有人呼救。"司亚婵突然说道。

赵明远一怔，停下手中的动作听了听，果然听到微弱的呼救声断断续续传来。

"快。"赵明远话音未落，已经循着呼救声，三转两拐，跨跳并用，飞快越过一处处惨不忍睹的废墟，快速奔到呼救声传出的那处废墟。

呼救者是一名女性，头上和面目全被尘土覆盖，全然看不出年龄大小。她被夹在两根粗壮水泥柱形成的狭小缝隙中，自腰部以下又被碎石瓦砾掩埋，除上肢和头部稍微有一定的活动间隙外，身体其他部位被牢牢锁定，没有一点活动余地。

营救出那位妇女后，赵明远和司亚婵紧接着营救了一个小男孩。当时，那个小男孩在一块倾斜楼板下形成的窄小空间中无助地哭泣。而正是小男孩无助的哭泣声，才使赵明远和司亚婵有了明确的目标，克难排险帮他脱离了困境。

相比于前两个人，赵明远和司亚婵营救的第三个人身体状况最让人揪心。被营救出困境时，那位伤者已经濒临昏迷边缘。当赵明远和司亚婵抬起他时，断臂和断腿像没有骨骼支撑一样来回晃悠，特别严重的是，伤者的腹部有一道二十多厘米的伤口，不断冒出的鲜血将沾在伤口的尘土染得猩红。送往救援点过程中，伤者睁开迷离的双眼，艰难地望望赵明远，又望望司亚婵，强忍着最后一口气，非常小声说了声"谢谢"后，眼睛一闭头一歪便不省人事。

赵明远和司亚婵连续营救了六个人，衣服已经被废墟划得几乎成为一条条随风飘荡的布条，全身上下也布满了伤口，特别是赵明远腿上的那道伤口，足足有十厘米长，所幸伤口并不很深。司亚婵虽经过专业训练，但真正面对惨烈的情势，依然被唬得手忙脚乱，情急中学着影视剧的情节，撕下身上的衣服，慌乱中包扎了几次都徒劳无功，最后还是赵明远要过布条，胡乱绕了几圈，结了个死扣才算完事。

　　经过一番紧急救援，两个人累得全身发软眼冒金星，说起话来已经有气无力。司亚婵想劝赵明远休息休息，但赵明远拖着疲惫的身躯，望了一圈满目疮痍的一堆堆废墟，再望望周围在废墟和临时救援点间急匆匆穿梭奔跑的救援人员，摇了摇头，用舌头舔了舔干涩的嘴唇，说道，"不行啊，现在一分钟就是一条生命，如果让本来能够挽救的生命在咱们手里消失，咱们的良心债一辈子也就还不清了。"他又回头望望司亚婵，说道，"你体力弱，休息休息，随后再来。"说完，赵明远转身迈着沉重的脚步，独自走向另一处废墟。

　　不久，赵明远和司亚婵在一处较大的废墟下又找到一名幸存者，两个人立即绕过残垣断壁，俯身靠近幸存者，吃力地搬起碎石瓦砾，慢慢移开压在幸存者身上的重物。

　　突然，突突声又一次响起，大地再次像筛糠机似的发起了神经，四周"地震啦"的呼叫声此起彼伏。

　　赵明远心里一惊，刚刚搬起的砖石瓦砾，在剧烈摇晃抖动中"扑通"一声砸向脚面，痛得他心里一揪倒吸一口凉气。不等他有过多的反应，上方的碎石瓦砾已经纷纷向下砸落，废墟也开始松动，眼看着即将坍塌。

"小心。"赵明远大喝一声，同时顺势一跃，迅速将司亚婵掩在身下。然而，令赵明远奇怪的是，在这千钧一发之际，身后不断传来砰砰啪啪的爆裂声，犹如连续响起的爆米花声音。掉落在身上的也都是些感觉甚微的粉末尘土，那些足以让人头破血流带伤致残的瓦砾砖块似乎不翼而飞。

赵明远心中纳闷，好奇地用余光回望，这才发现量子变频衣像闪电般在他上方左冲右突，将一个个碎石瓦砾击得粉碎。

刹那间，赵明远灵光一闪，大喊一声："变频。"

"嗖"的一声，一道厉光一闪而没，量子变频衣以肉眼无法看见的速度回归赵明远和司亚婵的躯体。几乎同一时刻，两个人一起消失于那座废墟之中。

第二十三章

"各位领导，各位专家，在汇报的最后，我想提一点个人建议，不知道能不能讲？"玄灵时空之行情况汇报会上，赵明远在汇报即将结束时，突然提出要求，说要提一条个人建议，当即引起了与会人员的极大兴趣。

"哦？"所长双眉一挑，微微一笑，"有什么不可以讲的？你和小司同志都是一线工作人员，是变频计划的具体实施者，对于变频计划的实施情况最为了解，具有绝对的发言权，你们的建议，也具有绝对的权威性，放心吧，有什么建议，不管错对，放开来讲，我们大家都会洗耳恭听。"

"咳咳咳。"赵明远脸色微微一红，显出些微微的羞怯，干咳了几声，清了清嗓子，将在座的领导和专家逐一望了一遍，说道，"根据我们目睹的情况看，即将发生的地震级别非常高，威力非常大，具体情况我刚才已经做了详细汇报。在这里，我想请各位领导和专家特别重视的是，这次地震对民众造成的伤亡非常大，民众的财产损失也巨大，所——所以，我——我想——"结巴了几句，赵明远心一横，像下了很大决心似的长出一口气，说道，"我想，咱们应当采取必要的措施，动员民众提前做好防震减灾准备。"

"噢？"所长神情微微一怔，随即面部表情一展，露出微不可察的一笑。

"我明白。"赵明远接着说道，"这样做，虽然对于那些失去生存基点的民众来说，依然挽救不了他们的生命，他们的生命体仍然会消失，但我相信，通过咱们的工作，可以有效减少民众受伤致残人数，也可以最高限度地减轻民众的财产损失。当然，这样一来，也会产生我们不愿看到的结果——像我当初想极力挽救爷爷的生命时一样，玄灵时空失去生存基点的那些民众，会以骇人听闻的方式消除生命体，引起众多民众的误解，从而引发群众的恐慌，进而发生泄密事件，但——但是，我觉得，即使发生那样的情况，那——那也是迫不得已，因为——咱们那样做，对民众和社会来说，也是做了一份应有的贡献，是有极大价值的。否——否则，在一定意义上讲，咱——咱们的工作也就失去了意义，变频计划在一定意义上也——也就失去了应有的价值。"赵明远硬着头皮将自己的想法磕磕巴巴说完，长长舒了一口气，望了望所长，又望了望各位领导和专家，脸色红得像熟透的苹果。

所长的神情再次一怔，紧接着脸上泛起微微的笑意，说道："好啊，小赵同志，这个建议提得很好，值得肯定，至于你的建议能不能采纳，还得等我们充分研究讨论、请示了上级之后，才能决定。这样吧，你和小司同志先行休整，好好休息休息，其他事情交给我们，有什么消息，咱们再进行沟通，好不好？"

情况汇报会一结束，司亚婵便匆匆忙忙简单收拾了行李，第一时间赶乘车辆，心急如焚向家中急奔。

会议上的汇报材料，是由赵明远主笔，司亚婵与赵明远商量共同起草完成的。在材料形成过程中，两个人不约而同将司亚婵与司宇波的叔侄关系只字未提。

从司亚婵的角度考虑，司宇波是司宇波，她司亚婵是司亚婵，虽然从血缘关系上讲，两个人是叔侄关系，但玄灵时空之行的情况汇报属于工作性质，没有必要将私人关系牵扯其中。特别重要的是，工作规程和纪律并没有要求必须汇报"变频使者"与相关人员的私人关系，如此做法，并不违反相关纪律规定。

相比于司亚婵，赵明远的想法无疑不是那么单纯和简单。当时，他看到司宇波发生了那么大的变故，最终却挽回了生命，自然联想到爷爷的遭遇。他暗暗思忖既然司宇波生命没有消失，生存基点必然存在，那么，能不能有效阻止实基时空即将发生在司宇波身上的重大变故呢？这个想法产生后，赵明远根据波态时空理论大胆预测，在做好保密工作的前提下，如果能够有效阻止发生在司宇波身上的重大变故，绝不可能像爷爷遭遇变故时那样，牵涉范围那么广、产生的影响那么大，善后处理更不会有那么多的麻烦。

然而，回到实基时空，两方面原因使赵明远一度非常纠结。如果向上级如实汇报了自己的设想，研究所会不会从安全保密角度阻止自己的计划顺利实施呢？赵明远思前想后觉得完全有可能。假若真是那样的话，从玄灵时空到实基时空的一番精心筹划将会化为泡影，他实在心有不甘。退一步讲，即使研究所同意他的方案，届时按照要求必然会层层汇报审批。如此一来，时间紧张不说，从上到下那么多领导和技术人员，参与人数肯定不会少，需要考虑的额外因素必然较多，协调起来势必困难重重，谁也不敢保证不出现意外。如果实施过程中发生泄密事件，造成无法预料的恶果，责任可就大了去了。寻思来寻思去，赵明远觉得为了避免上述麻烦，在不违反大原则的前提下，对司亚婵与司宇波的叔侄关系三缄其口，以免引起领导特别关注无疑是最佳选择，他打算待计划付诸实施，有了结果后再向研究所和相关领导做翔实汇报，此其一。

其二，赵明远考虑，在汇报会上，他准备提出建议，请求研究所对即将发生的地震灾害采取积极的应对措施，以减少民众的伤亡和财产损失。他坚信，研究所一定会慎重考虑自己的建议，也一定会周密筹划，制定和部署应对措施。故而，他才大胆隐匿了司亚婵与司宇波的叔侄关系，以免引起领导的特别关注，牵扯研究所过多的精力，干扰领导应对地震灾害的决策部署。

当司亚婵急匆匆返回家中，神色紧张地询问有关情况时，司宇波好生纳闷，嘿嘿一笑，心想：这丫头从来没有关心过股市投资，今天怎么突然心血来潮关心起我的事情来了，莫不是太阳从西边出来了？他本来还打算跟侄女开一番玩笑调侃调侃，但看到司亚婵惶惶的神色表情，司宇波心下当即一凛，急忙问道："发生什么事了，这么慌?"

说起股市投资，司宇波绝对堪称久经沙场的老将。多年来，凡是他看中的股票，虽说赚的多少不一，但极少有赔钱记录。由此，众多股民送给他一个响当当的绰号——"股神"。当然，司宇波这个"股神"肯定不能与巴菲特那样的"股神"相提并论，毕竟，两者的实力和影响力有着天壤之别，但是，股民送给司宇波"股神"的绰号，却绝没有任何戏谑的意味。

当年，司宇波在学校学的是考古专业，与金融、股市、投资毫不沾边。然而，也许冥冥之中皆有定数，谁也不曾料想到，就这么一个名符其实的"外行"，却与毫无瓜葛的投资行业有着不解之缘。

上大学时，司宇波原以为食堂是学校开办经营的。一次偶然机会，一位知情人士无意中透露，食堂其实是被承包的，每年除去上交学校不少承包费外，承包商依然有非常可观的利润收益。司宇波突然灵机一动，暗暗思忖别人能做的事，咱们为什么不能做呢？从那以后，每当开饭时间，司宇波进入饭堂的第一件事不再是四处寻觅可口的饭菜，而是木呆呆地望着闹闹哄哄的场面愣神儿。

不久，司宇波联合几个同学，利用省吃俭用积攒的生活费，在校外合伙开办了一家小餐馆，专营家乡的农家特色菜品。未承想，小餐馆生意十分火爆。与学校食堂相比，开饭期间学校食堂才会熙熙攘攘川流不息，但小餐馆从上午九点开门营业，到晚上十一点多打烊几乎都是人满为患。特别让几位投资人兴奋的是，餐馆开业一个月后，大凡到餐馆就餐的人，必须提前一天预约，否则，第二天只能排队就餐，即便如此，也不能保证顾客热衷的菜品最终能够供应。就这样，仅仅三四个月，司宇波便获利两万多元。

捞到第一桶金的司宇波信心大增，但并未头脑发热。他揣着第一笔分红苦思冥想了好几天，随后鼓动那几个同学围绕市场需求进行了一次严密细致的调研。经过分析研判，他们又合伙开办了一家甜品店。结果不出所料，甜品不但受到广大学生的喜爱，同时也得到社会群众的普遍欢迎，生意的火爆程度比餐馆有过之而无不及。此后不久，几个人又连续作战，合伙开了一家文化传媒公司。如此一来，司宇波虽然还处于学习阶段，但社会实践活动已经轰轰烈烈收获颇丰，到大学三年级末期，他已经成为手握三十万元资金的"学生富翁"。

几次投资异常顺利，而且收益可观，按照一般人的想法，一定会延续原有思路，要么继续扩大投资规模，要么拓展新的经营项目，最起码也会继续维持旧有的投资经营良性运转。然而，司宇波却与常人的想法截然不同。暑假期间，他抽出三十万元资金，回到家乡在证券市场整整泡了一个月，调研股市行情，了解相关政策，学习投资方法。那个时候，本国股市建立不久，正处于上升期的"牛市"阶段，按照后来人们总结那个时候股市行情的话讲，傻子投资股市都能赚钱。然而，司宇波并没有像当时大部分人那样，不分青红皂白疯了似的跟风砸钱，而是根据相关知识和投资方法独立思考，静心观察股市走势，分析涨跌规律，瞅准时机，及时出手。随后两周，他买进了五万多元股票，卖出后竟然净赚了五万多元。

随着第一次股票投资交易的成功，司宇波在股市的投资随之成为常态，涉入程度也在不断加深。不久之后，他便摸索出一套自己独有的股票交易策略：首先，他将初步选中的股票近半年、最长一年的平均价格作为基准，筛选出那些当前价格低于或接近平均价的股票作为备选；其次，结合业绩和相关资讯利好，优选确定最终的投资股票。通过一段时间摸索和实践，司宇波又将国家政策、国际形势、行业发展前景等因素纳入优选股票参考范畴，长短线结合，使交易策略更加合理、更加优化，也更加科学。大学毕业时，司宇波实际拥有的资金已经远远超过了百万。

毕业分配时，司宇波本来可以从事与他所学对口的专业，进入工作环境和效益相当不错的单位，有一份固定职业和稳定收入，但他出人意料地放弃了学校统一分配。为此，父母匆忙赶赴学校，苦口婆心耐心劝导，甚至以断绝家庭关系相要挟。在各种办法用尽无果的情况下，父母情急之中央求学校对司宇波采取强行措施，勒令其必须参加统一分配。然而，司宇波始终不为所动，毅然坚持初衷毫不妥协，气得母亲大病了一场。

辛辛苦苦上了四年大学、获得学士学位，最终却成为无业游民的司宇波无疑成了父母的一块心病。他们找了不少熟人，托了许多关系一心想为司宇波安排一份固定工作，其中也不乏当时所谓的热门职业，但都被司宇波一一拒绝，搞得父母急火攻心。在父母亲看来，司宇波整天游手好闲，在证券市场吊儿郎当东游西逛绝对属于不务正业，实实在在是人们只要一提起来就会心生厌恶的"纨绔子弟"。

半年后，陆续有一些从未谋面的人来家里找司宇波，宣称要讨教股票投资经验。起初，司宇波父母压根不屑一顾，心想一个游手好闲不务正业的"浪子"哪儿有什么经验可谈，莫不是这些人都得了"失心疯"不成？然而，那些男女老少对司宇波恭恭敬敬无比虔诚，特别是一口一个"老师"不停地称呼，嘴上像抹了蜜一样，唬得老两口目瞪口呆。几番询问打听，司宇波父母最终才了解到其中的内情。

原来，司宇波每天游走于证券交易市场，依据自己对股市敏锐的感知力和独特的判断力，综合各方面因素，经常对股民优选股票和投资交易进行有效的帮助和指导，半年内竟然没有出现过任何偏差，加上他为人谦虚随和，说话办事不落俗套，年纪轻轻便被众多股民奉为"偶像"。而司宇波本人在股市盈利了多少，身价几何，有人说一千万，有人说一个亿，父母询问了好几个人，没有一个人能够准确说清楚。

小有成就的司宇波并未像我们常见的暴发户那样穿名牌、戴金链、买豪车、住别墅、讲排场、摆阔气，人前人后将自己弄得跟牛魔王似的到处耀武扬威；相反，他仍像以前那样毫不起眼游走于证券市场，与众多股民谈天说地打成一片。当然，他也从此名正言顺地多了一个头衔——投资顾问兼咨询师，义务对股民的股市交易、投资理财进行帮助和指导。随着年龄的增长、阅历的丰富和威望的提升，特别是指导股民取得成绩的不断累积，司宇波的称呼也由最初的老师，过渡到顾问，再由顾问最终过渡到了股神。

近年来，股市一蹶不振，特别是近三个月来连续振荡下跌，下跌幅度竟然破天荒地达到百分之三十，一度引起股民心理的极度恐慌。在这种情况下，司宇波根据国际国内形势，国家相关政策、宏观经济形势，以及行业发展趋势判断，股市已经基本触底，继续下跌的可能性不是很大，他大胆断言，眼下是出手抄底的最佳时机。这个判断一经扩散，众多股民大喜过望纷纷参照司宇波的意见，一窝蜂向股市疯狂砸钱，有的人甚至起出家底投了进去，希望在抄底过程中抢得先机。令人暗暗称奇的是，股市大盘像按照司宇波的指挥棒运行一样，随后几天果然开始回升，股民们投资的股票价格也纷纷上涨，有的上涨幅度已经接近百分之二十。

了解到这些情况，司亚婵长长舒了一口气，紧锁的眉头随之舒展开来，心想司宇波从事股票交易显然不违背国家政策，与玄灵时空那位非法集资有着本质区别。至于股民追捧奉送的顾问、参谋、咨询师等等头衔都是虚名，对交易行为没有决定作用，他本人也没有通过这样的手段获取利益，如果真发生意外，也用不着承担什么风险、担负什么责任。虽然众多股民投资交易大多参考他的意见，但股市有风险，投资需谨慎，责任完全由投资者自行承担。她暗喜，觉得发生在玄灵时空那个司宇波身上的悲剧绝不会在自己亲二叔身上重演。

赵明远听了司亚婵的情况反馈，心里暗暗嘀咕，如果真像司亚婵了解和分析的那样，司宇波绝不可能发生类似玄灵时空那样的重大变故，那么，自己从玄灵时空到实基时空酝酿已久的实施方案将作废还是小事，更大的问题是那样一来，岂不说明时空发展规律存在着严重的漏洞吗？然而，纵使赵明远有再多的想不通，有再多的不理解，事实却胜于雄辩，不因人的意志而转移。司宇波的股票交易虽说与玄灵时空那位的非法集资一样都与金融有着千丝万缕的联系，但行为却合法合规，性质截然不同，而且眼下并未发现异常现象，决然没有导致那种重大变故的诱因，显然难以按照玄灵时空的轨迹发生什么意外事件。赵明远长长吸了一口气，不解地暗暗自问，问题究竟出在哪儿呢？

这个难解的谜题，使赵明远辗转反侧夜不能寐，一连折腾了好几天也没有想出个所以然来。在着实没有头绪的情况下，他只好硬着头皮找到解思源，希望能够从解思源那里找到圆满的答案和解释。

解思源望望赵明远，轻轻哼了一声，似笑非笑着说道："哼，掩耳盗铃，屡教不改，这一次可没有人能救得了你。从现在开始，你的任务是老老实实反思自己的错误。"赵明远一听，脑袋"嗡"的一声，只觉得头皮发麻脊背冒汗，心像沉入了万丈深渊。

挨了一顿狠批的赵明远吓得够呛，当下像变了个人似的。他已经从解思源的批评中清晰地听出了弦外之音，知道自己已经闯下了"滔天大祸"，暗暗思忖上次爷爷遭遇变故，研究所已经放过自己一马，估计这次无论如何也难逃一劫。不过，赵明远百思不得其解，心想自己已经考虑得非常周全，行动已经非常小心，究竟是什么时候露出了马脚、哪个环节出了纰漏呢？

其实，赵明远有所不知，他和司亚婵汇报结束后，研究所立即对汇报内容进行了分析研判，最后决定采纳赵明远的建议，决心在尽量不发生泄密的前提下，举全所之力，采取一切措施，动员一切力量，积极应对即将发生的恶性灾害，努力使广大民众的生命和财产损失降低到最低程度。

当然，最终决议的形成并非一帆风顺，而是经过了一番激烈的辩论争锋。反对意见从保密安全角度出发，认为变频计划是绝密中的绝密，涉及国家的核心利益，一旦泄露，必然会对国家安全和社会安全造成无法估量的危害，也会对民众的生产生活产生巨大影响，更会对变频计划的后续实施设置许多无形的障碍，造成难以想象的困难；赞成意见从国家核心利益出发，认为变频计划的终极目的，是提前预知即将发生的、涉及国家核心利益的突发事件，从而为制定、完善应急方案，及时部署应对策略，妥善处置突发事件赢得充足的时间。即将发生的超级地震灾害，虽然不是国家与国家之间政治、军事、经济等领域具有战略意义的顶级冲突，对通常意义上的国家核心利益和民族存亡不会构成直接威胁，却关系到民众的生命与财产安全，同样属于国家核心利益，同样属于变频计划监测保护范畴，即使迫不得已造成泄密事件，也得破釜沉舟义无反顾。虽然正反双方的角度不同，而且各自的理由充分，争锋较量异常激烈，碰撞火花激扬四射，但在国家核心利益优先的旗帜下，反对意见不久便偃旗息鼓，放弃立场纷纷倒戈，最终达成了统一的意见。

考虑到赵明远和司亚婵刚返回实基时空需要休整，前期筹备工作便将两个人暂时排除在外，研究所计划待工作进展到实施阶段后，再通知他们结束休整参与工作。然而，研究所的应对工作部署一经展开，赵明远和司亚婵的"地下活动"立即遭到全面曝光。几位领导很快碰了碰头，决定对两个人采取欲擒故纵的策略，不但不惊动、不制止他们的行动，而且还组织力量暗中积极配合他们妥善处置应对司宇波事件，但事后必须追责，给予相应的组织处理。哪知道，计划不如变化，赵明远疑惑司宇波现实情况与玄灵时空不一致，几番周折始终无法摆脱困扰，无奈的情况下最终求教于解思源。这样一来，问题摆上了桌面，继续装聋作哑显然不合适，解思源只好按照之前的预设，对赵明远狠狠批评了一通以示惩戒。

自从受到解思源的严厉批评后，赵明远便停止了一切活动，像个抱窝的母鸡一样整天待在家中，诚惶诚恐等待着研究所的处理。然而，几天之后，司亚婵的一个电话，将赵明远惊得目瞪口呆，让他在无尽的惊诧中有一种直接怀疑人生的冲动。

原来，赵明远和司亚婵都认为，在司宇波身上，不可能发生类似于玄灵时空那样的重大变故。但随后几天，一场突如其来的股灾席卷了股市，其夹带的腥风血雨将股市冲击得七零八落，股民们哀鸿遍野。刚开始时，参照司宇波意见入市抄底的股民，因为心理上有他们的"股神"做后盾，对这种突如其来的股灾全然没有当回事。在他们心里，"股神"的意见就是"天意"，"股神"的话就是"圣旨"。但随着形势的继续恶化，股市走势一路直线下跌，股民心理随之发生了微妙变化，从最初的轻松自如泰然处之，到逐渐感到压力，直至心理承压达到极限最后崩溃，仅仅用了短短的四天时间。

情绪失控的股民先是唉声叹气后悔不迭，接着捶胸顿足号啕大哭，随后又借口滋事四处发泄，直到最后，部分失去理智的股民将矛头直接指向了司宇波，情绪激愤对司宇波发起一轮又一轮群体围攻，指控司宇波是罪魁祸首误导了股民，导致股民损失惨重，要求司宇波赔偿股民的损失，等等，搞得司宇波有口难辩。

在局面即将失控的最后关头，解思源独自一人单刀赴会，前后用了不到三个小时时间，便奇迹般地稳定了股民情绪，缓解了股民心理压力，牢牢控制了现场局面，使一场眼看着将要难以控制的群体性事件顺利化解于无形。

"佩服，实在佩服。"赵明远冲解思源伸出大拇指，"我以前只知道咱们解总工程师在科研方面是个大家，没想到在应对群体性事件方面也是个高手啊！"

"呸！"解思源脸一沉，说道，"无事献殷勤，非奸即盗。"话音刚落，他又微微一笑，问道，"是不是很想知道我是怎么应对司宇波事件的？"

赵明远忙不迭地点头。

"哼。"解思源脸色又一变，说道，"想得美。"

"呵呵。"赵明远傻笑了几声，抬手摸了摸后脑勺，"看起来解总是不愿意再教我这个学生了？"他说着，突然高举双手，望着上方，长吁短叹，"老天啊，就让我自生自灭吧！"

"行了行了。"解思源眉头一皱，"怎么又是这一套？得得得，股市方面的事情是一门很深的学问，一句话两句话也说不清楚。如果感兴趣的话，以后再给你详细讲。"

刹那间，赵明远满脸堆笑，紧接着打了一个响指，自我陶醉似的说了一声："摆平。"

第二十四章

妥善处置了司宇波事件，聚力应对即将发生的超级地震灾害立即提上了重要议事日程。按照之前的决议，研究所全体人员各司其职、分工协作、统一行动，各项工作有条不紊迅速展开。

赵明远本以为自己又一次犯了有情不报、擅自行动的错误，认真按照解思源深刻反省的要求，心神不宁待在家里不敢越雷池半步，惶惶不可终日等待着研究所的处理，但是，出乎他的预料，解思源在简单介绍完司宇波事件的应对处置经过后，神情一变，严肃地说道："经研究决定，赵明远同志停止休整，按照统一分工，立即参与应对超级地震灾害的筹备工作。"

赵明远脑袋"嗡"的一声，神情一怔，满心狐疑，问道："什么意思？"

"什么意思？"解思源微微一笑，重复了一遍，"什么意思难道还要我再解释一遍吗？"

"噢——"赵明远兴奋地叫了一声扑向解思源。

"干——干什么？"解思源措手不及，慌乱中急忙推搡着赵明远，样子非常狼狈。

"告诉你，别以为让你参与筹备工作就会逃脱处罚，咱们功是功，过是过，功过分明，两不相抵，明白吗?"解思源被赵明远抱着，像陀螺一样转了十多圈，缓过劲后，对仍然兴奋不已的赵明远说道。

"那是，那是。"赵明远急忙点了点头。

赵明远与解思源的任务分工是与地方政府取得联系，协调沟通信息，取得当地政府的理解与支持，届时充分动员、组织民众疏散转移，从而有效减轻灾害损失。

赵明远信心满满，自以为亲身经历了那场即将到来的超强地震，亲眼见证过其巨大的威力和超强的破坏力，自己无疑具有绝对的和无可辩驳的发言权。他相信，凭着自己的三寸不烂之舌，辅以解思源的专业权威，定会"逢山开路，遇水架桥"，手到擒来化解一切困难，顺利完成既定任务。

常言道，隔行如隔山。在心理方面，赵明远确实有着超强的自信心；业务方面，解思源的确具有极高的专业技术理论水平。然而，他们毕竟从事的是科学研究方面的专业性工作，与政府的行政管理工作相隔岂止是一座山那么简单？而且，在人际交往方面，两个人兼有专业技术人员的通病：谈起专业技术和学术理论头头是道，与非常熟悉的对象说起话来也能滔滔不绝，但与陌生对象交流起来，常常会神情拘束语言木讷不知所云。这种先天性缺陷，特别是他们对于行政管理部门的工作程序和方法一窍不通，注定为协调工作和后续工作出现诸多困难埋下了深深的伏笔。

两个人第一次奉命出征，便没头没脑撞进了市政府办公室，见到工作人员后，几乎没有任何前奏直接开门见山说明了来意。那名工作人员心头一惊，眼神一紧，随即平了平心绪，微笑着拿出笔记本，一边仔细询问，一边详细记录。然而，当谈到地震预测的手段和具体依据时，解思源和赵明远的脑袋只觉得一片茫然，支支吾吾不知所云，吭哧吭哧好长时间，憋得脸红脖子粗也没有吐出半句话。

　　出现这样的状况，固然与解思源和赵明远身上具有的专业技术人员通病有关，同时也与变频计划的安全保密问题有着密不可分的关系。对赵明远而言，在处理爷爷赵国生遭遇变故的过程中造成泄密事件，差一点被研究所开除，于他有着深刻的教训。于解思源来说，变频计划的秘密等级之高他比谁都清楚，那是真正的高压线，绝对触碰不得。当然，研究所为了妥善应对地震灾害，确保民众的生命和财产安全，决心即使造成变频计划的泄密事件也在所不惜，决心和意志坚决而明确。可问题是泄密的前提条件是"迫不得已"，也就是说如果在非迫不得已的情形下泄露了变频计划，其结果一目了然。反观眼下，显然不满足"迫不得已"的条件。更何况，工作这才刚刚展开，几乎还没有进入实质性阶段，在这种情况下出现泄密事件，既不是他们预设的脚本进度，于情于理也解释不通。这样一来，那名工作人员心急如焚等着做好记录准备汇报，解思源和赵明远却各怀心思欲言又止，三个人你看看我，我看看你，刹那间使办公室陷入无法言喻的尴尬窘境。

　　望着赵明远和解思源面红耳赤畏畏缩缩欲言又止的神情，那名工作人员脑子中灵光一闪，突然联想到日常那些语不惊人死不休，凭借惊人之举哗众取宠夺人眼球的所谓"专家""学者"的丑态，隐隐感到与解思源和赵明远的情况有些类似，随即合上笔记本，微微一笑说："你们两个人反映的情况非常重要，按照工作职责，这件事情应当由地震局具体负责。"希望他们首先到地震局反映情况，并当着两个人的面，给地震局电话通知，请地震局热情接待并认真做好记录。

解思源和赵明远不明就里，立即起身道谢告别，兴冲冲急忙赶往地震局。他们以为有了市政府的电话通知，地震局一定会按照之前的预设顺利完成信息对接及相关协调工作。

到了地震局，工作人员笑盈盈给他们倒了两杯水，说了一番客气话，询问了反映内容，做了记录后，表情严肃、态度诚恳发了一通感慨，总体意思是说解思源和赵明远反映的情况，关系到广大人民群众的生命和财产安全，意义非常重大，相关部门一定会认真对待，仔细研究，及时安排，妥善应对，希望两个人继续发挥自己的聪明才智，为进一步提高地震预测技术，减少国家和人民群众的损失做出更大贡献。随后，那名工作人员急忙带着笔记本，向解思源和赵明远点头笑了笑，说要尽快向领导汇报，匆忙出了办公室。

解思源和赵明远心无旁骛，静心等待着汇报结果。未承想，直到下班，那名工作人员再未出现，其间，也没有人与他们进行过任何交流。掐指一算，两个人在地震局竟然干坐了两个多小时的冷板凳。

闷闷不乐地出了地震局，解思源窝了一肚子火，心想难道我们的目的说得还不够明白吗？他们不了解地震的危害吗？但碍于身份和情面，解思源一直努力将怒火压在心里，任凭其翻江倒海尽量不过多流露于表面。

赵明远却全然没有那么多顾虑，这里前脚刚迈出地震局大门，那里便毫无顾忌地发了一通牢骚，情绪激动连说带比画，样子非常滑稽可笑。街上行人不明就里，满心好奇陆续停下脚步看起了热闹，有些人还看热闹不嫌事大议论点评，饶有兴趣像观看着一场妙趣横生的杂耍表演。解思源一看情势不好，急忙连说带劝拉着赵明远冲出围观人群，远离了地震局办公大楼。

眼看着到了午饭时间，赵明远抬头望了望蓝天骄阳，又满脸怒气回头望了望地震局办公大楼，发狠似的吐了口唾沫，自我安慰着小声说道："呸，如果不是到了午饭时间，我一定给你们好看，哼！"话音刚落，赵明远突然心头一动，心想午饭！眼下不是在侯世雄的地盘上吗？这哥们儿恐怕这会儿正准备享受美餐呢吧！几乎同时，赵明远眼珠一转心想不行，兄弟我今天平白无故受了一肚子窝囊气，也绝不能让你消停了。哼，今天一定要把这份窝囊气从侯世雄那儿补回来。

人常讲择日不如撞日。当赵明远和解思源见到侯世雄的时候，惊喜地发现吴可凡也赫然在座，餐桌上已经摆满了丰盛的美味佳肴。望着眼前得来全不费功夫的免费大餐，赵明远干咽了几口唾沫，紧接着眉开眼笑一扫心中闷气，急不可耐地介绍完解思源，不容分说饿虎扑食般地加入了战团。

望着赵明远旁若无人狼吞虎咽的吃相，侯世雄和吴可凡前俯后仰哈哈大笑，说道："哎哎哎，注意吃相，你那样子像跟谁有不共戴天仇恨似的也不注意点社会影响，小心市容管理让你吃瘪。"未承想，两个人简单的一句玩笑话，却无意中像点燃了火药捻子似的引燃了赵明远憋了一肚子的窝囊火，他"啪"的一声将筷子往餐桌上重重一拍，脸色一变，双眼一瞪，气呼呼地把他和解思源在地震局的遭遇，绘声绘色描述了一番，末了不忘加上一句："真可气，不说了，咱们继续吃。"

常言道说者无心，听者有意。赵明远的一番描述，只不过是就势下坡，将心中的闷气发泄一通而已，内心其实也没有过于复杂的想法。但在吴可凡这位资深媒体人听来，那可是千载难逢的超级新闻素材。他暗暗寻思着，就新闻的真实性而言，解思源身为顶级专业权威的总工程师，做出即将发生超级强震的预测结论，必然有他的科学依据，绝不可能凭空捏造，特别重要的是他不是以个人身份，而是以研究所的官方身份与政府正式协调沟通，说明即将发生地震的预测结论已经得到了官方确认，信息应当确真无疑。

主意既定，吴可凡当即放下碗筷，一边构思一边操作，饭局还没有进行到一半，一篇《专家预测我市有超级强震》的特号新闻，已经赫然出现在吴可凡的自媒体上。

一石激起千重浪。新媒体具有传统媒体无法比拟的传播速度，加之吴可凡这位资深媒体人异乎寻常的影响力，文章刊出不到三个小时，市长热线、市政府值班室、地震局似乎都转变了职能，电话密集程度让工作人员应接不暇，咨询内容无外乎超强地震信息的真假，搞得各部门和领导焦头烂额晕头转向。

市政府立即启动应急处置预案，组织人员分析舆情讨论对策，迅速发出通告及时稳定民众情绪，防止引发更大的社会动荡。政府联合工作组紧急行动，组织技术力量追查信息来源。不到两个小时，吴可凡这位有着超凡影响力的媒体达人便被锁定，随即被公安部门传讯。

公安部门对吴可凡的讯问并没有想象的那么顺利。在吴可凡想来，超级地震信息来源于专业机构，文章中涉及的内容，并无任何虚构成分，因而，在讯问初期，他抵触情绪非常大，搞得公安部门束手无策。

不过，作为资深媒体人，吴可凡无疑具有丰富的阅历和敏锐的洞察力，特别是具有非凡的大局观。虽然心里抵触情绪极大，但他非常明白，即将发生的超级地震灾害绝不是儿戏。吴可凡暗暗合计，如果由于自己不积极配合，从而延误了政府的决策，延迟了救援工作的安排部署，最终导致民众生命财产遭受重大损失，事情的性质便会发生根本性改变，届时，自己无疑会沦为社会的罪人。一番思忖过后，吴可凡故作姿态扭捏了一番，道出了解思源和赵明远。

与吴可凡不同，连夜对解思源和赵明远的讯问进行得异常顺利，两个人没有任何推脱，非常明确地承认了自己是消息的源头，并以无可辩驳的口吻确认了地震消息的准确性，同时要求以最快速度将这一信息上报政府及时做出决策部署。如此一来，工作人员虽然查找到了地震消息的源头，却如同捧着一块烫手山芋一样，扔不敢扔，捏不敢捏，左右不是两头为难：一来地震的巨大危害谁都清楚，如果汇报不及时，耽误了政府的决策部署，致使防灾工作不力，造成严重后果的责任谁也无力承担；二来虽然解思源和赵明远确认地震的准确性，也有研究所的介绍信，但却无法提供预测依据，联合工作组绝不可能仅凭两个人的空口白话做出结论定性。如果以模棱两可的说辞给领导添乱，显然有违工作规范。

深夜时分，联合工作组依然难以抉择，市领导一个又一个电话让所有人更加忐忑不安，无奈，他们只有偕同解思源和赵明远迅速赶赴市政府，将调查结果如实向政府领导进行了全面汇报。

"同志们。"陈市长心里一紧，瞳孔一缩，将会议室所有人望了一遍，沉声说道，"按照研究所两位同志的意见，咱们面临的形势非常严峻。在座的各位领导所分管的工作都与应急管理相关，请各位就这个问题谈谈看法，有没有什么好的建议，请大家畅所欲言。"

"我谈一点个人意见。"王副市长首先望了望解思源和赵明远，随后望着陈市长说道，"按照研究所的预测，我们面临的形势确实不容乐观，但我认为，地震预测是世界性难题，无论哪一个专业机构都不能保证百分之百预测正确，何况，目前只是研究所的一家之言，并且他们也不是专业的地震预测机构，特别是他们没有令人信服的预测依据。加之按照研究所的预测，地震发生还有几天时间，因此，我建议，为了慎重起见，咱们能否尽快向全国地震专业预测机构发出邀请，对我市的震情进行一次全面会商。"

刘副市长眉毛一挑，说道："我同意王副市长的意见。我们要相信科学，但人为作用下的科技设备也会出现偏差。对于研究所的预测，我们绝不能断然否认。当然，鉴于目前的技术水平和实际情况，我们也要慎重对待。依我看，邀请全国专家进行一次全面会商，应当是最稳妥的办法。"

经过反复酝酿讨论，市政府第二天便向全国的专业权威机构发出邀请。一时间，全国地震界顶级专家学者云集，各显其能，会商震情。然而，会商的最终结果却与研究所的意见大相径庭，认为近期绝不可能发生什么地震，更不可能发生超级地震。同时，那些专家学者对研究所的预测结果嗤之以鼻，讥讽说目前全世界最先进的地震预测技术，预报时间最长也不会超过一分钟，而研究所竟然提前好几天，这种技术前所未有，从专业角度看纯粹是痴人说梦，是一个天大的笑话。

面对众人的冷言冷语，解思源和赵明远意志坚决态度明朗，坚称超级地震无可避免，同时，态度诚恳请求市政府迅速制定应急方案，采取应急措施，避免造成令人痛心无法挽回的严重后果。在万般无奈之际，赵明远"嗖"地站起身，猛一拍桌子，脸色阴沉，怒气冲冲说道："如果近期没有超级地震，你们将我们研究所的牌子砸了，把我的头割了。"突然出现的一幕，将所有人唬得惊出一身冷汗。

面对如此针锋相对的情势，市领导如坐针毡，都真切地感到进退维谷难以抉择：如果按照研究所的预测发出地震预警通报，最终地震却没有发生，必然要承担惊扰民众生活、扰乱社会稳定的责任，上级若追究下来，那可就成了笑话；如果按照专家会商的结果，将研究所的意见搁置一旁充耳不闻，届时即使发生地震，也有充足的理由推卸责任，然而，这样一来，地震对国家、对社会、对民众造成了巨大的损害，那自己可就背上了一辈子也无法偿还的良心债了。

十一位市领导心里都捏着一把汗，同时又都憋着一股劲儿，面对左右为难的抉择，每个人都忐忑不安。陈市长主持语已经讲完将近十分钟，会场仍然寂静一片，大家你望望我，我看看你，抑或抬眼望望市长，随后又低头沉思。

"我说点个人意见吧。"一位姓孙的领导突然开口，将其他市领导的目光纷纷吸引了过去，"我认为，这个问题让我们表态，实在有些难为，因为，无论做出什么样的抉择，都有非常大的风险，如果决策正确还好说，如果出了偏差，结果是什么，大家都非常清楚。所以——所以，我的意见，将咱们目前面临的困难将一将，向上级政府打个报告，由上级政府进行裁决……"

"你的意思是让上级政府替咱们做决定？"不等孙同志说完，陈市长眉头一皱，问道。

"是——是这个意思。"孙同志点了点头。

"嗯，这倒不失为一个非常好的办法。"陈市长脸上毫无表情地说完，突然脸一黑，随即又微微一笑，"孙同志的意见确实有一定道理，这样一来，咱们就可以置身事外，如果有什么责任，反正有上级政府扛着，对不对？"陈市长的脸色又突然一变，说道，"那我倒要问一问了，咱们这一级政府该干什么？我想，咱们不至于是聋子的耳朵——样子货吧？"

"这……"孙同志神情一怔，一时语塞，红着脸又低下了头。

霎时，会议室再次陷入了沉寂。

"同志们。"刘副市长终于打破沉寂，长长舒了一口气，望了望纷纷抬起头望向他的各位同僚，说道，"我知道，在座的各位跟我一样，很难做出明确的选择，也很难确定究竟支持哪一方的意见。不过，我刚才认真检讨反思了一下，我觉得咱们之所以难以抉择难以表态，从根本上说应当纠结在两个方面：一个是咱们如何看待将要担负起的责任和身处的官位，另一个是如何对待老百姓的切身利益。我想，如果咱们心里有一杆秤，自然就会有一个基本的立场和出发点，而有了这个基本的立场和出发点，无疑就会有明确的态度，也会做出明确的选择。其实，在我看来，这个选择一点儿也不难。"

"刘副市长说得对。"刘副市长话音刚落，陈市长紧接着说道，"我们作为领导，经常挂在嘴边的话就是要以大局为重，那么，在这件关乎全市社会稳定和老百姓切身利益的问题上，究竟什么才能算是大局呢？我想，这就应当与咱们的执政理念联系起来，与咱们的执政之本联系起来，与咱们的执政目标联系起来。各位作为从政多年、现在又身处重要岗位的领导同志，应该具有这一方面的经验和能力吧。"

"我的意见是宁可信其有，不可信其无。绝不能用老百姓的生命和财产做赌注，更不能以各种借口推脱我们应该承担的责任。"陈市长刚说完，王副市长便急不可耐地表达了自己的意见。

有了市长的抛砖引玉，会议室犹如平静的湖水扔下一块巨石，浪花翻滚水波荡漾。先前沉寂无声的氛围迅速被激情燃烧的氛围替代，大家你一言，我一语，纷纷抛弃了内心的纠结与顾虑，畅快淋漓地表明了各自的态度，做出了明确的抉择。

二十分钟后，市政府第一份《地震预警通报》赫然发出。

一时间，从城市到乡村，纷纷呈现出空前紧张、异常繁忙但井然有序的氛围。学校停课，企事业单位停工。市、县两级分别派出工作组，分赴县和乡镇督促落实防震避险措施；乡镇、社区组织力量进村入户，动员民众关窗锁门迅速赶赴防灾避险安置地点。大街上，人们大包小包偕着家眷神色紧张步履匆匆；马路上，人流汇聚熙熙攘攘，大人喊小孩叫，汽车鸣小狗吠，浩浩荡荡川流不息。避险安置点上，一排排帐篷密密麻麻错落有致。帐篷间隙，大人们脸色阴沉神情惶惶举止紧张，孩子们无忧无虑嬉笑打闹穿梭其间。

市防灾避险临时指挥部帐篷内，陈市长和刘副市长对面而坐，两个人都是面色阴沉内心忐忑。

"扑哧——"陈市长突然笑了起来，说道，"到了现在这个份儿上，咱们心里紧张能起到什么作用？我看呀，咱们倒不如就此放下，免得心里那根弦给绷断了。"

"是呀。"刘副市长叹了一口气，说道，"我也想呀，可现在我担心的是咱们可能把雍明市的天给捅了个大窟窿。"

"哈哈哈。"陈市长哈哈大笑，说道，"捅了就捅了，到了现在这种地步，咱们还有挽回的余地吗？不过——无论将来的结果怎么样，只要老百姓的生命财产不受损失或少受损失，只要咱们干的不是昧良心的事，哪怕就是把天捅出再大的窟窿，天王老子来了咱们也不怕。"他轻轻一挥手，紧接着说道，"不要想那么多了，如果有什么责任的话，我担着。"

刘副市长眼睛一瞪，说道："你说的那叫什么话？如果什么责任都由你担着，要我们这些人干什么？再说了，方方面面的责任多了，你一个人担得过来吗？"

"好好好。"陈市长说话间退了一步，说道，"那——咱们就一起担着，这总该行了吧？哈哈哈——"

"哟，赵明远，还真是你呀。"赵明远前脚刚迈进帐篷，身后便传来一声惊呼。他微微一怔急忙回过头，刹那间，惊得眼珠子差点蹦出眼眶。

"茹佳慧？"突然看到茹佳慧，玄灵时空的尴尬一幕立即浮上心头，赵明远嘴唇哆嗦语无伦次说道，"你——你——怎么也来了？"

"咯咯咯。"茹佳慧笑得眼睛眯成一条缝，一边笑一边说道，"我怎么不能来？不但我来了，咱们公益慈善中心的人都来了。像这种防灾、减灾、救灾的公益活动，正是需要公益组织协助政府大显身手的时候，咱们公益慈善中心咋能缺席呢？"

"哟，这位就是茹佳慧吧？"赵明远和茹佳慧刚聊了几句，司亚婵突然冒了出来，貌似热情地向茹佳慧打了声招呼。紧接着，躲开茹佳慧的目光，司亚婵对赵明远微微翘了翘下巴，眨巴眨巴眼睛，嘴角一抬抿嘴微微一笑。

司亚婵挤眉弄眼让人浮想联翩的一连串动作，刹那间勾起赵明远对玄灵时空那一幕更多、更清晰的回忆，使赵明远更加慌乱。他暗暗叹了一口气，心想司亚婵也太坏了，这显然是想看热闹的节奏嘛。无奈之际，赵明远牙一咬心一横，急忙连拉带拽将司亚婵推进帐篷，央求着说道："我的大小姐，你就别添乱了，行吗？"

帐篷内的侯世雄和吴可凡看到赵明远与司亚婵推推搡搡，立即看热闹不嫌事大地起哄喊了起来："哎哎哎，你们两个注意点影响行不行？还让不让我们活啦？"

"噢——对了，赵明远，刚才，我看到你的几位朋友也在附近呢，要不要见一见？"茹佳慧跟着赵明远走进帐篷，看到侯世雄和吴可凡，微微笑笑点了点头，回头对赵明远说道。

"好好好。"赵明远慌不择言胡乱应着，话一出口立即感到不妥，急忙改口说道，"先不忙，等这里忙完，有时间再跟他们见个面，聊一聊。"赵明远话音未落，脸色突然大变，惊叫道，"不好，来了。"

霎时，一阵巨大的轰鸣声裹挟着巨大的震撼力轰轰隆隆由远至近传来，紧接着大地颠簸山川震颤。帐篷内的几个人像转移到了蹦床上一样上蹿下跳，又像身处于筛糠机上一样东倒西歪，简易办公桌、行军床、折叠椅、被褥、书籍等等，似乎突然有了生命一样，抑制不住内心的亢奋纷纷跳起了华尔兹、探戈、伦巴、桑巴。之前已经采取非常措施加固过的帐篷，此时也急速晃动，左右摇摆，不断发出"嘭嘭嘭"的闷响，似乎在努力挣脱固定绳索的羁绊争取自由。

第二十五章

深夜，赵明远打着应急灯，上下左右，前前后后将帐篷内的角角落落仔细查看了一遍。其实，只有四平方米的帐篷内简单到了极致：一张行军床，一张简易折叠桌，一把折叠椅，加上被褥、几本书，以及脸盆、毛巾、牙刷之类的用具。即便如此简单，也已经混乱不堪，有一种一地鸡毛的观感。

赵明远弯腰伸手，将简易折叠桌翻身摆正，随手将应急灯一放，又回过身将行军床扶正摆稳，一屁股重重坐了下去，压得行军床一阵吱呀乱叫。

此时，虽说赵明远已经顺利完成了研究所赋予的任务，但心里却没有一点儿完成任务后的轻松感和兴奋感，反而隐隐感到一种沉甸甸的东西重重地压在心口，几乎让他喘不过气。然而，究竟是什么使他产生这种无形的压抑感，赵明远思前想后也找不到根本的症结，厘不清其中的头绪。

赵明远长长叹了一口气，弯着两臂将手肘轻轻放在腿上，竖起小臂双掌托着腮帮，目光迷离望着随意躺在角落的牙缸，心烦意乱很快陷入一片无法言喻的混沌之中。

"赵明远——"司亚婵一声恐怖的惊叫声突然将赵明远从混沌中拉回现实，他全身一颤急忙转过头，司亚婵已经随着惊叫声出现在帐篷入口，脸色惊恐面容变形。

"快出来看看。"司亚婵恐怖的声音再次响起。

漆黑的夜色下，无数帐篷中不断飘出一簇簇荧光，使偌大的防灾安置点瞬间笼罩在一片神秘幽远的氛围之中，此起彼伏的惊叫声和撕心裂肺的号哭声相衬，刹那间让人毛骨悚然。那一簇簇荧光悠悠忽忽不断围绕着帐篷上方盘旋，随后又不断上升，在更高处汇聚为一簇巨型的荧光流围绕着防灾安置点上空不断盘旋，上升，再盘旋，再上升，最后形成一条柱形的荧光洪流冲向深空，消失在繁星点点的夜色之中。

"好遗憾，做了那么多的努力，没有想到，终——终究还——还是没有挽回那——那些人的生命。"司亚婵轻轻地颤声说道。

"是啊，实在遗憾啊。"两个人的身后突然传来解思源沉痛的声音。

赵明远和司亚婵急忙回头，这才发现解思源、所长、军代表等一干人不知什么时候来到了他们身后。

解思源抬眼望了望巨型荧光流消失的上空，说道："我理解你们两个人此时此刻的心情。虽然大家都做了最大的努力，但面对那么多人失去生命的结果，我们每个人都感到非常痛心，十分遗憾。不过，我现在可以告诉你们的是，从理论上讲，我相信，我们不会再有下一次的遗憾了。"

赵明远心里一震，两眼似乎突然放出两道光，紧紧盯着解思源，嘴唇哆嗦着说道："这——这么说——"

　　解思源微微点了点头："无论是理论方面，还是技术方面，已经没有任何的障碍了。"

　　刹那间，赵明远感到从心底翻涌起一股激流直冲头顶，眼中的光更加亮丽，更加清明。他盯着解思源望了片刻，随后又逐一望向所长、军代表，最后转头望向巨型荧光流消失的上空。倏忽间，他似乎看到那簇巨型的荧光流重新显现，轻盈地盘旋下落，最后分解为许多小簇的荧光流，缓缓飘入一个个帐篷之中。